古典文獻研究輯刊

二九編

第 14 冊

敘事與觀看：《點石齋畫報》的圖文構成研究

廖紀雁 著

國家圖書館出版品預行編目資料

敘事與觀看:《點石齋畫報》的圖文構成研究／廖紀雁 著 --
初版 -- 新北市:花木蘭文化事業有限公司,2024〔民113〕
目 2+234 面;19×26 公分
(古典文學研究輯刊 二九編;第 14 冊)
ISBN 978-626-344-564-2(精裝)
1.CST:報紙 2.CST:中國文學 3.CST:文學評論
820.8   112022461

ISBN-978-626-344-564-2

古典文學研究輯刊
二九編 第十四冊   ISBN:978-626-344-564-2

敘事與觀看:《點石齋畫報》的圖文構成研究

作 者 廖紀雁
總 編 輯 杜潔祥
副總編輯 楊嘉樂
編輯主任 許郁翎
編 輯 潘玟靜、蔡正宣 美術編輯 陳逸婷
出 版 花木蘭文化事業有限公司
發 行 人 高小娟
聯絡地址 235 新北市中和區中安街七二號十三樓
         電話:02-2923-1455 ／傳真:02-2923-1452
網 址 http://www.huamulan.tw 信箱 service@huamulans.com
印 刷 普羅文化出版廣告事業
初 版 2024 年 3 月
定 價 二九編 21 冊(精裝)新台幣 56,000 元   版權所有‧請勿翻印

敘事與觀看：《點石齋畫報》的圖文構成研究

廖紀雁　著

作者簡介

廖紀雁，雲林縣人，國立中正大學中國文學研究所碩士，現為高中教師。研究興趣為晚清畫報、圖文研究、推理文學與戲曲文學，並曾獲臺視影視文創講堂電視編劇培訓首獎，目前於教學之餘從事散文、小說以及各類劇本的創作。

提　　要

本論文以「敘事與觀看：《點石齋畫報》的圖文構成研究」為題目，從「敘事」與「觀看」兩個角度出發，共分成「緒論」、「《點石齋畫報》的生成背景」、「《點石齋畫報》的刊行、辦報策略與媒介特性」、「《點石齋畫報》的新聞編造與虛實性」、「《點石齋畫報》的三層敘事方式」、「《點石齋畫報》中的訊息傳遞與看客」、「結論」七章。

首先，前三章作者先界定問題方向，並且爬梳了《點石齋畫報》的基本背景，諸如生成環境、刊行情況、辦報策略以及媒介特性等，並依據畫報著重「圖像」與「新聞性」的特點，界定出《點石齋畫報》的歷史地位。其次，作者在第四章指出，基於新聞來源的限制以及對圖像寫實性的要求，《點石齋畫報》的繪者以自身對新聞場景的理解與想像為基礎，對圖像資料進行改編，編造出符合讀者們的民族情感、寫實卻不真實的報導圖文。接著，作者剖析《點石齋畫報》如何藉由「圖像」、「文字」與「閒章」三者所組合而成的敘事模式，來產生具評點效果的圖文觀看。最後，筆者運用「看客」概念以及空間敘事的觀點，說明《點石齋畫報》形成出「看與被看」的多重觀看狀態。

經由本論文的討論，作者歸納出《點石齋畫報》這個晚清的新式傳播媒介在圖文構成上所呈現的獨特之處，並藉此呈現《點石齋畫報》作為晚清畫報的先驅，為後來的畫報奠定的圖文構成基礎。

謝　辭

　　幾年前，因為一場美麗的錯誤，我邂逅了《點石齋畫報》，從此踏入晚清的圖像世界之中，深深著迷於那個風起雲湧的時代，也因此促使了這本碩士論文的誕生。

　　在撰寫論文的過程中，經歷了非常多的事情，諸如實習、教書、出國、更換論文的題目等等，都為我的生活帶來大小不一的改變。我之所以能夠繼續走下去並將論文完成，全是因為有諸多師長、親友的支持與幫助，他們可說是這本碩士論文背後的重要功臣。

　　首先是我的指導老師毛文芳教授，她除了給我許多人生與學術上的啟發，並鼓勵我要堅持下去外，還包容我想多方嘗試的心情，讓我有充足的時間去摸索出自己想走的道路。因為我撰寫論文的時候正好遇到老師休假，只能採用線上對談的方式進行討論，但老師仍盡心給予我各種指導，即使身在國外也隨時關心我的論文進度，就連這本論文能夠順利出版，也是有賴老師的厚愛與推薦，我由衷感謝老師。

　　其次要謝謝兩位學位口考委員呂文翠教授與陳俊啟教授。呂文翠教授點出我在做學問時常犯的錯誤，陳俊啟教授更是鉅細靡遺地對論文提出意見，使我在短短兩個小時的論文口考中，不僅學到很多東西，更看清自己的缺點，掌握日後修改論文的方向。另外還有《東吳中文線上學術論文》的匿名審查委員，雖然後來因我抽回論文而沒能刊登，但仍然感謝他們對本論文提供了寶貴的修改意見。

　　再來我要感謝國立中正大學中國文學系系上的老師們，他們平日對我的教導也影響我良多。其中已經轉往它處任教的培懿老師督促我學習日文，

讓我在日後得以克服閱讀日文文獻的難題；錦珠老師條理分明的思考邏輯，強化了我對問題的思辨能力；明勳老師啟發式的教導方式，培養了我從不同角度去思考問題的習慣；玉君老師認真而踏實的態度，影響了我對學術與教學的看法，還有瓊玲老師、義玲老師和靜吟老師平日對我的關懷和鼓勵，這些都成為了我撰寫論文時的養分與動力。

除了教授們外，我也要感謝我的學長姐、朋友們與同事。在論文撰寫期間隨時噓寒問暖，並供我借宿的灸珍學姊和巧媛學姊、接到我的請託電話，立刻給予幫助的智信學長、不斷鼓勵並且督促我寫下去的宜玲學姊，熱心提供各種資料並解答問題的位政學長，以及在這本論文出版前，協助修改英文摘要的好宣老師，還有其他未能盡列的友人們，他們都在我最需要幫助的時候伸出了援手。

室友依如、致葳以及好友佳純，她們都是我生命中的貴人，總是傾聽我說話，和我討論人生的問題，使我有繼續走下去的動力，我由衷感謝她們的陪伴。特別是佳純，她不僅隨我北上找資料，更重要的是幫我校正了這本碩士論文中所有的日文翻譯。沒有她，我不可能克服語言的障礙，去閱讀那一份又一份的外國文獻。

最後要感謝的是我的家人們。他們支持我走過那段最難熬的日子，並且陪著我「南征北討」、四處收集資料，還在我埋首於論文時，幫忙掃描圖像、處理雜事，並隨時開導我，是我最大的心靈支柱。

我是個幸福的人，在這一路上遇到了很多貴人，也讓我深刻體會到，只憑我一個人是無法完成這本學位論文的。是因為凝聚了眾多人的幫助與關心，我才能走到今天這一步。

謝謝你們！

2014 年 1 月 24 日　紀雁　寫於夜深人靜的家中

2020 年 10 月 12 日　出版前夕增修

第一章　緒　論

第一節　研究動機與目的

一、研究動機

　　十九世紀初期，隨著外國傳教士的東來，應運而生了一批由外國傳教士和部份商人（主要是鴉片商）創辦的中文報刊，以及以外僑為主要讀者的外文報刊。〔註1〕這些具有濃厚傳教意味的外報傳入中國後，許多中國的知識分子有感於報刊的傳播功能與影響力，也陸續投身報界，希望將報刊當作改革社會的工具，是以帶動了晚清中國境內報業的發展。〔註2〕

　　除了傳教、政治用途外，受到經濟發展的刺激，商業性報紙也隨之誕生。道光 30 年（西元 1850 年），英國商人奚安門（Henry Shearman）創辦了上海開滬後的第一份報紙《北華捷報》（North China Herald）〔註3〕，但這是份

〔註1〕　王鳳超：《中國的報刊》（北京：人民出版社，1988 年），頁 24。王鳳超在該書中將十九世紀以來，隨著西方傳教士的東漸與新的報刊觀念的傳入，而產生的一些有別於中國古代報紙的新形式報紙，稱為「中國近代報刊」。

〔註2〕　關於近代報刊的傳入與發展，詳見王鳳超：《中國的報刊》，頁 24〜118。

〔註3〕　又譯為《華北先驅報》，內容包括廣告、行情、船期等商業性材料，另外也有當時的新聞、評論與讀者來信。每逢星期六出版，每期對開一大張，共四頁，後來為彌補週報時效性不足的缺點，於咸豐 6 年（西元 1856 年）增設日刊《每日航運新聞》（The Daily Shipping News）。《每日航運新聞》於同治元年（西元 1862 年）改名為《每日航運與商業新聞》（The Daily Shipping Commercial News），之後又於同治 3 年（西元 1864 年）正式改版為《字林西報》（North China Daily

英文週報，主要是針對外國讀者而辦。到了咸豐 11 年（西元 1861 年），這家英文報館進行了擴展，才出版了以華人為主要讀者的中文商業報紙《上海新報》〔註 4〕。《上海新報》於報首畫有黃浦江風景，頗足代表一地方之特色，另還用「圖說」的形式介紹各種西洋的新機器、新產品，解說詳細，雖是洋商用來推銷商品的廣告，但對當時的華人讀者仍具有開眼界、增見識之用。〔註 5〕《上海新報》自創刊後，一直獨占上海中文報的市場，直到同治 11 年（西元 1872 年）英國在華商人美查（Ernest Major）〔註 6〕成立申報館（圖一‧一），並發行《申報》〔註 7〕與《上海新報》競爭，《上海新報》才在《申報》強大的優勢下，被迫於同年底自動停刊，上海報壇從此進入以《申報》為主的時代。〔註 8〕

News），並逐漸發展成為在華影響最大的英文報紙，一直發行到民國 40 年（西元 1951 年），原本的《北華捷報》反而成為其星期附刊。詳見陳玉申：《晚清報業史》（濟南：山東畫報出版社，2003 年），頁 34～35。

〔註 4〕 該報為《字林西報》的中文版，採洋紙兩面印，大小約普通報紙的四分之一。首任主編是詹美生（R. A. Jamieson），之後又先後聘請傳教士華美德（M. F. Wood，戈公振譯為「伍德」）、傅蘭雅、林樂知等人擔任主編。其新聞太半譯自《字林西報》，餘則轉錄《京報》及香港報紙。內容則以發布各類商業信息為主，且商業廣告眾多，各洋行把其當作招攬生意、推銷商品的門道；又因為是由傳教士主持，所以也會刊載一些介紹西學的文章。關於《上海新報》的資料，詳見戈公振：《中國報學史》（臺北：臺灣學生書局，1984 年），頁 78、王鳳超：《中國的報刊》，頁 43、陳玉申：《晚清報業史》，頁 35～38。

〔註 5〕 戈公振：《中國報學史》，頁 78、陳玉申：《晚清報業史》，頁 35、36。

〔註 6〕 《申報》與《點石齋畫報》的創辦人。精通中國語言文字，於同治初年與兄長至上海經營茶葉與布匹生意，後經陳莘庚勸說，與友人伍華德（C. Woodward）、普萊亞（W. B. Pryer）、麥基洛（John Machillop）合資創辦《申報》。見王鳳超：《中國的報刊》，頁 42、陳玉申：《晚清報業史》，頁 39。本論文第三章第一節亦有關於美查的詳細討論。

〔註 7〕 同治 11 年 3 月 23 日（西元 1872 年 4 月 30 日）在上海正式創刊的中文報紙，一開始為雙日刊，自第五號起改為日刊，逢週日休刊（自光緒 5 年起，星期日也照常出版）。全名為《申江新報》，因為清代上海人喜歡用「申」字代表上海，故以此命名，藉此讓讀者一看就知道這是上海的報紙。至於「新報」二字，則是用以表示其與中國發行的《邸報》、《京報》的區別。徐載平、徐瑞芳：《清末四十年申報史料》（北京：新華出版社，1988 年），頁 6～8。

〔註 8〕 關於兩報間的競爭情況，詳見王鳳超：《中國的報刊》，頁 43、44，裡面從「報紙內容」、「發行」與「價格」三方面分析《申報》之所以能夠取代《上海新報》的原因。

（圖一‧一）

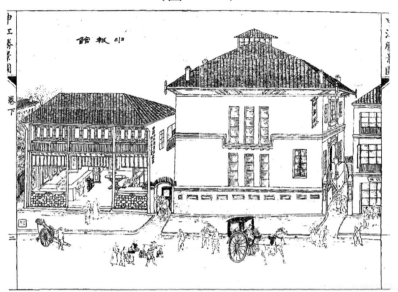

　　《申報》成功稱霸上海後，美查為了讓其事業更加擴大，除了經營附屬
事業〔註9〕外，還以《申報》為基礎，創辦幾個派生性的刊物。首先是同治11
年10月11日（西元1872年11月）創辦的附設文藝刊物《瀛寰瑣記》，專門
刊登文藝性的來稿，月出一冊，是我國出版史上最早的月刊，但大概是因銷
路不暢的關係，在光緒3年（西元1877年11月底）停刊。〔註10〕其次則是
在光緒2年3月5日（西元1876年3月30日）創設、隔日發行一次的白話
報《民報》，美查在其發刊前還於《申報》上稱：

〔註9〕　申報館的附屬印刷事業有「申昌書局」、「點石齋印書館」、「古今圖書集成書
　　　　局」三個機構，其中「申昌書局」是利用申報館印製報紙的餘剩時間來印刷
　　　　市上流行的書本，「點石齋印書館」則是印刷比較精良的圖書、畫頁畫冊。「古
　　　　今圖書集成書局」是申報館為了印製《古今圖書集成》而設立的，該書局的
　　　　出版工作使得中國許多孤本、珍本得以流傳後世。見徐載平、徐瑞芳：《清末
　　　　四十年申報史料》，頁316、317。
〔註10〕《瀛寰瑣記》後來於西元1872年2月改名為《四溟瑣記》，之後又於次年2
　　　　月改名成《寰宇瑣記》，見徐載平、徐瑞芳：《清末四十年申報史料》，頁317、
　　　　318；陳玉申：《晚清報業史》，頁35～38。也有學者以為《瀛寰瑣記》、《四溟
　　　　瑣記》和《寰宇瑣記》是先後創刊的月刊，只是內容都以詩詞、小說和譯文
　　　　為主，且皆以四號字排印，尚未刊附插圖，見卓聖格：〈晚清石印畫報的形成
　　　　與發展研究〉，《台中商專學報》第31期（1999年6月），頁391。不論這三
　　　　個刊物是相同而改名的月刊，抑或是完全不相干的不同月刊，《瀛寰瑣記》都
　　　　是近代中國最早的文學期刊。

啟者：本館茲將增出一報，欲請人代為發賣，此報專為民間所設，故
字句俱如尋常說話，每句及人名、地名盡行標明。庶幾稍識字者，便
於解釋。每逢禮拜二、四、六發一張，每張僅取價錢五文。不日就可
出售，如有在上海欲承辦代賣者，請來本館面議可也。〔註11〕

由此可知，《民報》的取向是偏向大眾化，字句如口語，方便一般讀者閱讀，
這應是考慮到《申報》的用字高深，非婦孺工人所能盡讀所做的改變。〔註12〕
《民報》出版後沒多久，美查又在《申報》刊登〈勸看民報〉啟事，鼓勵讀者
購買《民報》，只可惜《民報》在刊行後不久仍然停刊。〔註13〕

　　之後在光緒 3 年 4 月（西元 1877 年 6 月 6 日），美查又編印了《寰瀛畫
報》，這是近代中國第一份採用「畫報」命名的不定期連續出版品，由英國畫
師繪圖，蔡爾康負責撰寫說明的文字。〔註14〕這份出版品雖然在一開始推出
時受到讀者們的歡迎，取得不錯的銷售成績，但是之後也只短短出了五卷就
宣布結束了。〔註15〕

　　雖然上述美查所推出的各類不同訴求的刊物刊載時期都不長，不能算是
成功的報紙，但這些刊物都成為之後美查發展報業的基石。到了光緒 10 年 4
月（西元 1884 年 5 月），美查創辦日後被認為是晚清重要畫報之一的時事畫
報《點石齋畫報》，才正式開啟美查報業的另一個高峰。

　　有別於以文字為主的《申報》，《點石齋畫報》雖也有文字報導，但其主
要是以圖像呈現出新聞內容。這種以圖像為主的報導形式，提供了直觀性、
愉悅性與可讀性，使得讀者在閱讀時事新聞時，可以透過圖像的呈現，更具
體地瞭解事件發生時的情況，這是《申報》單靠文字所無法達到的效果。《點

〔註11〕申報館啟：〈招人代售新報〉，《申報》第 1201 號，光緒 2 年 3 月 3 日，西
　　　元 1876 年 3 月 28 日禮拜二，頭版，收入於上海書店：《申報：影印本》（上
　　　海：上海書店，1983 年）第八冊，頁 277。本論文所引用的《申報》報導，
　　　皆引自《申報：影印本》版本，為避免行文冗贅，之後於出版項僅寫冊數和
　　　頁數。
〔註12〕戈公振：《中國報學史》，頁 79。
〔註13〕陳玉申：《晚清報業史》，頁 47、48。
〔註14〕陳玉申：《晚清報業史》，頁 48。徐載平、徐瑞芳：《清末四十年申報史料》，
　　　頁 319、320。祝均宙：《圖鑑百年文獻：晚清民國年間畫報源流特點探究》
　　　（新北市：華藝學術，2012 年），頁 9。目前《寰瀛畫報》在學界已有各種討
　　　論，這部分的論述詳見本論文第三章第三節。
〔註15〕魯道夫‧G‧瓦格納：〈進入全球想像圖景：上海的《點石齋畫報》〉，《中國學
　　　術》第八輯（2001 年 11 月），頁 16～24。

石齋畫報》經由繪製圖像，再加上文字的搭配，對於晚清社會的生活情景做了豐富的紀錄，無怪乎鄭振鐸認為《點石齋畫報》裡的許多生活圖，是中國近百年來很好的「畫史」，〔註16〕而這也是近年來晚清社會文化研究將《點石齋畫報》視為重要題材的原因之一。

卓聖格在〈晚清石印畫報的形成與發展研究〉一文的開頭，便針對「畫報」的性質如此闡述：

> 「畫報」顧名思義，乃是指：以圖畫來報導新聞的報刊。它將許許多多的新聞素材，透過插圖畫家的畫筆，寫入畫中，以圖文並茂的方式，具體呈現新聞內容的一種新聞報導方式。這種報刊，雖也藉助文字，以強化報導，然重點仍在插畫，文字只是輔助的功能而已。這也是畫報與早期的一般性報刊——以文字為主、圖像為輔的最大不同所在。因此，插畫的表現與新聞性的內容可以說是畫報的兩大支柱，也是畫報獨具魅力的所在。〔註17〕

由此可知，畫報的重心之一就是在圖像。以圖像為主要敘事方式，使得《點石齋畫報》有別於一般以文字為重的報紙，敘事方式自然也有所差異。另一方面，雖然同樣是圖像，《點石齋畫報》的圖像和其它畫譜，諸如《墨竹新譜》、《芥子園畫傳四集》、《百蝶圖》等〔註18〕不同，它除了繪出人物景象外，還具備著卓聖格所說的另一大支柱：「新聞性」。〔註19〕陳平原在《左圖右史與西學東漸——晚清畫報研究》便提到：

> 在我看來，所謂「畫報」，首先應該是「報」，而後才是有「畫」的

〔註16〕鄭振鐸：〈近百年來中國繪畫的發展〉，《鄭振鐸藝術考古文集》（北京：文物出版社，1988年9月），頁193。

〔註17〕卓聖格：〈晚清石印畫報的形成與發展研究〉，頁387。

〔註18〕《墨竹新譜》刻於嘉慶10年（西元1815年），主要是介紹畫竹之法，並刻出自己所畫之「竹」；嘉慶23年（西元1818年）所刻的《芥子園畫傳四集》專講繪畫人物的方法，內容詳盡而刻工精良；刻於道光4年（西元1824年）的《百蝶圖》，鄭振鐸以為是空前之作，曲盡蝶之飛翔之態，可能是常繡在帳楣與衣服上的「百蝶圖」的範本。見鄭振鐸：〈中國古代版畫史略〉，《鄭振鐸藝術考古文集》（北京：文物出版社，1988年9月），頁419、420。

〔註19〕雖然中國早在宋代就出現過「新聞」一詞，但是和這裡的概念有些不同。實際上在晚清當時「新聞」的概念尚未完全成型，「新聞學」最初也被稱為「報學」而非「新聞學」。見李瞻：《新聞學》（臺北：三民書局，1987年），頁25～28；鄭貞銘：《新聞學與大眾傳播學》（臺北：三民書局，1990年），頁1～7。此處為避免混淆不清，筆者仍沿用其他學者所稱的「新聞」、「新聞性」等詞來討論。

「報」。也就是說，新聞性應是第一位的。否則，單講「圖文並茂」，中國人早有成功的先例，不待西學大潮的催促與帶動。也正是從「新聞性」角度，才能理解為何石印術的引進，對於中國畫報之崛起，是如此的「生死攸關」。〔註20〕

在這裡陳平原明確指出，「畫報」最重要的本質是在「報」，也就是「新聞性」。因為與新聞結合，使得《點石齋畫報》具有強烈的「時間意識」，對於「時事」高度關注，而這就是「畫報」和一般「圖文並茂」的作品、畫冊最大的不同點。〔註21〕也因為如此，雖然《申報》和《點石齋畫報》在文字和圖畫的著重角度上有所不同，但因其皆為「報」，使得兩者在本質上有著相連的共通點。因此我們可以說，《點石齋畫報》因其「報」的本質以及以圖為主的呈現方式，使得其與其它同樣以圖為主的出版品，或是以文字為主的新聞報紙有所不同，而這就是《點石齋畫報》所擁有的獨特性。

另一方面，雖然當時照相術已經發明並且傳入中國，而比石印技術更進步的照相網目版印刷，也於十九世紀末傳入，但晚清的近代報刊受到器材成本與製版印刷技術等條件的限制，仍舊不能直接在報刊上刊登攝影作品，〔註22〕因此照片在當時仍難作為一種報導圖像來登上報紙的版面，更別說是要利用照片來發行畫報。故以手繪圖像為主的畫報，不僅是中國近代報刊形成後，晚清新興起的新聞傳播媒介，還得以在照片成為主要報導圖像前的空窗期中，擔任晚清最主要的圖像報導手段。

晚清中國畫報的興起，促使了中國各地興起辦畫報的風潮。李潤波在《晚清新聞畫報收藏》中，便將晚清畫報依繪畫技法、語言特色區分為「上海畫報」、「北京畫報」、「天津畫報」以及「西洋畫報」四類。除了最後一種「西洋畫報」，前三種都是中國在地發行的報紙（但創辦者不一定都是中國人），其中又以上海畫報種類最多，新聞性、娛樂性最強，報導地區範圍最廣。〔註23〕

〔註20〕陳平原：《左圖右史與西學東漸——晚清畫報研究》（香港：香港三聯書店，2008 年），頁 54。
〔註21〕關於《點石齋畫報》具備「時間意識」，且對「時事」有強烈關注之特色的詳細討論，詳見陳平原：《左圖右史與西學東漸——晚清畫報研究》，頁 57。
〔註22〕卓聖格：〈晚清石印畫報的形成與發展研究〉，頁 390。
〔註23〕李潤波主編：《晚清新聞畫報收藏》（杭州：浙江大學出版社，2008 年），頁 1、117、179、211。

　　在上海為數眾多的畫報當中，發行時間早且長期，居前導地位的畫報，莫過於《點石齋畫報》。作為晚清中國時事畫報的先驅，《點石齋畫報》就發刊時間上來說，雖然未必是「中國第一份畫報」〔註24〕，但其受歡迎的程度以及發行的成功，都帶動了眾多畫報的創立，<u>使畫報迅速發展成最新且較普及的大眾傳播媒體，而畫報的形式與內容亦在此時逐漸確立</u>。〔註25〕因此除了因「畫報」的特色而使《點石齋畫報》有別於一般圖畫出版品以及報紙外，《點石齋畫報》的先驅地位，讓《點石齋畫報》在晚清為數眾多的畫報中擁有重要的一席之地，是研究晚清畫報必然要碰觸的文本材料，而<u>這就是筆者為何選擇《點石齋畫報》作為本篇論文主要討論題材的原因</u>。

　　從敘事的角度來說，圖像敘事與文字敘事不同，前者以空間為重，後者以時間為主。而《點石齋畫報》採用以圖像為主、文字為輔的報導模式，產生圖文互補、互涉的情形，兼具了圖像與文字這兩者的敘事特色，形成與一般報紙有所不同的敘事效果。在視覺觀看上，《點石齋畫報》以類似「鏡頭觀看」的方式，將發生於市井中的事件記錄下來，或將嚴肅的議題化為圖文筆下的敘述對象，更增加其通俗性，易於進入讀者的閱讀想像之中，〔註26〕產生與文字不同的視覺觀看體驗。

　　除了和一般的文字報紙相異外，《點石齋畫報》的手繪圖像與日後以照片為主的畫報〔註27〕也有很大的不同。照片所拍攝的是當下的瞬間，雖然也含有拍攝者的主觀選擇，但呈現的仍是現實世界中的景象，無法進行刪減、修正。〔註28〕手繪圖像則不一樣，手繪圖像的繪者可以依據狀況對圖像的內容進行編排、增減，甚至是改編，因此蘊含繪者濃厚的主觀意識。然而，也因為《點石齋畫報》的圖像可以被繪者自由編排，這就考驗著《點石齋畫報》的敘事能力──《點石齋畫報》要如何在有限的空間內，運用圖文並構的方式將新聞事件清楚敘述出來給讀者，藉此刺激讀者的視覺觀看感受。

〔註24〕關於《點石齋畫報》是否為中國第一份時事畫報的討論，詳見本論文第三章第三節的討論，在此就不贅述。

〔註25〕卓聖格：〈晚清石印畫報的形成與發展研究〉，頁393。

〔註26〕談啟志：《再現的城市：「點石齋畫報」中的上海（1884～1898）》（臺北：臺灣師範大學國文學系碩士論文，2012年），頁7。

〔註27〕後來發行的許多畫報都兼採照片、手繪圖像、漫畫等新聞材料，例如《良友畫報》、《時代畫報》、《金剛畫報》等。

〔註28〕考慮到時代背景，這裡姑且不將照片的合成、修改技術納入討論。

　　總結來說，《點石齋畫報》作為晚清畫報的前鋒，不僅拉開了中國當地畫家自行繪製新聞畫報的序幕，也對培養中國受眾群〔註29〕與過往不同的新聞圖文閱讀方式有推波助瀾的功能，因此它的開創性是具有研究價值的。仔細剖析《點石齋畫報》的圖像以及其文字，將有助於瞭解《點石齋畫報》是如何敘述、呈現晚清的新聞事件，而此即是筆者撰寫本論文的研究動機。

二、研究目的

　　從訊息傳播的角度來看，中國近代報刊的產生，讓原本言禁甚嚴的局面開始有了裂縫。康無為在〈「畫中有話」：點石齋畫報與大眾文化形成之前的歷史〉即提到：

> 在那個年代，現任官員有充分的公共資訊，本不足為奇；讀書階級想凡事皆知，也可以理解，但若說尋常百姓也有資格分享官員所得到的消息，那所引起的反應，與其說是無從想像，不如說是從未想過。對某些讀者來說，讓他們看到官員工作時的樣子可能就像偷窺人家隱私一般。一般行商坐賈、殷實平民、地方幫閑及黑社會份子只能出錢向人打探或私下傳遞他們所想知道的消息。〔註30〕

由此可知，在近代報刊產生前，許多資訊是一般群眾無法輕易獲取的。除了形成訊息的傳播管道外，因為官府對於外國人的限制較少，使得早期一些外國人在華辦的報紙，得以擁有較寬鬆的發言權，不僅能向大眾報告新聞、介紹新知，同時也能在一定的限度內對時政發表意見，故在內容上更為自由。〔註31〕因此整體來說，相較於一般書籍，報刊較自由的發言內容、針對時事的即時性，以及傳播對象數量的擴大，其實也為一般群眾打開了一

〔註29〕本論文所稱之「讀者」、「受眾」、「消費者」，皆指《點石齋畫報》發行後，可以取得並且閱讀內容的群體大眾，並不特別嚴格區分三者間的差別。

〔註30〕康無為：〈「畫中有話」：點石齋畫報與大眾文化形成之前的歷史〉，《讀史偶得：學術演講三篇》（臺北：中央研究院近代史研究所，1993年），頁97。

〔註31〕例如西元1882年《申報》報導江蘇鄉試弊端，惹怒學政上奏，朝廷因此有旨查辦上海報紙，但新任上海道邵友濂不敢查辦洋商報，便令中國人辦的《新報》停止出版。實際上在甲午戰爭前，報業最大的阻礙是官府，為了避免官府的迫害，有的報紙請外商代為出名，有的則遷入租界出版，托庇於外人的治外法權。詳見陳玉申：《晚清報業史》，頁64～66。但是這並不代表《申報》就可以肆無忌憚地進行各種報導，事實上當時報紙在政事的報導上仍受官員的干涉，不時會引起糾紛，見趙建國：《分解與重構：清季民初的報界團體》（北京：生活‧讀書‧新知三聯書店，2008年），頁23。

道缺口，讓庶民有機會接觸到原本無緣知道的訊息。

　　以圖像為主的畫報也起了相似的效果，晚清畫報《點石齋畫報》的發行，開啟了近代中國以圖像敘述時事的新式報導方式，使畫報在中國成為有別於文字報紙的另一種報導媒介。就新聞傳播來講，畫報的盛行代表著圖像印刷技術的提升以及圖像訊息流布的拓展，讀者不再僅憑文字來想像新聞事件的場景，而是可以經由圖像的再現來觀看，形成了與文字不同的視覺觀看效果。然而，誠如前面所說，同樣是圖像，畫報的手繪圖像和現在報紙裡常見的照片有很大的不同。前者屬於創作性圖像，裡面蘊含了繪者的創造、情感與思想，有著一定的主觀能動性；後者則是屬於複製性圖像，以再現世界、複製對象的影像為宗旨。〔註32〕因此手繪圖像作為一種報導手段，和照片最決定性的不同就在於它是經過繪者的「再創造」：繪者首先是由視覺接受了現實世界的「物像」，在內心／腦中形成「心像」，最後運用繪圖的方式再現出「表象」。〔註33〕這樣的製作過程就牽涉到繪者如何觀看事件，並且建構出一個新聞事件的場景，因此畫報中所呈現出來的，其實是繪者針對新聞事件的觀看、解讀與再現。

　　關於圖像的生成與觀看，約翰‧伯格（John Berger）在其著作《觀看的方式（Way of Seeing）》曾提過：

> 影像是一種再造或複製的景象。它是一種表象（appearance）或一組表象，已經從它最初出現和存在的時空中抽離開來——不論它曾經存在幾秒鐘或幾個世紀。每個影像都具現了一種觀看的方式。即使是照片也不例外。……畫家的觀看方式，則可根據他的畫布或畫紙上留下的痕跡重新建構。不過，雖然每個影像都具現了一種觀看方式，但是我們對影像的感知與欣賞，同樣也取決於我們自己的觀看方式。〔註34〕

〔註32〕龍迪勇：〈圖像敘事：空間的時間化〉，《敘事叢刊》第一輯（2008年7月），頁169。

〔註33〕「物像」是人們的眼睛能夠看到的真實的外在世界，或者說是真實的外部世界在人的眼睛視網膜上的呈現。「心像」則是每個人在自己心裡所構築的世界，又可分為「記憶心像」和「創造心像」。至於人們運用媒體再現的所見、所知、所感，則被稱為「表象」。詳見韓叢耀：《圖像傳播學》（臺北：威士曼文化，2005年），頁50～52。

〔註34〕約翰‧伯格（John Berger）著、吳莉君譯：《觀看的方式（Way of Seeing）》（臺北：麥田出版社，2005年），頁12、13。

因為影像比它所再現的事物更能經得起時間的摧磨，故影像可以展現某個東西或某個人昔日的模樣，也就是說，影像展現這個過去對象曾經如何被別人觀看。再者，影像製造者（繪者）的特殊觀點同樣也是影像記錄的一部分，因此影像變成是某甲如何觀看某乙的紀錄。〔註35〕由此可知，《點石齋畫報》的圖像，正體現繪者們的觀看方式，而這種觀看方式，透過繪者們的畫筆，將整個新聞事件藉由圖像敘事出來。

　　同樣是「觀看」，不同的時期與媒介會形成不同的觀看文化。以明末清初為例，大批閒遊觀賞的文人出現，以及版畫與評點的盛行，使得這些閒遊者在圖繪與評點的世界裡，以視線構畫幻想，享受讚賞、擁有與想像的自由，貫串成一個涉及性別物化與商品化等饒有意義的觀看課題。〔註36〕而誕生在晚清上海的《點石齋畫報》，其作為一種商業報紙，除了發行時間早於晚清大多數的手繪畫報外，其報導題材的選取方向、陳述方式等都與當時報紙消費者的閱讀品味與興趣息息相關。尤其是《點石齋畫報》能夠持續發刊達十多年，可見其對報紙消費者所欲觀看的內容有一定的掌握度，才能長期刺激消費者購買。因此仔細剖析《點石齋畫報》的內容，掌握其視覺景觀背後的觀看文化，方能對於晚清的圖文觀看文化有更多的瞭解。

　　自報導題材來看，《點石齋畫報》的報導內容可說包羅萬象，從中外戰爭到中西交流，社會案件到節慶民俗，大到國家大事，小到家庭紛爭等，全都在報導範圍之中。其報導的空間領域，從一般人可接觸到的公領域跨足到私領域，以一種窺視的視角，觀看平常無法輕易得知的他人私生活狀況，形成一種猶如偷窺的觀看。另一方面，相較於晚清的其它畫報，《點石齋畫報》的圖文報導中還有一個特殊元素，那就是「看客／觀者」的存在。不論是圖像報導，抑或是文字內容，《點石齋畫報》處處充滿著以事不關己的態度，在觀看著事件經過的觀者。這樣的圖文呈現，反映了如何的晚清社會現象，也是值得探討的。

　　繪者／撰寫者釐清了新聞事件的內容後，下一步就是如何呈現在報紙上的問題，這裡就牽涉到敘事方法。《點石齋畫報》的敘事方法頗為特別，首先以圖像作為主要的敘事工具，又配以文字進行次要的敘事，最後在每篇文章

〔註35〕約翰・伯格（John Berger）著、吳莉君譯：《觀看的方式（Way of Seeing）》，頁
　　　　13。

〔註36〕毛文芳：《物・性別・觀看——明末清初文化書寫新探》（臺北：臺灣學生書
　　　　局，2001 年），頁 33、34。

的文末印上一小圖章，以簡單幾個字作為結論。這樣三層式的敘事手法，各自帶有製作者對新聞事件的觀看視角與評論，使得《點石齋畫報》形成了圖像、文字、閒章的三層敘事，產生互補、加強或者差異的隙縫，而有了不同於一般報刊的敘事張力。〔註37〕

　　綜合以上所述，筆者之所以選定《點石齋畫報》的圖文報導為本論文的研究基礎，並且以「觀看」和「敘事」兩概念作為研究切入點，除了是因為《點石齋畫報》有別於以往中國以文字為重的敘事方式外，更最重要的是《點石齋畫報》在「觀看」與「敘事」這兩方面，都擁有與晚清其它畫報相異的獨特之處。因此筆者期許透過本論文的研究，對於《點石齋畫報》的繪者／撰寫者如何觀看／敘述晚清的眾多新聞事件能有進一步的瞭解，此即筆者撰寫本論文的研究目的。

第二節　前人研究概況

一、《點石齋畫報》的相關研究

　　近幾年報刊成為中文學界研究晚清社會的熱門議題之一，從各種不同角度探討晚清報刊的研究成果也陸續發表。以宏觀性的史學、報刊史角度來說，有戈公振《中國報刊史》、陳玉申《晚清報業史》、方漢奇《中國近代報刊史》〔註38〕、卓南生《中國近代報業史1815～1874》〔註39〕、劉蘭肖《晚清報刊與近代史學》〔註40〕、楊光輝《中國近代報刊發展概況》〔註41〕等書，但是這些專書著重的記錄對象，主要還是以文字為主的大報，諸如《申報》、《時務報》等，雖然或有文字介紹到《點石齋畫報》，但往往篇幅短小，例如《中國報刊史》、《晚清報業史》中都是短短幾行文字帶過，評價也很普通。

　　雖然《點石齋畫報》受到多數史家的忽略，但仍有一些研究成果。陳平原在《左圖右史與西學東漸——晚清畫報研究》中曾依據早期重要的研究資

〔註37〕關於《點石齋畫報》的三層敘事，詳見本論文第五章。
〔註38〕方漢奇：《中國近代報刊史》（太原市：山西人民出版社，1981年）。
〔註39〕卓南生：《中國近代報業史1815～1874》（臺北：正中書局，1998年）。
〔註40〕劉蘭肖：《晚清報刊與近代史學》（北京：中國人民大學，2007年）。
〔註41〕楊光輝：《中國近代報刊發展概況》（北京：新華出版社，1986年）。

料，整理出五位最值得重視的人：包笑天的回憶提供了讀者閱讀《點石齋畫報》的經驗，阿英是從報刊史的角度著眼，將中國畫報分為四期，強調「西法石印」的輸入帶給中國畫家的便利，並對以時事為主的《點石齋畫報》給予很高的評價。徐悲鴻、鄭振鐸的重點放在「近百年來中國繪畫的發展」，前者著重在《點石齋畫報》的繪者吳友如身上，認為其為世界古今最大插圖者之一，亦是中國美術史上偉人之一，肯定吳友如在《點石齋畫報》上的表現；後者則著重在「新聞畫家」方面的貢獻，認為吳友如在《點石齋畫報》上發表的生活畫是中國近百年很好的「畫史」。魯迅兼及歷史與現實、生活與藝術、個人趣味與文化走向，強調觀察的眼光與繪畫技巧，並指出畫報連續出版的壓力導致畫家筆調趨於「油滑」的情況。〔註42〕這些早期成果為《點石齋畫報》的研究奠定了基礎，也留下豐富的研究線索供之後的學者繼續發揮。

隨著近些年圖像研究的興起，學界對畫報投入的關注也日益增多，以往一些被忽略的畫報陸續受到重視，關於《點石齋畫報》的研究也逐漸累積。李孝悌依照中外學界閱讀角度的不同，將《點石齋畫報》2002年以前的研究成果分成四大類：「大眾文化」、「新知傳播」、「傳統文化素質和鄉野圖景」以及「全球化的想像」，〔註43〕初步為《點石齋畫報》的討論議題提供了方向。吳學文在〈《點石齋畫報》研究論述〉〔註44〕中則依時間先後來進行整理：在西元1980年代以前，與《點石齋畫報》相關的文章少，多偏向介紹性質；改革開放後，首先出現許多選編或資料書，為後續的學者建立基礎；九十年代以後，相關的論著增加，探討議題也更加深入，吳學文將其大致分為三類：

1. 《點石齋畫報》基本資料與其主編之研究：主要是討論《點石齋畫報》的主編者吳友如的生平考證，以及《點石齋畫報》的停刊時間問題。

〔註42〕陳平原：《左圖右史與西學東漸——晚清畫報研究》，頁111〜120。

〔註43〕李孝悌：〈走向世界，還是擁抱鄉野——觀看《點石齋畫報》的不同視野〉，《中國學術》第十一輯（2002年），頁287〜293。因為這之中遺漏了陳平原的研究成果，故陳平原在《左圖右史與西學東間——晚清畫報研究》中另行補充，說明自己的研究特點乃在於關注圖文的縫隙，且不侷限於《點石齋畫報》一家，是延及整個晚清畫報。詳見陳平原：《左圖右史與西學東漸——晚清畫報研究》，頁6、7。

〔註44〕吳學文：〈《點石齋畫報》研究論述〉，《文山師範高等專科學校學報》第20卷第3期（2007年9月），頁56〜58。

2. 從地域性、社會變遷等角度看晚清的社會樣貌：以與上海相關的文章為多，這跟目前上海史研究的興盛有關。

3. 從中外文化交流的角度：針對晚清中外文化交流的情況作探究，但是目前的成果較少。

從這些學者的整理中，我們可以約略看到研究《點石齋畫報》的發展經過與著重議題，也提供了後代學者思考的方向。

以下筆者將依照內容與形式分為「選編專書」、「學術專書」、「學位論文」與「期刊論文」等四類，逐一進行介紹。

（一）選編專書

目前已有許多以晚清畫報為主題的選編書籍出版，可供研究者作為參考，例如概論介紹晚清幾個重要畫報的有李潤波選編的《晚清新聞畫報收藏》，該書的內容因著重在介紹畫報，故議論、研究的成分甚少，對於每篇選錄的圖像報導內容也僅有幾行簡單的介紹。但其將晚清畫報依技法、語言等區分為「上海畫報」、「北京畫報」、「天津畫報」以及「西洋畫報」四類，並對於這四類畫報的特性作簡略的說明，有助於初步瞭解晚清眾多畫報的特色。

專門針對《點石齋畫報》進行資料整理的選讀，除了早期的鄭為《點石齋畫報時事畫選》〔註45〕、吳庠鑄《點石齋畫報的時事風俗畫》〔註46〕、孫繼林《晚清社會風俗百圖》〔註47〕外，江蘇人民出版社有系列叢刊《晚清官場百態》〔註48〕、《晚清奇案百變》〔註49〕、《晚清洋相百出》〔註50〕、《晚清民風百俗》〔註51〕四冊，這四本書各自以其書名為主題，選錄《點石齋畫報》的若干報導圖像，在圖像旁分別有「舊聞」和「新說」兩篇文章，其中「舊聞」是句讀《點石齋畫報》的報導原文，「新說」則是編者撰寫的說明。另外還有中國大百科全書出版社出版的《土眼洋事之華洋眾生》〔註52〕、《土眼洋

〔註45〕鄭為編：《點石齋畫報時事畫選》（北京：中國古典藝術出版社，1958年）。
〔註46〕吳庠鑄編：《點石齋畫報的時事風俗畫》（北京：人民美術出版社，1958年）。
〔註47〕孫繼林編：《晚清社會風俗百圖》（上海市：學林出版，1996年）。
〔註48〕俞小紅編：《晚清官場百態》（南京：江蘇人民出版社，2006年）。
〔註49〕盧群編：《晚清奇案百變》（南京：江蘇人民出版社，2006年）。
〔註50〕薛冰編：《晚清洋相百出》（南京：江蘇人民出版社，2006年）。
〔註51〕王稼句編：《晚清民風百俗》（南京：江蘇人民出版社，2006年）。
〔註52〕張鳴、袁賀編：《土眼洋事之華洋眾生》（北京：中國大百科全書出版社，2005年）。

事之總理衙門》〔註53〕、《土眼洋事之外國聊齋》〔註54〕等三冊，同樣是以《點石齋畫報》為主要選錄主題的系列圖書。

　　遠流出版社重新出版的新版《清末浮世繪：「點石齋畫報」精選集》〔註55〕總共選錄三百五十幅圖像，分為「社會萬象」、「民俗文化」、「婚嫁花絮」、「奇人異士」、「神鬼奇談」、「官場百態」、「上海傳真」、「海外鮮聞」等八個主題，從各種角度介紹《點石齋畫報》中所呈現出的晚清生活場景。書首除了有《申報》的剪影介紹外，〔註56〕還有〈深刻描繪與批評〉、〈世紀末的浮光掠影〉、〈庶民生活的活見證〉等三篇導讀作說明，將重點擺放在《點石齋畫報》對於晚清庶民社會生活的記錄。每幅圖像都冠以簡單而口語化的標題以吸引讀者，例如第一幅在目錄是「風景區打群架，大煞風景」，介紹時便用「大煞風景」為標題，增加閱讀趣味性。報導內容則另以白話文字作說明，並且在圖像上方附上相關的圖像剪影作為補充，將《點石齋畫報》的各篇報導間做了一些聯結，讓讀者可以透過《點石齋畫報》的圖像，對於晚清時期中國的社會現象與海外情景有更清楚的瞭解。

　　黃友編著的《回眸晚清——「點石齋畫報」精選釋評》〔註57〕以「搜奇」（奇聞）、「觀風」（風俗）為重點，分成「牽動國人的戰事：激變風雲」、「中華域外的新知：放眼綜覽」、「聳人視聽的新聞：搜奇誌異」、「多面世相的展映：觀風知俗」四個主題，主要依循陳平原對《點石齋畫報》的概括分類：「時事」、「新知」、「奇聞」、「果報」，唯對「果報」一項做了延展，以更充分反映《點石齋畫報》中風俗方面的內容。每幅圖像除了附上原文句讀，另有以白話簡述原文內容的「圖文意譯」，以及以現在的立場重新解讀報導內容的「今日說法」，讓讀者更容易閱讀與理解，同時也能體會到《點石齋畫

〔註53〕張鳴、袁賀編：《土眼洋事之總理衙門》（北京：中國大百科全書出版社，2005年）。

〔註54〕張鳴、袁賀編：《土眼洋事之外國聊齋》（北京：中國大百科全書出版社，2005年）。

〔註55〕吳友如等：《清末浮世繪：「點石齋畫報」精選集》（臺北：遠流出版社，2008年）。

〔註56〕包括《申報》的刊頭、徵人／尋人／尋狗啟示、各類廣告、股市行情表、點石齋畫報出售告示，還有《點石齋畫報》的更正啟事與廣告，並且簡單說明這些剪影所透露出的訊息。

〔註57〕黃友編著：《回眸晚清——「點石齋畫報」精選釋評》（天津：京華出版社，2006年）。

報》的原汁原味。

　　陳平原與夏曉虹編著的《圖像晚清》〔註58〕以「中外紀聞」、「官場現形」、「格致匯編」、「海上繁華」等四大主題來分類，總共收集三百二十五篇，並於目錄標明原本的刊登號數，方便讀者回頭查詢原版。此書與上述選編書籍的不同在於它除了提供已句讀的《點石齋畫報》報導原文外，每篇另附有相關的文獻資料，例如《申報》報導文章和晚清文人的筆記、文章等，是相當實用的資料。另外，導論〈以「圖像」解說「晚清」〉一文，是編者對《點石齋畫報》的研究心得，從讀圖的角度切入，詳細討論畫報的宗旨手段、與申報的關係等背景資料，為研究《點石齋畫報》必讀的文獻資料。文末編者還附上《點石齋畫報》王朝紀年和公元紀年的各號刊行時間表各一，方便讀者檢索。

　　日本方面，目前在臺灣可見的日文《點石齋畫報》選編書籍共有兩本。首先是中野美代子、武田雅哉合力編譯的《世紀末中国のかわら版：絵入新聞『点石斎画報』の世界（世紀末中國的瓦版：插圖新聞《點石齋畫報》的世界）》〔註59〕，該書以「洞窟をくぐえりけたら世紀末（穿越洞窟之後是世紀末）」、「彼方の国人びとの風景（遠方國家與人民的風景）」、「檻のない動物園（沒有柵欄的動物園）」、「異形のものたちの行進（異形之物們的遊行）」、「科学と機械の幻想譜（科學與機械的幻想曲）」為五個主題，總共收錄了八十二篇《點石齋畫報》的報導圖像。除了每個主題的開頭都會有一篇文章為該主題進行概括式的說明外，收錄的圖像旁邊也都附有一篇日文介紹。但必須注意的是，這些說明文章的標題都是編譯者重新訂定，並非依照原文所翻譯；所附的文章內容亦非採用逐句翻譯，而是以意譯或介紹為主，〔註60〕如有需要說明的部分，再以＊註解。除了收錄圖像外，該書開頭有武田雅哉所撰寫的〈ゾウを想え──清末人の〈世界図鑑〉を読むために（想「像」──為了讀清末人的〈世界圖鑑〉）〉，對於《點石齋畫報》作了初步的背景介紹，包括「石版印刷と点石斎（石版印刷與點石齋）」、「『点石

〔註58〕陳平原、夏曉虹編著：《圖像晚清》（天津：百花文藝出版社，2001年）。
〔註59〕中野美代子、武田雅哉《世紀末中国のかわら版：絵入新聞『点石斎画報』の世界》（東京：中央公論社，1999年）。本論文所引用的所有日文，不論書名、文章內容，皆會在註解或原文之後以括號附上中文翻譯，這些中文翻譯乃由筆者親譯，再請友人李佳純進行檢查、修正，以確保翻譯內容的正確性。
〔註60〕因為文章內容並非直譯於《點石齋畫報》的原文，故許多是從現代日本人的立場和觀點去解析、說明。

斎画報』の誕生（《點石齋畫報》的誕生）」、「吳友如とその仲間たち（吳友如與那些夥伴們）」、「『点石斎画報』の内容（《點石齋畫報》的內容）」、「幻視された世界のかたち（幻覺世界的模樣）」、「吳友如のその後（在那之後的吳友如）」、「『点石斎画報』の影響（《點石齋畫報》的影響）」等主題，並在文末提到《點石齋畫報》可以發展的研究角度。其中值得注意的是，裡面提到水木しげる從妖怪學的立場選用《點石齋畫報》作為其中的舉例，完成了《水木しげるの中国妖怪事典（水木茂的中國妖怪事典）》〔註61〕一書，因此日後想要以《點石齋畫報》為主題研究晚清中國妖怪的研究者們，可以將此書納入參考資料中。最後該書書末還附上與之相關的兩幅世界與亞洲地圖、《點石齋畫報》關連年表以及原文標題對照表，清楚標明繪者、刊載日期、刊載號數，方便讀者對照查閱。雖然該書主要是以選讀、介紹《點石齋畫報》為主，但在「異形之物們的遊行」一章的討論中，將《點石齋畫報》中的異形圖像與中國其它書籍進行比較，提供了《點石齋畫報》報導來源的可能資料，可作為本論文第四章討論真實與想像議題的研究依據。〔註62〕

　　另一本日本出版的《點石齋畫報》選編書集，是石曉軍的《「点石斎画報」にみる明治日本（看《點石齋畫報》中的明治日本）》〔註63〕。該書以《點石齋畫報》中的日本圖像為討論對象，挑選與明治日本的社會、生活風景（包含珍談、怪聞）相關的八十幅圖像而編成，但其中並不包括中日戰爭的圖像。〔註64〕全書分為「日中交流（中日交流）」、「明治新風俗（明治的新風俗）」、「明治社会風景（明治社會的風景）」、「日本習俗異聞（日本的習俗與異聞）」、「日本的珍談、奇談（日本的珍談、奇談）」五個主題，每個主題的開頭皆附有該主題的概括式說明文章，並將各主題中所收錄的圖像，

〔註61〕水木しげる：《水木しげるの中国妖怪事典》（東京：東京堂出版社，1990年）。該書在臺灣有中譯本，見水木茂作、蔡阿亮譯：《中國妖怪事典》（臺中市：晨星出版社，2007年）。

〔註62〕武田雅哉另有《飛翔吧！大清帝國：近代中國的幻想科學》一書，裡面運用包括《點石齋畫報》在內的眾多圖像資料進行論述，其中第三章第三節「最後的怪獸大遊行」，也討論到異形圖像，同樣可作為本論文的研究依據。見武田雅哉作、任鈞華譯：《飛翔吧！大清帝國：近代中國的幻想科學》（臺北：遠流出版社，2008年），頁67～73。

〔註63〕石曉軍：《「点石斎画報」にみる明治日本》（東京：東方書局，2004年）。

〔註64〕根據筆者的統計，《點石齋畫報》中的日本圖像約有一百六十多幅，其中約有一半是和戰爭相關的圖像。

依照刊行順序排序，寫明日文標題，並標上繪者、刊載年份（光緒年、西元年、明治年），以及刊載號數。每幅圖像都附有《點石齋畫報》原文的日文翻譯說明文，說明文後再依報導內容斟酌提供「解說」文章，解說諸如考證結果、文句解釋或其它相關訊息等，對研讀《點石齋畫報》的原文相當有幫助。書末附有《點石齋畫報》中文報導原文，以及清代度量衡對照表，供讀者參考對照。除此之外，此書作者在序章〈中国絵画の中の日本（中國繪畫中的日本）〉以「繪畫資料與他者的認識」這一角度切入，爬梳了中國傳統繪畫中與日本相關的圖像，並討論《點石齋畫報》與清末中國人的日本觀，對於想要研究晚清圖像中的日本或晚清中國的日本觀，是不可或缺的資料。

西文方面，有 Don J. Cohn 選譯的 *Vignettes from the Chinese: lithographs from Shanghai in the late nineteenth century*〔註65〕。該書於序言詳細介紹了《點石齋畫報》的基本資料，諸如點石齋石印館、吳友如的生平等等，並且錄有魯迅的評價。全書總共收錄了五十幅《點石齋畫報》的報導圖像，每幅皆附上英文全文翻譯，不過並未加以分類或註明出版次號和時間。另外書首和書末分別附有〈畫報刊登告白啟〉以及《點石齋畫報》的幾幅廣告，供讀者參考。〔註66〕

《點石齋畫報》刊行十多年，報導圖文的數量相當驚人，閱讀起來頗為耗時。以上是主要的幾本《點石齋畫報》選編本，這些書籍挑選了《點石齋畫報》中的重要篇章，進行分類、整理或翻譯的工作，並且附上各種說明、導讀，對於想要快速掌握《點石齋畫報》內容的人，是很好的入門資料。

（二）學術專書

《點石齋畫報》目前的研究成果，以單篇論文為多，專書較少，主要有卓聖格所著的《點石齋畫報的插圖繪畫研究》〔註67〕、《晚清通俗繪畫研究：以「點石齋畫報」為主軸》〔註68〕兩書，葉曉青的 *The Dianshizhai Pictorial—*

〔註65〕Don J. Cohn, *Vignettes from the Chinese :lithographs from Shanghai in the late nineteenth century* （The University of Hong Kong, 1987）。

〔註66〕根據陳平原的紀錄，另外尚有 Fritz van. Briessen 選譯的 *Shanghai-Bildzetiung 1884-1898, Eine Illustrierts aus dem China des ausgehenden 19. Jahrhunderts* 一書，收有五十二幅報導圖像並附有詳細的注釋與解說。可惜截至目前為止，筆者仍未能找到該書，僅能從陳平原的紀錄中略知一二。見陳平原：《左圖右史與西學東漸──晚清畫報研究》，頁 126。

〔註67〕卓聖格：《點石齋畫報的插圖繪畫研究》（臺中：弘祥出版社，1998 年）。

〔註68〕卓聖格：《晚清通俗繪畫研究：以「點石齋畫報」為主軸》（臺中：弘祥出版社，2000 年）。

Shanghai Urban Life, 1884-1898（《「點石齋畫報」——上海城市生活（1884
～1898)》）〔註 69〕，以及葉漢明、蔣英豪、黃永松所編的《「點石齋畫報」
通檢》〔註 70〕。

　　《晚清通俗繪畫研究：以「點石齋畫報」為主軸》是《點石齋畫報的插
圖繪畫研究》的再擴充，因此兩書的重複性很高。〔註 71〕這兩本書對《點
石齋畫報》的基本資料與重要議題進行了初步的整理，諸如晚清畫報興起
的背景與發展歷程、《點石齋畫報》的發行情況等，其中第八章對《點石齋
畫報》的繪圖方式的討論，可作為本論文第五章討論圖像敘事的立論資料。

　　葉曉青的《*The Dianshizhai Pictorial—Shanghai Urban Life, 1884-1898*》一
書是依據其博士論文修訂而來，總共分成四個章節：「A Brief History of the
Dianshizhai Pictorial（點石齋畫報簡史）」、「Shanghai：Old City，New City
（上海：舊城、新城）」、「A New Urban Culture（新的城市文化）」和「Religious
Practices（宗教儀式）」，詳細而深入地探討上海近代化的過程，為上海近代
史的研究提供了豐富的研究成果，並且成為吸引外國學者關注《點石齋畫報》
的文獻。〔註 72〕

　　《「點石齋畫報」通檢》是用來作資料索引的工具書，總共分為「資料索引
總表」、「篇名索引」、「畫師索引」和「分類索引」四部分，其中「資料索引總
表」整理出《點石齋畫報》每則報導的出版時間，解決了目前因各大印本大多
除去封面，造成研究者不能立即知道刊出日期的困擾。「分類索引」就「人

〔註 69〕Ye Xiaoqing, *The Dianshizhai Pictorial—Shanghai Urban Life, 1884-1898*（Ann
　　　　Arbor: Center of Chinese Studies, the University of Michigan, 2003）。
〔註 70〕葉漢明、蔣英豪、黃永松編：《「點石齋畫報」通檢》（香港：商務印書館，2007
　　　　年）。
〔註 71〕《晚清通俗繪畫研究：以「點石齋畫報」為主軸》的第九章「點石齋畫報插
　　　　畫的寫實性分析——從攝影術對晚清畫界的刺激談起」與第十章「吳友如中
　　　　西合璧畫風對徐悲鴻中國畫改革理念形成的啟示」是該書新增而《點石齋畫
　　　　報的插圖繪畫研究》未有的篇章，內容從《點石齋畫報》拓展到吳友如的其
　　　　它創作作品，論題更為擴大。其中第九章以「寫實」為中心，討論了攝影技
　　　　術與中國畫界的互動，並指出吳友如的新聞插畫乃至於《申江勝景圖》，保留
　　　　了晚清生活場景的圖像，為晚清歷史研究提供寶貴的資料，只是其中第五節
　　　　的部分，與《點石齋畫報的插圖繪畫研究》第八章「點石齋畫報插圖與研究」
　　　　多有重疊，顯然是從該章再行擴充、修改而來。
〔註 72〕此處該書的書名與各章標題的中文譯名，沿用自蔡秀美：〈評介葉曉青著《點
　　　　石齋畫報——上海城市生活，1884～1898》〉，《臺灣師大歷史學報》第 39 期
　　　　（2008 年 6 月），頁 113。

物」、「地名」、「華洋」、「政教」、「軍事」、「職官與制度」和「家庭與倫常」等七個主題，將《點石齋畫報》依內容分出二十九大類與一百七十四個子項目，方便想要研究相關主題的研究者查詢資料。另外，書首所附的〈《點石齋畫報》簡介〉一文，對於《點石齋畫報》的背景資料以及幾個重要的討論議題，諸如辦報人、石板印刷術、繪者與執筆者、版本等都有所整理與討論，並結合了前人各家的說法，有助於初步瞭解《點石齋畫報》的基本議題。

除了上述幾本專書外，另外還有一本研究《點石齋畫報》必讀的專書，那就是陳平原的《左圖右史與西學東漸——晚清畫報研究》。該書是以陳平原歷年來發表、宣讀過的專論編輯而成，討論範圍擴及晚清各個畫報。其中第二章「晚清人眼中的西學東漸——以《點石齋畫報》為中心」從「新聞與石印」、「時事與新知」、「以圖像為中心」、「在圖文之間」與「流風餘韻」等五節，詳細論述了《點石齋畫報》的各個重要議題，可與前述幾本專書的討論相互參照、比較，是研究《點石齋畫報》不可或缺的資料。〔註73〕

以上幾本專著，各自從不同角度討論了《點石齋畫報》的議題，尤其是在《點石齋畫報》的基本資料與歷史發展方面提供了清楚的論述，為後來的研究者提供了研究的方向。

（三）學位論文

近幾年關於《點石齋畫報》的學位論文逐漸增加，尤其是大陸地區，可見《點石齋畫報》的相關議題已漸漸吸引研究生的注意。以下筆者就針對臺灣與大陸地區的學位論文進行整裡。

在臺灣的學位論文方面，有李景龍《以「點石齋畫報」論吳友如新聞風俗格致畫》〔註74〕、黃孟紅《從點石齋畫報看清末婦女的生活型態》〔註75〕、

〔註73〕該書其它章節也不時會引用《點石齋畫報》的報導圖文作為例證，對於瞭解晚清畫報的重要議題有所幫助。其中第一章「晚清教會讀物的圖像敘事」以《教會新報》、《天路歷程土話》以及《畫圖新報》三種教會讀物為主要的範疇，討論了「圖像敘事」的轉移與再生；第三章到第五章分別以「飛車」、「女學」、「帝京」為研究中心，先是勾勒晚清科學小說中的「飛車」形象，以及這些形象可能的知識來源，其次對晚清女學的發展與公眾的眼光進行爬梳，最後對照京滬兩地的畫報，探討其對於帝都的觀看與再現。

〔註74〕李景龍：《以「點石齋畫報」論吳友如新聞風俗格致畫》（臺北：臺灣師範大學美術研究所碩士學位美術理論組碩士論文，2004 年）。

〔註75〕黃孟紅：《從點石齋畫報看清末婦女的生活型態》（南投：暨南國際大學歷史學研究所碩士論文，2001 年）。

李佩芬《「點石齋畫報」中的秩序觀（1884～1898）》〔註76〕、陳彥育《晚清的法律、社會與國家——以「點石齋畫報」的法律事件為中心》〔註77〕、談啟志《再現的城市：「點石齋畫報」中的上海（1884～1898）》〔註78〕等五篇。

　　李景龍主要是從美術理論的角度切入，以吳友如為中心，將重點放在「新聞風俗畫」上，透過對吳友如作品的分析與其它版畫的比較，說明吳友如在繪畫上的獨特技法。該篇學位論文對於《點石齋畫報》的基本形式與資料有詳細說明，並附有一些重要資料的整理表格，可作為相關研究的統計資料。

　　黃孟紅從「婚姻觀」、「家庭地位」與「社會活動」三方面著手，結合近代婦女史的研究，討論晚清婦女的生活，企圖呈現出晚清中國婦女在新舊文化的衝擊下，在思想與行為上的轉變。雖然黃孟紅的討論主要著重在報導的文字內容，對於圖像部分的分析較少，而且要以《點石齋畫報》這單一資料來推出晚清婦女的生活型態，恐顯不夠全面，但其所整理出的報導舉例，仍可作為近代婦女史相關研究的佐證資料。

　　李佩芬的《「點石齋畫報」中的秩序觀（1884～1898）》從傳統中國儒家的角度出發，指出《點石齋畫報》雖然強調「新知」、「啟蒙」，但骨子裡的思想仍帶著濃厚的傳統儒家思想，期待透過報紙來改善社會風氣。對於想要研究晚清中國傳統觀念的改變，以及晚清報紙從傳統到提倡改革的思想改變的人有所幫助。

　　陳彥育《晚清的法律、社會與國家——以「點石齋畫報」的法律事件為中心》將討論議題集中在晚清的法律社會。內容首先爬梳晚清的官場百態，並觀察了租界洋場中官員與法律的互動情形；其次以審判事件的新聞為主，探討了晚清司法的執行情況與內涵。最後探討《點石齋畫報》中有關越訴、直控以及果報觀念或地獄遊歷的報導，藉此瞭解晚清的司法救濟情形。

　　談啟志在其學位論文《再現的城市：「點石齋畫報」中的上海（1884～1898）》中以「畫報中的城市」與「城市中的畫報」為主要概念，討論《點石

〔註76〕李佩芬：《「點石齋畫報」中的秩序觀（1884～1898）》（臺北：臺灣師範大學歷史學系在職進修碩士班碩士論文，2007年）。

〔註77〕陳彥育：《晚清的法律、社會與國家——以「點石齋畫報」的法律事件為中心》（臺北：臺灣師範大學歷史學系在職進修碩士班碩士論文，2011年）。

〔註78〕談啟志：《再現的城市：「點石齋畫報」中的上海（1884～1898）》（臺北：臺灣師範大學國文學系碩士論文，2012年）。

齋畫報》的報導如何「再現」出晚清上海的生活場景，並藉此探析《點石齋畫報》對於上海城市的價值。該篇學位論文舉例豐富，並且詳細介紹了《點石齋畫報》的前行研究成果，唯整理範圍主要限於兩岸學者的研究成果，對於海外學者的研究較少提及，是略顯可惜的地方。

除了上述五篇學位論文外，另外值得注意的還有張婉瑛《從「點石齋叢畫」看日本浮世繪對晚清畫壇的影響》〔註79〕。該篇學位論文雖然是以《點石齋叢畫》為主要研究對象來討論中日繪畫的交流關係，並非著重在《點石齋畫報》上，但其中第五章第三節討論了《點石齋叢畫》的人物畫與《點石齋畫報》的關係，指出《點石齋畫報》的通俗性、趣味性與普及性，與日本浮士繪的特色十分相近，部分畫家或許有受到日本浮世繪的啟發。筆者以為該篇論文在這部分的論證稍顯薄弱，尚有再探討的空間，但目前有關《點石齋畫報》的繪畫技法、風格的討論，仍以中西為主，〔註80〕較少人關注到其與日本繪畫的關聯性，故對於想研究《點石齋畫報》中的中日交流與繪畫關聯性，不失為一種新的思考方向。

大陸地區學位論文方面，2009年到2011年數量最多，每年都有二到三篇的學位論文發表。以討論內容來看，有關注於外國人、中外交流議題的，例如張晗《「點石齋畫報」建構的外國人形象研究》〔註81〕，從戰爭報導、傳播科技與新知、社會新聞等三方面進行討論，逐一剖析《點石齋畫報》中的外國人形象；探討藝術、圖像層面的，如謝菁菁《西畫東漸與「點石齋畫報」》〔註82〕、張卉珺《「點石齋畫報」畫面藝術特色探究——中西繪畫的交融》〔註83〕、俞瑋婭《我看「點石齋畫報」》〔註84〕等篇，碰觸了《點石

〔註79〕張婉瑛：《從「點石齋叢畫」看日本浮世繪對晚清畫壇的影響》（臺北：臺灣師範大學美術學系碩士論文，2007年）。因為《點石齋叢畫》和《點石齋畫報》的名稱相近，故這篇時常被誤認為是《點石齋畫報》的研究論文，須特別小心。

〔註80〕卓聖格：《晚清通俗繪畫研究：以「點石齋畫報」為主軸》，頁82～91。

〔註81〕張晗：《「點石齋畫報」建構的外國人形象研究——中西繪畫的交融》（黑龍江：黑龍江大學新聞學系碩士論文，2010年）。

〔註82〕謝菁菁：《西畫東漸與「點石齋畫報」》（浙江：中國美術學院美術系碩士論文，2010年）。

〔註83〕張卉珺：《「點石齋畫報」畫面藝術特色探究》（江蘇：江南大學美術學系碩士論文，2011年）。

〔註84〕俞瑋婭：《我看「點石齋畫報」》（上海：上海戲劇學院藝術學系碩士論文，2006年）。

齋畫報》圖像的構圖、技法等議題，在中西畫法的交流、影響方面也多所探討；另外還有著重於晚清社會文化、生活層面的，像是裴丹青《從「點石齋畫報」看晚清社會文化的變遷》〔註85〕、張美玲《「點石齋畫報」視野下晚清女性生活形態探究》〔註86〕等篇，對於瞭解《點石齋畫報》中所呈現的晚清生活形態有所幫助。

（四）期刊論文

目前研究《點石齋畫報》的期刊論文相當多，從通論到特定主題、社會文化到藝術表現等方面皆有，成果豐富。就通論性質的文章來說，如魯道夫・G・瓦格納〈進入全球想像圖景：上海的《點石齋畫報》〉〔註87〕，李孝悌〈走向世界，還是擁抱鄉野——觀看《點石齋畫報》的不同視野〉〔註88〕，吳學文〈《點石齋畫報》研究論述〉〔註89〕，王立璋、顧旭娥〈雅俗共賞的《點石齋畫報》〉等篇。其中魯道夫一文對於《點石齋畫報》當時的中外背景、美查的辦報情形、《點石齋畫報》的編行刊印等方面都有非常詳細的討論，而且文中不時引用國外的一些學術成果，對於臺灣與大陸的學者來說是非常寶貴的資料，祝均宙更稱該篇論文為其「所見最具權威性的中外同類學術文章」〔註90〕。

在特定主題方面，大致可分成幾類，其中關注於外國報導的有羅福惠、彭雷霆〈形塑與變形：《點石齋畫報》中的日本圖像〉〔註91〕，陳雅琳〈《點石齋畫報》對「中法戰爭」新聞的圖像建構〉〔註92〕，拙著〈《點石齋畫報》中的日本妓女圖像〉〔註93〕等篇。陳雅琳一文將《申報》與《點石齋畫報》

〔註85〕裴丹青：《從「點石齋畫報」看晚清社會文化的變遷》（河南：河南大學中國近代史系碩士論文，2005 年）。

〔註86〕張美玲：《「點石齋畫報」視野下晚清女性生活形態探究》（福建：福建師範大學專門史系碩士論文，2011 年）。

〔註87〕魯道夫・G・瓦格納：〈進入全球想像圖景：上海的《點石齋畫報》〉，頁 1～96。

〔註88〕李孝悌：〈走向世界，還是擁抱鄉野——觀看《點石齋畫報》的不同視野〉，頁 287～293。

〔註89〕吳學文：〈《點石齋畫報》研究論述〉，頁 56～58。

〔註90〕祝均宙：《圖鑑百年文獻：晚清民國年間畫報源流特點探究》（新北市：華藝學術，2012 年），頁 13。

〔註91〕羅福惠、彭雷霆：〈形塑與變形：《點石齋畫報》中的日本圖像〉，《華中師範大學學報》第 47 卷第 3 期（2008 年 5 月），頁 79～83。

〔註92〕陳雅琳：〈《點石齋畫報》對「中法戰爭」新聞的圖像建構〉，《東方人文學誌》第 8 卷第 1 期（2009 年 3 月），頁 157～178。

〔註93〕廖紀雁：〈《點石齋畫報》中的日本妓女圖像〉，《國立中正大學中國文學研究

加以比較，指出《點石齋畫報》以圖畫補充了《申報》的文字報導，且在「中法戰爭」的新聞處理上，強調戰勝捷報，甚至在畫面構圖上刻意避開清軍戰敗之景，與本論文所欲探討的議題關聯較深。只是該文討論的範疇只限於《點石齋畫報》的中法戰爭圖像上，並未全面討論《點石齋畫報》的所有圖文報導。

　　著重文化、社會、宗教等角度的如葉曉青〈點石齋畫報中的上海平民文化〉[註94]、吳美鳳〈從《點石齋畫報》看晚清時期的民間信仰意識〉[註95]、王爾敏：〈《點石齋畫報》所展現之近代歷史脈絡〉[註96]等篇，其中王爾敏一文除了爬梳《點石齋畫報》的基本資料外，對《點石齋畫報》裡關於重大時事、上海場景的報導也進行了討論，對於瞭解《點石齋畫報》中所呈現的晚清場景有所幫助。

　　針對傳播、受眾的議題則如康無為〈「畫中有話」：點石齋畫報與大眾文化形成之前的歷史〉[註97]、王爾敏〈中國近代知識普及化傳播之圖說形式──《點石齋畫報》例〉[註98]等篇，經常為研究者所引用。

　　以藝術、圖像為核心的，有如俞瑋婭〈從《點石齋畫報》看視覺文化的融合與延續〉[註99]、李艷平〈圖像閱讀時代的開啟：《點石齋畫報》〉[註100]等文，其中李艷平根據繪圖的參照物，將《點石齋畫報》中關於西方新知新物的報導分為寫實與虛構兩類的報導，這裡的「虛構」指的是中國境內看不到、繪者根據手中的資料加以想像而繪的報導，並指出這類想像圖像，正能夠引起讀者們的閱讀興趣。該文與本論文第四章欲討論的議題較相近，然

所研究生論文集刊》第 14 期（2012 年 6 月），頁 1～28。

[註94] 葉曉青：〈點石齋畫報中的上海平民文化〉，《二十一世紀》創刊號（1990 年10 月），頁 36～47。

[註95] 吳美鳳：〈從《點石齋畫報》看晚清時期的民間信仰意識〉，《國立歷史博物館館刊》11 卷 2 期（2001 年 2 月），頁 33～57。

[註96] 王爾敏：〈《點石齋畫報》所展現之近代歷史脈絡〉，《畫中有話：近代中國的視覺表述與文化構圖》（臺北：中央研究院近代史研究所，2003 年 12 月），頁 1～25。

[註97] 康無為：〈「畫中有話」：點石齋畫報與大眾文化形成之前的歷史〉，頁 73～100。

[註98] 王爾敏：〈中國近代知識普及化傳播之圖說形式──《點石齋畫報》例〉，《明清社會文化生態》（臺北：臺灣商務，1997 年 7 月），頁 227～295。

[註99] 俞瑋婭：〈從《點石齋畫報》看視覺文化的融合與延續〉，《吉林藝術學院學報》第 83 期（2008 年），頁 32～34。

[註100] 李艷平：〈圖像閱讀時代的開啟：《點石齋畫報》〉，《安徽文學》第一期（2009年），頁 343～345。

其行文較為簡短，缺乏實際例子的詳細分析，正是本論文可以加以補足的地方。

二、敘事與觀看的相關研究

（一）圖像敘事

近幾年中文學術界的敘事學研究成果豐富，難以一一進行說明，故筆者在此就根據本論文所欲討論的議題，將重心放在圖像敘事學的部分。

圖像敘事相關的專書，有李振宇《圖像敘事：「富春江畫報」視覺文本研究》〔註101〕、賴玉釵《圖像敘事與美感傳播：從虛構繪本到紀實照片》〔註102〕等書，其中賴玉釵一書分為「理論」、「實作分析」與「綜述及研究建議」三大篇，內容著重在圖像敘事所產生的美感體驗，指出圖像敘事乃創作者與閱聽人共構的歷程，並舉實例分析。學位論文的方面，論者多針對特定研究材料進行圖像敘事分析，包括畫報、漫畫、電影、電視劇等等，其中宋育泰《初探漫畫中的圖像敘事：社會符號學的觀點》〔註103〕一文以當代日本翻譯漫畫為主要的討論對象，雖然與本論文探討的時代、材料相距甚遠，但該文中從社會符號學的角度，討論了漫畫參與者的互動情形。這些討論內容都促使筆者思考《點石齋畫報》的繪者們是怎麼樣經由編造圖像內容以及運用圖文敘事，來達到新聞訊息的傳遞。

單篇論文方面，近十年來兩岸陸續有許多篇章發表，大體可分為理論性與特定文本的分析兩種。理論性的重要篇章如龍迪勇〈圖像敘事：空間的時間化〉、葉青〈中國繪畫敘事傳統的形成〉〔註104〕等，其中龍迪勇一文討論了圖像能否敘事的議題，並針對單幅圖像敘事提出了三種敘事模式：「單一場景敘述」、「綱要式敘述」與「循環式敘述」，且舉實例加以說明，後來許多學者的討論多不出其所提出的概念。特定文本的分析則如張婕〈明代小

〔註101〕李振宇：《圖像敘事：「富春江畫報」視覺文本研究》（成都：四川美術出版社，2012年）。

〔註102〕賴玉釵：《圖像敘事與美感傳播：從虛構繪本到紀實照片》（臺北：五南出版社，2013年）。

〔註103〕宋育泰：《初探漫畫中的圖像敘事：社會符號學的觀點》（臺北：世新大學口語傳播學研究所碩士論文，2009年）。

〔註104〕葉青：〈中國繪畫敘事傳統的形成〉，《敘事叢刊》第一輯（2008年7月），頁255〜270。

說、戲曲插圖的敘事功能〉〔註105〕、顏彥〈明清小說插圖敘事的時空表現圖式〉〔註106〕等篇，對於本論文分析《點石齋畫報》的圖像提供了操作的方向。

另外還有韓叢耀《圖像傳播學》一書，雖然是就傳播的角度探討圖像，但其中關於圖像構成的論述詳細，包括時間、空間的安排，近景、遠景的利用等等，本論文中關於「物像」、「心像」、「表象」的討論，以及第五章第一節探討圖像中的時空敘事方式，都參考了該書中的許多概念，故特別在此提出。

（二）圖像觀看

「圖像觀看」指的是對於畫面的研究，並導入文化的角度，因此整個藝術史、繪畫史都包含在其範疇之中，但因為藝術史、繪畫史都有其任務和目標，例如時間斷代、風格研究等，所以除非是和本論文欲討論的圖像有直接關聯，不然因此部分的研究成果太過浩瀚，在此就不詳細介紹，僅當成筆者的背景認知。和本論文的討論有最直接相關的前人研究成果，主要是中文學門的幾位學者們的論著，其影響筆者甚多，以下筆者就逐一進行說明。

首先是黃克武主編的論文集《畫中有話：近代中國的視覺表達與文化構圖》〔註107〕，裡面收錄了眾多與觀看相關的單篇論文，從各面向討論了圖像對於現實世界的映現／再現／呈現。其次，除了筆者在前文中曾經提過的〈《點石齋畫報》所展現之近代歷史脈絡〉一文外，陳祖恩〈揭開封閉社會的神秘面紗──圖片中的上海日本人居留民〉〔註108〕討論了日本居留人早期在上海的生活情況，成為本論文論述《點石齋畫報》的生成背景時的佐證資料。許綺玲〈魯迅寫攝影〉〔註109〕將畫報與魯迅所提出「看客」作連

〔註105〕張婕：〈明代小說、戲曲插圖的敘事功能〉，《藝術百家》第 6 期（2009 年），頁 275～277。

〔註106〕顏彥：〈明清小說插圖敘事的時空表現圖式〉，《中國文化研究》2011 年 1 期（2011 年），頁 81～90。

〔註107〕黃克武主編：《畫中有話：近代中國的視覺表述與文化構圖》（臺北：中央研究院近代史研究所，2003 年）。

〔註108〕陳祖恩：〈揭開封閉社會的神秘面紗──圖片中的上海日本人居留民〉，《畫中有話：近代中國的視覺表述與文化構圖》（臺北：中央研究院近代史研究所，2003 年 12 月），頁 27～61。

〔註109〕許綺玲：〈魯迅寫攝影〉，《畫中有話：近代中國的視覺表述與文化構圖》（臺北：中央研究院近代史研究所，2003 年 12 月），頁 395～419。

結,指出《點石齋畫報》中的看客,幾乎是造成「有看頭!」可看性景觀不可或缺的一部分,而這個論述為筆者所採用,成為本論文第六章討論看客的理論基礎。

衣若芬教授的《世變與創化:漢唐、唐宋轉換期之文藝現象》〔註110〕、《觀看・敘述・審美:唐宋題畫文學論集》〔註111〕、《遊目騁懷:文學與美術的互文與再生》〔註112〕等三本書,探討內容介於繪畫史、文學史之間,尤其是著重在題畫方面的研究。然因為其討論的重點以中古時期為主,在時代上與本論文有所差距,因此筆者主要是關注在其研究方法上。

鄭文惠教授著有《文學與圖像的文化美學:想像共同體的樂園論述》〔註113〕、《詩情畫意:明代題畫詩的詩畫對應內涵》〔註114〕二書,對於文學與圖像間的互文性、文化美學等議題皆有討論,而其於「文本・觀看」學術研討會上所宣讀的〈視覺奇觀與感官敘事——《點石齋畫報》中妓女形象再現的文化地理學〉〔註115〕一文中,欲釐析《點石齋畫報》中圖/文/章的互文修辭所呈現的性別意識形態與空間美學,並舉實例說明《點石齋畫報》經由圖/文/章的互文而共構為一個完整事件的鋪敘,是目前少數將《點石齋畫報》的閒章納入討論的研究論文,也是筆者撰寫本論文第五章的構想來源,可惜該篇論文關於圖/文/章互文情況的討論只起了個開頭,後來並沒有完成。

毛文芳教授的論著《圖成行樂:明清文人畫像題詠析論》〔註116〕中對於圖像的剖析與解讀,開啟了筆者對於圖像研究的興趣,讓筆者對圖像不再

〔註110〕衣若芬、劉苑如主編:《世變與創化:漢唐、唐宋轉換期之文藝現象》(臺北:中央研究院中國文史研究所籌辦處,2000 年)。

〔註111〕衣若芬:《觀看・敘述・審美:唐宋題畫文學論集》(臺北:中央研究院中國文哲研究所,2004 年)。

〔註112〕衣若芬:《遊目騁懷:文學與美術的互文與再生》(臺北:里仁書局,2011 年)。

〔註113〕鄭文惠:《文學與圖像的文化美學:想像共同體的樂園論述》(臺北:里仁書局,2005 年)。

〔註114〕鄭文惠:《詩情畫意:明代題畫詩的詩畫對應內涵》(臺北:三民書局,1995 年)。

〔註115〕鄭文惠:〈視覺奇觀與感官敘事——《點石齋畫報》中妓女形象再現的文化地理學〉,「『文本・觀看』學術研討會」論文(嘉義:國立中正大學中國文學系,2009 年 9 月 19 日)。

〔註116〕毛文芳:《圖成行樂:明清文人畫像題詠析論》(臺北:臺灣學生書局,2008 年)。

只是走馬看花、瀏覽即過，而是開始嘗試分析每張圖像的內容。《物‧觀看‧性別──明末清初文化書寫新探》〔註117〕指出公共領域的崛起，是明清市民社會的指標，相對的也隱含著私密領域的存在，人們對於個人隱私的窺視欲，亦受到相當程度的鼓舞。筆者從這個概念出發，去思考《點石齋畫報》中對私領域的窺探情形，進而完成本論文的第三章與第五章中關於窺探欲的討論。

　　西方論著的部分，以約翰‧伯格所著的《觀看的方式》，以及其與尚‧摩爾（Jean Mohr）合著的《另一種影像敘事（Another Way of Telling）》〔註118〕對影響筆者較多。《觀看的方式》討論了看與被看，圖像與金錢權力間的關係，廣告與快樂、未來的連結等議題，指出畫是可以購買並擁有的世界，購買者在買下圖畫的同時，也買下了所體現事物的模樣。筆者以此概念作延伸，將《點石齋畫報》的圖文報導與金錢交易結合，形成本論文第五章所討論的議題其中一個。《另一種影像敘事》以實例討論了照片所產生的歧異性，並指出照片雖然保留了過往的片刻，卻也同時與時間斷裂開來，而成為一張意義曖昧含混的照片。筆者運用此概念為基礎，指出《點石齋畫報》的圖像同樣也遭遇歧異性與斷裂的困境，因此雖然《點石齋畫報》是以圖像為主，但文字的解說也是不可或缺的，並以此脈絡進行本論文第五章與第六章的部分討論。

第三節　研究文獻、徑路與撰寫次第

　　前述筆者整理了有關《點石齋畫報》與圖像敘事、觀看的前人研究概況，接下來筆者將就「研究文獻」、「研究徑路」與「撰寫次第」這三方面來說明本論文的撰寫概況，以作為本論文的學術對話前提。

一、研究文獻

　　本論文以晚清上海地區所發行的《點石齋畫報》為討論對象。《點石齋畫報》創刊於光緒10年4月（西元1884年5月），由點石齋印書館負責印行，

〔註117〕毛文芳：《物‧觀看‧性別──明末清初文化書寫新探》（臺北：臺灣學生書局，2001年）。
〔註118〕約翰‧伯格、尚‧摩爾合著，張世倫譯：《另一種影像敘事》（臺北：三言社，2007年）。

每十天一期，〔註119〕約在光緒24年（西元1898年）前後停刊。〔註120〕

《點石齋畫報》的裝訂方式，一般採取每冊八頁，二十開，十六面，第一面與最後一面各一圖，其餘為兩面跨頁合為一圖，圖面較大，原則上共計九圖。〔註121〕隨《申報》附送，不另收費，如單獨零售，則售銀三分。〔註122〕

除了新聞圖像外，《點石齋畫報》自第四號開始放有告白，〔註123〕第六號之後又加附諸如王韜《松隱漫錄》等的連載作品，〔註124〕且不時插入畫譜、

〔註119〕江蘇廣陵古籍刻印社：《點石齋畫報》上冊（揚州：江蘇廣陵古籍刻印社，1990年），出版前言。美查將石印技術運用於印書商業，於光緒4年（西元1878年）創辦了點石齋印書館，收入頗豐。之後美查興辦《點石齋畫報》，在技術上自然全用石印，並由點石齋印書館印刷，兩者一體，又是同一個主人，故仍用「點石齋」替畫報定名。關於《點石齋畫報》與點石齋印書館的關係，詳見王爾敏：〈《點石齋畫報》所展現之近代歷史脈絡〉，頁4、5。

〔註120〕關於《點石齋畫報》的確切停刊日期，學界有不同的看法。阿英認為是1894年，而祝均宙則稱是1896年，但並未說明理由，此說法一般是根據《申報》最後一則畫報發售的廣告來看。武田雅哉在《飛翔吧！大清帝國：近代中國的幻想科學》中也認為是1896年，但在《世紀末中國のかわら版：繪入新聞『点石斎画報』の世界》又稱是1898年。陳平原根據《點石齋畫報》的編排方式以及《點石齋畫報》的內容，認為《點石齋畫報》應該終刊於1898年8月，《「點石齋畫報」通檢》亦採用此說。王爾敏根據《點石齋畫報》亨集的〈游觀台〉描述1900年法國巴黎舉辦博覽會的報導，推斷應是光緒24年或26年春。見葉漢明、蔣英豪、黃永松編：《「點石齋畫報」通檢》，頁vi；祝均宙：《圖鑑百年文獻：晚清民國年間畫報源流特點探究》，頁26；武田雅哉作、任鈞華譯：《飛翔吧！大清帝國：近代中國的幻想科學》，頁16；中野美代子、武田雅哉《世紀末中國のかわら版：繪入新聞『点石斎画報』の世界》，頁17；陳平原：〈從獨特排訂法看《點石齋畫報》終刊時間〉，取自網路資源《中華讀書報》1999年12月22日：http://www.gmw.cn/01ds/1999-12/22/GB/DS%5E280%5E0%5EDS601.HTM，筆者見於2013年11月1日；王爾敏：〈《點石齋畫報》所展現之近代歷史脈絡〉，頁2、3、25。目前較普遍認為是1898年，因此筆者在此採用該說法。

〔註121〕實際上，《點石齋畫報》每號的刊登幅數曾經有過變動，其中又以刊登九幅為最常見的情形，故筆者在此以九幅為主。關於《點石齋畫報》每號幅數的變動情形，詳見本論文第五章第一節的討論。

〔註122〕王爾敏：〈中國近代知識普及化傳播之圖說形式——《點石齋畫報》例〉，頁234。

〔註123〕關於《點石齋畫報》的告白刊登情況，詳見本論文第三章第二節的討論。

〔註124〕《申報》上所刊登的〈第五號畫報出售〉即提到「本館興懷風雅，不吝多金購覓奇書數種，即在每次畫報之後增附該書之說一則，並將說中大意另繪一圖冠於說之首裝入。下次第六號畫報發兌以後，畫報除告白外，每次可得十頁，而價洋仍從五分，可謂廉之又廉矣。」、〈第六號畫報出售〉則稱：「本館新得未經問世之奇書數種，不敢秘諸笈笥，先將《淞隱漫錄》一書，以其

年畫等等，〔註125〕這些連載作品、告白，都是採圖文並茂的方式，與《點石齋畫報》主要的新聞圖像一同組合成了《點石齋畫報》的整體。考慮到附錄的連載作品、告白不具備「新聞性」，加上目前流傳下來的《點石齋畫報》印本，大多除去附錄作品和告白，難以知曉當時實際的刊行情況，因此本論文主要是以《點石齋畫報》中的四千多幅報導圖像為討論重心，各號後面所刊載的附錄作品、告白等則不納入討論。

近年來隨著《點石齋畫報》日益受到注意，各出版社陸續出版《點石齋畫報》的節選或全圖翻印本，筆者這裡就針對重要的印本來進行說明。〔註126〕首先是江蘇廣陵古籍刻印社印製的《點石齋畫報》上、下冊，裡面收入了甲一到丁十二的《點石齋畫報》，內容完整保留了《點石齋畫報》出版時的原貌，將每號的封面、廣告、附錄連載作品以及附贈的年畫都加以收錄，這些是其它選本所沒有的寶貴資料。可惜的是其僅收錄到丁十二，後面的《點石齋畫報》皆未收錄，無法作為研究《點石齋畫報》的主要印本依據。

全圖收錄翻印本目前最主要的版本有三種：

（一）天一版：共分成六輯三十冊，1978 年由天一出版社出版。

（二）廣東版：線裝本，全五函四十四冊，1983 年由廣東人民出版社出版。

（三）大可堂版：《點石齋畫報‧大可堂版》，全十五冊，2000 年由上海畫報出版社出版。

這三種版本中最先出版的是天一版，雖然收錄的每幅圖像都留有集號，但所收錄的內容有部分殘缺，其中第一輯為丙至辛集；第二輯為禮至數；第三輯為金至革；第四輯為元、亨、利、貞；第五輯為文、行、忠、信、木、

首卷之第一說，另繪一圖，增附畫報八頁之末。此期六號為始，以後按期印行。」見無名氏：〈第五號畫報出售〉：《申報》第 4014 號，光緒 10 年 5 月 24 日，西元 1884 年 6 月 17 日禮拜二，頭版，《申報：影印本》第二十四冊，頁 957、申報館主啟：〈第六號畫報出售〉，《申報》第 4023 號，光緒 10 年閏 5 月 4 日，西元 1884 年 6 月 26 日禮拜四，頭版，《申報：影印本》第二十四冊，頁 1011。

〔註125〕卓聖格：《晚清通俗繪畫研究：以「點石齋畫報」為主軸》，頁 46。
〔註126〕《晚清通俗繪畫研究：以「點石齋畫報」為主軸》和《「點石齋畫報」通檢》兩書都對《點石齋畫報》目前的印本有詳細的討論，見卓聖格：《晚清通俗繪畫研究：以「點石齋畫報」為主軸》，頁 49～51、葉漢明、蔣英豪、黃永松編：《「點石齋畫報」通檢》，頁 xvi～xviii。

土；第六輯為丑至亥。

　　臺灣地區各大圖書館的藏書主要以後兩個版本為多，各學者所根據的版本也大多以這兩者為主。這兩種版本的《點石齋畫報》主要是以收錄報導圖像為主，《點石齋畫報》原本販售時所有的封面、廣告、其它附刊作品等大多被省略。其中廣東版收錄的圖像邊側仍保留刊載的號數，而大可堂版則是全部重新排版、編號，將跨頁的圖像都拼回成一頁，每幅圖皆沒有標註集號，改成在每冊卷首標明該冊收錄的圖像所刊登的年份與集數，並且在每張圖像下附有白話摘要，方便讀者閱讀。需特別注意的是，大可堂版在重新編排後，由原本的右翻變成左翻，可能影響讀者在閱讀圖像時的方向順序。

　　筆者在比對了廣東版以及大可堂版後，發現這兩個版本在篇目上有些差異。其中廣東版己八和巳八的篇目在目錄上對調了，但是內容的刊登順序仍和大可堂版相同，故應該是目錄上的錯置。另外，雖然大多數的廣告都被移除，但廣東版仍保留了部分幾張，總計有巳九〈梁愷悌上等痧藥〉、巳十〈點石齋分局告白〉和〈新開九華堂箋扇〉、午三〈點石齋堂各省分莊售書告白〉、午九〈弄璋大喜湯餅醮客圖〉等五篇。大可堂版方面，則是在每冊的最後還有附上幾幅附圖，是該冊三集的附刊作品，可供讀者參考，可惜這些附圖都並未詳細註明是在該集的第幾號。〔註127〕

　　筆者在本篇論文中所使用的《點石齋畫報》文本，是以上海大可堂文化有限公司印製的《點石齋畫報・大可堂版》為主，再輔以其它全本、選本，以補其不足之處。除了《點石齋畫報》的文本外，想要完整瞭解《點石齋畫報》的特色與情況，勢必應將《點石齋畫報》與《申報》的關係，還有當時報刊間經常互相參照的情況納入考量。因此本論文在論述時，也將適時引用《申報》的報導文章，以及其它同一時期的報刊資料作為印證、比較之用，以為論述的補充與舉證。

　　最後必須特別說明的是，因為《點石齋畫報》包括圖像和文字兩部分，兩者息息相關，很難將其完全分開討論，是以本論文會以《點石齋畫報》的圖像為主，文字部分為輔來進行論析，以求能得出較切合於《點石齋畫報》真實情況的研究結果。

〔註127〕另外，《「點石齋畫報」通檢》中指出大可堂版有時會有文字或圖文缺漏的情形，可能是在進行圖像合併時出了問題。見葉漢明、蔣英豪、黃永松編：《「點石齋畫報」通檢》，頁 xviii。

二、研究徑路

本論文是以《點石齋畫報》為研究文獻，採用「敘事」與「觀看」兩個角度來討論《點石齋畫報》的圖文構成。之所以選擇「圖文構成」作為主要的議題，是因為《點石齋畫報》乃是經由圖像與文字這兩者所組合而成，想要深入瞭解《點石齋畫報》的每一幅圖文報導，就必須瞭解其構成的經過，以及構成成分所傳達出的訊息，因此筆者才會將討論的主題界定在「圖文構成」之上。然而，《點石齋畫報》的圖文構成，主要是用來進行新聞事件的敘事，藉此呈現出觀看效果，讓讀者可以瞭解新聞的內容，而這也是《點石齋畫報》作為新聞報紙最主要的功用。由此，我們可以知道「敘事」與「觀看」對《點石齋畫報》的重要性，這就是為什麼筆者選擇「敘事」與「觀看」作為討論《點石齋畫報》圖文構成的兩大面向。

決定了研究文獻後，筆者先對《點石齋畫報》的時代背景與基本資料進行瞭解，如此才能掌握《點石齋畫報》所處的社會環境，釐清《點石齋畫報》之所以暢銷的理由。這部分筆者藉由大量閱讀晚清上海的研究資料，以此建構出對《點石齋畫報》生成背景的瞭解，並歸納出「經濟與娛樂業」、「華洋文化」和「印刷技術」三個面向，作為推動與支持《點石齋畫報》發行的重要因素。

另一方面，由誰創作出《點石齋畫報》的圖文內容，以及《點石齋畫報》對於自身的定位又是如何，這些都是決定《點石齋畫報》能否成功的重要因素，因此筆者也就《點石齋畫報》本身的情況進行了一番瞭解。首先，對於《點石齋畫報》的創作內容有決定權的可能是辦報人、繪者與撰寫人這三者，因此筆者逐一蒐集這三者的資料，以釐清《點石齋畫報》的圖文內容主要是出自何人之手。接著筆者梳理了《點石齋畫報》的刊行方式，並透過閱讀美查在《申報》上所刊出的文章，加以分析出《點石齋畫報》的行銷方式與辦報策略，並從中窺探出《點石齋畫報》所採取的發展方向。最後由歷史發展的角度來爬梳其媒介特性，界定《點石齋畫報》以「圖像」為主的傳播方式，以及《點石齋畫報》作為一種手繪畫報的歷史位置。

從圖像的性質來說，《點石齋畫報》的手繪圖像和照片不同，背後牽涉著許多人為的操作因素，由此可知，要討論《點石齋畫報》的圖文構成，必須先釐清《點石齋畫報》的圖文是怎麼經由人為編造出來的。筆者在這部分先依據《點石齋畫報》文字內容的紀錄，找出《點石齋畫報》的新聞來源，經由這

個步驟，筆者瞭解到《點石齋畫報》的圖文內容，經常不是出自於繪者／撰寫者的親身經歷，而是繪者／撰寫者透過閱讀其它資料來想像新聞事件的經過再加以繪製的。既然圖文內容是繪者／撰寫者的想像，那繪者／撰寫者是怎麼將想像轉變成圖文報導，這就是筆者想進一步瞭解的課題。於是筆者藉由蒐集當時所留下的照片、圖像資料，與《點石齋畫報》的圖像進行比較，從中發現繪者繪製圖像的方法與參考資料，並得出《點石齋畫報》的圖文構成是混合寫實與想像的結論。然而，既然《點石齋畫報》的圖文是繪者／撰寫者所編造出來的，這就會牽涉到新聞內容的虛實性問題，於是筆者更進一步將《點石齋畫報》的報導內容與現實情況加以比較，以此找出《點石齋畫報》的新聞虛構背後可能的原因，以及所呈現出的觀看情形。

除了上述運用資料對比的方式來進行研究外，筆者還使用了細讀與歸納的方式，對於《點石齋畫報》的每篇報導進行句讀與細讀，逐一分析其中的構成元素，諸如文字中所記載的人、事、時、地、物訊息，圖像中繪入的中外人物、物質等等，再經過統整，歸納出共有現象，進而爬梳出《點石齋畫報》在敘事與觀看的共同現象。

以上就是本論文的研究徑路，另外需要特別說明的是，因為《點石齋畫報》的刊載時間長達十多年，總共發行了四千多幅的圖文報導，數量龐大，想要在本論文中將每一幅都加以討論，在實際操作上是有困難的。於是筆者只能就自己爬梳出的現象為基礎，在論述過程中舉出實例作為證明。而為求舉例清楚、具代表性，筆者在選擇舉例時，會優先選取重要或是現象明顯的圖像報導，以作為論述上的一種權宜之計。

三、撰寫次第

本論文共分為七章，除了第一章的緒論與第七章的結論外，可分為兩大部分，第一部分為第二章和第三章，鋪陳本論文的基礎，第二部分則是第四、五、六章，為本論文主要討論的議題所在。

第一章　緒　論

此章為本論文的起始，先是對於《點石齋畫報》的畫報性質下界定，將「圖像」與「新聞性」這兩個重點提出，作為後文的討論基礎。接著分成《點石齋畫報》和「敘事與觀看」兩方面，回顧中外相關的研究成果，最後交代本論文的研究文獻、徑路與撰寫次第。

第二章　《點石齋畫報》的生成背景

本章是《點石齋畫報》的生成環境的介紹。筆者首先從經濟與娛樂業的角度切入，探討晚清上海的經濟發展形成了怎麼樣的消費風氣，娛樂業又呈現如何的狀態，藉此分析晚清上海的經濟發展以及娛樂業的興起，對於《點石齋畫報》成為暢銷畫報有哪些幫助。其次筆者將指出上海開埠後，外國人湧入上海，帶動外國文化的傳入與西學的傳播，並造成華洋文化共處的情形，而這些都為《點石齋畫報》提供了豐富的報導材料。最後，筆者從技術層面著手，對於《點石齋畫報》所採用的石印印刷術作一番介紹，並討論石印印刷術的傳入，對於《點石齋畫報》提供了怎麼樣的助力。

第三章　《點石齋畫報》的刊行、辦報策略與媒介特色

本章節主要的重點是爬梳《點石齋畫報》的基本資料。一開始筆者針對繪製《點石齋畫報》的重要關係人：辦報人、繪者與撰寫者的資料進行爬梳，並且交代《點石齋畫報》的刊行方式。再來，筆者依據《申報》與《點石齋畫報》上所刊登的圖像與文字，對《點石齋畫報》的基本辦報策略加以討論，藉此瞭解《點石齋畫報》的自我定位與發展方向。最後筆者藉由對手繪畫報的界定，以及探討其在中國的發展情況，對《點石齋畫報》的媒介特色進行瞭解。透過上述的討論，筆者企圖建構出《點石齋畫報》的基本狀態，以為後文討論敘事與觀看的議題進行準備。

第四章　《點石齋畫報》的新聞編造與虛實性

本章針對「《點石齋畫報》如何編造出一則新聞報導」這個疑問為主要議題，並從「新聞編造」與「虛實性」這兩條主線加以討論。首先筆者將先對《點石齋畫報》的新聞來源進行瞭解，並從新聞來源所造成的限制中，窺探繪者們如何繪製報導圖像。接下來筆者將運用當時流傳下的照片以及圖像，與《點石齋畫報》進行對比，從中找出關聯性，以對《點石齋畫報》的繪者用以提高寫實度的圖像構成方式有更明確的瞭解。最後將討論轉向新聞報導的內容，透過分析新聞訊息的編造情況，摸索《點石齋畫報》對「新聞真實性」的接受範圍，以及其欲滿足讀者閱讀欲望所進行的改編情形。經由這一章的論析，筆者希望能對《點石齋畫報》如何構成、編造出新聞圖文有所瞭解。

第五章　《點石齋畫報》的三層敘事方式

本章的核心議題在於《點石齋畫報》的三重敘事方式：「圖像」、「文字」、「閒章」上。在這個章節中，筆者首先釐清圖像的呈現模式，接著運用圖像

敘事學的概念，試圖分析《點石齋畫報》中的新聞報導圖像所使用的敘事手法與觀看效果；接著在文字的部分，筆者同樣先討論呈現方式，之後從文字與圖像配合的情況中，窺視文字介入圖像後形成的觀看；閒章方面，第一個是先對閒章進行定義，接下來就《點石齋畫報》的閒章呈現情況作初步的瞭解，以作為下文討論的基礎，最後結合中國評點文學的概念，試圖挖掘出閒章在《點石齋畫報》中所形成的觀看特色。透過以上的討論次序，筆者逐一對其呈現形式與敘事情況進行探討，層層遞進，依此建構出《點石齋畫報》的敘事系統與觀看效果。

第六章　《點石齋畫報》中的訊息傳遞與看客

本章的討論議題是「新聞訊息」與「看客」這兩點上。筆者首先論析《點石齋畫報》在「時」與「人」這兩點上的傳遞情況，嘗試爬梳出《點石齋畫報》在新聞訊息傳遞上所採用的泛寫方式。再來吸收魯迅提出的「看客」概念，企圖摸索出《點石齋畫報》隱藏在新聞報導主題以外的觀看視線。最後延續新聞訊息的泛寫與「看客」的線索，搭配空間敘事的運用，對《點石齋畫報》上的框架運用加以剖析。透過此章節的討論，筆者期望能對《點石齋畫報》的觀看議題有更深的瞭解。

第七章　結　論

本章為此論文的最後一章，主要總結本論文所討論的議題，並綰合各章的研究重點，為本論文作出結束之語。

第二章　《點石齋畫報》的生成背景

　　新式傳播媒介的產生，往往與當時的時代背景有關，可說是結合了各方面的發展才有的成果，這點《點石齋畫報》也不例外。晚清社會的各種條件，加上尚未成熟、普及的照相技術，這些都促成了《點石齋畫報》的生成，因此我們可以說，《點石齋畫報》的誕生，並非只是一個偶然，而是許多背景因素交錯下所產生的新聞傳播產物。

　　想要論析《點石齋畫報》，理該先對其時代背景、環境因素有一番瞭解。因此，本章筆者將討論議題放在《點石齋畫報》的生成背景上，首先說明晚清時期上海的經濟發展與娛樂業的興起，為《點石齋畫報》建立銷售市場提供了適當的土壤。其次論述晚清上海在開放成為通商口岸後，隨著外國人的進入所產生的華洋文化共處的情形，並指出這些生活情景都成為了《點石齋畫報》最佳的報導題材。最後從印刷技術的角度切入，論析西方石印印刷術的引進，提供給圖像進入新聞報導的可能性，進而產生以圖像為主的新聞報導媒介。希望透過本章的討論，能夠建構起對《點石齋畫報》的生成背景的認識，以作為之後章節的討論基礎。

第一節　經濟的繁榮與娛樂業的興起

　　道光 22 年（西元 1842 年），中國簽下《中英南京條約》，同意開放包括上海等五個港口成為通商口岸，自此上海有了巨大的轉變，從一個不起眼的小商鎮，一躍成為晚清中國首屈一指的通商巨埠。〔註1〕此時中外貿易的交流

〔註1〕關於晚清時期上海的轉變與興盛，詳見李長莉：《晚清上海社會的變遷——生活與倫理的近代化》（天津：天津人民，2002 年）。此書針對晚清時期上海的

刺激了經濟的發展，各類商號店鋪紛紛出現，有的專門經營進口洋貨，有的則是出口生意，也有種類繁多的服務、娛樂性行業，到了六、七十年代，上海中國人開的大小商家店號已是成百累千，不可勝數了。〔註2〕隨著商店的增加，競爭日益激烈，行銷宣傳也成為商家們吸引顧客的方式，晚清上海的報紙上便可看到各種商家的廣告，其中《申報》就曾刊登過藥品、電燈或是各類洋貨的廣告，例如〈新造華文時辰鐘出售〉（圖二‧一）：

（圖二‧一）

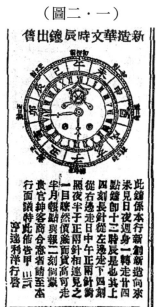

此鐘係本行新創新造，向來未見，日夜週身一轉，走廿四點鐘即十二時辰是也。其上四刻長針從左邊走，下四刻從右邊走，日中午正兩針對照，夜半子正兩針相連，見之一目瞭然。價廉而貨高，可走半月，報點與報二刻。倘蒙貴官紳客合意者，請至本行面議。特此佈告。

淳達利洋行啟〔註3〕

即是介紹、推銷時鐘的廣告。同樣的，我們在《點石齋畫報》也能看到與洋貨店相關的新聞報導，像是〈和氣致祥〉（圖二‧二）：

興起、移民的進入、消費娛樂的盛行以及人們各種觀念的改變等情況，作了詳細的論述。

〔註2〕李長莉：《晚清上海社會的變遷——生活與倫理的近代化》，頁21、22。

〔註3〕淳達利洋行啟：〈新造華文時辰鐘出售〉，《申報》第2346號，光緒5年9月27日，西元1879年11月10日禮拜一，第8頁，《申報：影印本》第十五冊，頁532。

（圖二‧二）

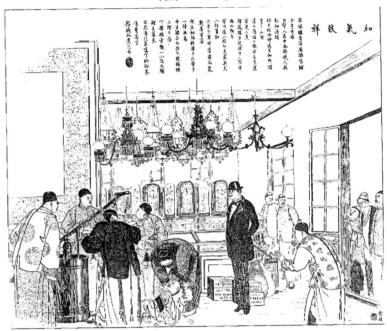

本埠購售洋廣雜貨鋪，全亨可推巨擘。入其中而猝視之，無鉅細無
精粗，目眩而神迷，正如所謂「置身山陰道上，應接不暇」。前有某
達官戾止是鋪，議購洋龍。鋪中人周詳指示，極言靈巧。途人經行
是處與夫入鋪置物之老少男婦，群圍而聚觀。某官審視底細，偶將
握手之管子一擡，無意中正觸於所掛之玻璃燈上，燈片落下，擦破
旁觀一小孩之頭。鋪主意良不忍，商之某達官，酌給養傷費，善言
慰藉而遣之去。〔註4〕

這則報導中所陳述的就是華人到上海某洋貨店購買東西，因為物品奇特，故
吸引大家摸索、觀看，不料不小心弄破了玻璃燈，導致一旁的小孩受傷的新
聞內容。

　　經濟的蓬勃與租界的發展刺激了人們對物質生活享受的欲望，所有這
些享受又必須以金錢為交換條件，於是傳統道德對上海人的約束逐步瓦解，
形成屬於他們自己的價值標準。〔註5〕然而，雖然經濟的繁榮讓人們有閒錢
可以從事娛樂活動，或購買較昂貴的用品，但是隨著消閒娛樂業的發展，物

〔註4〕 金蟾香繪：〈和氣致祥〉，《點石齋畫報‧大可堂版》（上海：上海畫報出版社，
　　　　2001 年），第三冊庚集，圖 31。陳平原、夏曉紅編著：《圖像晚清》，頁 277。
〔註5〕 葉曉青：〈點石齋畫報中的上海平民文化〉，頁 43。

質與消費生活的豐富，以及新興商人的炫耀行為等各種因素的作用下，上海
開始出現了追求享樂的消閒方式和崇富心理。〔註6〕也就是說，消閒娛樂業
的興盛，成為上海租界繁榮景象的重要標誌，居民也養成重消遣、求享樂、
不惜花費的消閒風氣，成為這一社會生活的突出特點。〔註7〕

（圖二‧三）

<blockquote>
熒熒火樹宵輝煌，燕都健兒齊登場。

南風已弱北風勁，不唱崑腔唱梆子。

誰家女兒坐障紗，筵前吹落楊白花。

東風不宜著些力，嶺南春色斷消息。〔註8〕
</blockquote>

吳友如在《申江勝旅圖》中，便繪製了多張與上海娛樂業相關的圖像，像是
〈華人戲園〉（圖二‧三）即是記錄戲院中的場景，從圖中我們不僅看到舞臺
上的演出情形，也可以看到臺下觀眾眾多、熱鬧的景象。另外還有描繪鴉片
館的〈南誠信〉〔註9〕與說書地方的〈女書場〉〔註10〕等等，都是中國的傳統

<hr />

〔註6〕 李長莉：《晚清上海社會的變遷——生活與倫理的近代化》，頁 235。
〔註7〕 李長莉：《晚清上海社會的變遷——生活與倫理的近代化》，頁 259。
〔註8〕 （清）尊聞閣主人編、吳友如繪圖：《申江勝景圖》（臺北：廣文書局，1981
　　　　年），卷下，頁 20、21。
〔註9〕 （清）尊聞閣主人編、吳友如繪圖：《申江勝景圖》，卷下，頁 8、9。
〔註10〕 （清）尊聞閣主人編、吳友如繪圖：《申江勝景圖》，卷下，頁 30、31。

娛樂業場所。

　　西人的東來也帶來了西式娛樂業的傳入與蓬勃發展，上海地區因此形成了亦中亦西的公共娛樂區。羅蘇文在〈論清末上海都市女裝的演變（1880～1910）〉中便提到：

> 晚清，一個公共娛樂區在上海租界形成，它早期的範圍包括外灘、南京路、福州路及跑馬廳場一帶。這裡並無湖光山色，也無寺廟園林，卻以鱗次櫛比、亦中亦西的娛樂設施提供公眾一個日常性的娛樂消費場所。在 1890 年代之後隨著租界向西區擴展，公共娛樂區也向西延伸，包括張園、徐園，及南市（華界）的豫園。〔註11〕

而上海公共娛樂區的設立，也促進中外文化的交流。羅蘇文在文中更進一步指出，公共娛樂區的商業化經營所具有的三個特色：（一）是中西合璧的娛樂消費區。（二）置於租界當局依法監管下，雅俗共享、秩序井然的公眾活動空間。（三）是華人觀察西洋生活的窗口，並充當信息傳播的特殊通道。〔註12〕可見上海公共娛樂區不僅提供民眾娛樂的場所，也是中國人接觸西方文化的管道：

> 晚清租界的公共娛樂區是營造近代城市生活必備的要件。它迎合、誘導居民得以走進、嘗試以市場消費為主導的近代城市生活方式，突破傳統尊卑等級束縛，接受近代消費觀念。它提供了中外居民在消費領域彼此接觸、了解，接納對方、淡化隔閡的公共場所。也提供了中西文化共處對視的空間，引發華人觀念、習俗發生了潛移默化，影響深遠的變化。〔註13〕

有了接觸的管道，使得晚清上海的中國人逐漸接納並實際參與西式娛樂業，例如〈華人彈子房〉（圖二・四）〔註14〕繪的就是上海時期的撞球場，在圖中我們可以清楚看到當時的撞球場已經頗具規模，中國男女在其中打撞球，人數眾多。

〔註11〕羅蘇文：〈論清末上海都市女裝的演變（1880～1910）〉，《無聲之聲 II.近代中國的婦女與社會（1600～1950）》（臺北：中央研究院近代史研究所，2003年），頁110。

〔註12〕羅蘇文：〈論清末上海都市女裝的演變（1880～1910）〉，《無聲之聲 II.近代中國的婦女與社會（1600～1950）》頁110～112。

〔註13〕羅蘇文：〈晚清上海租界公共娛樂區的興起〉，《租界裡的上海》（上海：上海社會科學院出版社，2003年10月），頁81。

〔註14〕（清）尊聞閣主人編、吳友如繪圖：《申江勝景圖》，卷下，頁40、41。

（圖二‧四）

（圖二‧五）

　　除了撞球場外，馬戲團表演也來到了晚清上海（圖二‧五），黃協塤在《淞南夢影錄》中便記載到：「車利尼者，美利堅人，專演馬戲，去夏曾於

外虹口擇隙地演之。……據云，此種戲術，滬上已演過數次，惟車利尼班，最為出色云。」〔註15〕夏曉虹在《晚清上海片影》中也曾針對馬戲團進行過討論，不僅對車利尼馬戲班在 1882 年、1886 年到上海的表演情況進行爬梳，同時也指出車利尼馬戲曾想要進一步到中國內地表演，可惜未能成功。〔註16〕

　　另一方面，當時上海作為一個商業繁榮而娛樂業興盛的城市，也產生許多可供女子擔任的職業，例如女傭〔註17〕、女工〔註18〕等等，吸引大量鄉村婦女移居來上海就業，形成與傳統社會截然不同的社會現象：眾多女性進入職場社會，開始脫離依附於男性和家庭的傳統生活方式。〔註19〕這樣的社會現象，促使了晚清上海娼妓業的興盛，進而取代過去娼妓業發達的南京、揚州、蘇州等城鎮，成為全中國之冠。〔註20〕曾任上海知縣的陳其元在《庸閑齋筆記》中便曾提過，他在任職時的密查結果是有名號的妓院約一千五百多家，〔註21〕數量驚人。

　　晚清上海這樣的經濟環境與娛樂風氣，為《點石齋畫報》提供了良好的銷售環境。卓聖格在討論《點石齋畫報》成為市井小民樂於消費的文化休閒商品時即提到：

> 商業社會是以營利為謀生宗旨的社會，營利觀念早已滲透到上海
> 人的各種社會行為中，文人學士乃至於一般畫家也在所難免。商

〔註15〕 （清）黃協塤：《淞南夢影錄》，見江畲經編：《歷代小說筆記選（清）》（臺北：臺灣商務印書館，1980 年），五冊，頁 1341。

〔註16〕 夏曉虹：《晚清上海片影》（上海：上海古籍出版社，2009 年），頁 45。

〔註17〕 （清）萬沖所編《青浦縣鄉土志》卷 29 的〈風俗〉就曾記載當時婦女爭相前往上海當傭的情形：「婦女貪上海租界傭價之昂，趨之若鶩，甚有棄家者，此又昔之所未見者也。」見黃葦、夏林根編：《近代上海地區方志經濟史料選輯 1840～1949》（上海：上海人民出版社，1984 年），頁 336。

〔註18〕 《點石齋畫報》在〈全人名節〉中，也報導過茶棧招募女工的情形，見張志瀛繪：〈全人名節〉，《點石齋畫報・大可堂版》，第一冊甲集，圖 81。

〔註19〕 李長莉：《晚清上海社會的變遷——生活與倫理的近代化》，頁 314。

〔註20〕 李長莉：《晚清上海社會的變遷——生活與倫理的近代化》，頁 317；蕭國亮：《中國娼妓史》（臺北：文津出版社，1996 年），頁 96。

〔註21〕 （清）陳其元：《庸閑齋筆記》第十卷，顧廷龍主編：《續修四庫全書》（上海：上海古籍出版社，2002 年），第一一四二冊，第 159 頁：「余攝縣事時，欲稍稍裁抑之（按：指娼妓業），而勢有不能。嘗飭洋租地保密稽之，蓋有名數者計千五百餘家，而花煙館及鹹水妹、淡水妹等尚不與焉，女閭之盛已甲於天下。乃自同治紀元後，外國妓女亦泛海而來，搔首弄姿，目挑心招，以分華娼纏頭之利。」

業社會是不斷追求「泛消費」的社會，它試圖把每一件東西都與消費聯繫在一起，這種無所不在的商業經營思想，使上海的文化也被籠罩在濃厚的商業氛圍中。商業社會又是享樂主義的社會，它需要豐富而有刺激的文化娛樂作為生活的佐料，需要文化的消閒、享樂服務。由於畫報繪畫極為低廉，不但可滿足一般大眾對新聞及知識的探求，同時也滿足了大眾賞閱繪畫、甚至收藏繪畫的欲望。對願花一些錢做精神享樂而普遍教育程度不高的市井小民來說，畫報繪畫正是他們渴望且樂於消費的一種文化休閒商品。

而《點石齋畫報》無疑又是畫報中最成功的一項產品。〔註22〕

由此可知，經濟的興起，促進了晚清上海商業城市的形成，這代表人民有閒錢可以購買報紙，具有畫報的銷售市場。娛樂業的繁榮，一方面顯示著人們對娛樂性事物的需求與花錢意願，給《點石齋畫報》的自我定位提供了方向，另一方面就報導內容來說，娛樂業場所所發生的各種事情，也提供《點石齋畫報》良好的新聞題材，為《點石齋畫報》的長久連載提供了強而有力的支援。

第二節　華洋文化共處的舞臺

晚清上海開埠後，西方各國隨即在上海闢設租界地，其中英美兩國先是各自分設租界，之後又合併組成公共租界，法國則在法商的要求下，在道光29年（西元1849年）正式成立法租界。〔註23〕

租界地設立後，外國人來上海的人數漸多，居留時間也變長，但因上海實行「華洋分居」的策略，故在西元1853年以前，租界發展不快，外僑成長緩慢。〔註24〕西元1853年後，因小刀會起義以及太平天國帶來的戰亂，大量避難的華人湧入上海，加上西元1854年租界修改章程，讓原本「華洋分居」的狀態被打破，呈現「華洋共處」的狀態，這使得租界城市化的速度加快，上海華人、外國人的數量各有增加的趨勢，〔註25〕而這些外國人除了

〔註22〕卓聖格：《晚清通俗繪畫研究：以「點石齋畫報」為主軸》，頁20、21。

〔註23〕熊月之、馬學強、晏可佳選編：《上海的外國人（1842～1949）》（上海：上海古籍出版社，2003年），頁1。

〔註24〕熊月之、馬學強、晏可佳選編：《上海的外國人（1842～1949）》，頁1。

〔註25〕熊月之、馬學強、晏可佳選編：《上海的外國人（1842～1949）》，頁1。

西洋人外，日本、朝鮮等亞洲地區國家的人民也包含在其中。到了西元 1900
年時，公共租界上的中國人口達三十四萬五千二百七十六人，外國人口也有
六千七百七十四人。〔註26〕

　　筆者在上一節中談到西式娛樂業的傳入，使得上海地區產生了亦中亦
西的公共娛樂區，而這其實也是華洋共處下所產生的結果。外國人來到中
國，除了與當地的中國人交流，同時也沒忘了將自己國家的娛樂活動帶入
上海，並實際在上海從事這些活動。以賽馬活動為例，晚清上海很早就傳
入了賽馬活動，《申報》在創刊號中刊登的第一則新聞，就是關於賽馬的報
導：

> 西人廿二至廿四日，連日馳馬角勝負。定於十二鐘馳三次，停一點
> 鐘，稍微休息再馳，至夜方散。當其馳馬之際，西人則異祥結束，
> 務求精彩。或二三騎，或三四騎，連轡而行，風馬電疾，石走沙飛，
> 各向前驅，不為後殿。倘行次齊整，無有參差，則勝負均焉。若一
> 騎稍有前後，則高下立判。勝者揚揚自得，負者退然氣沮。而旁觀
> 則私相賭賽，以馬之優紐，判我之輸贏。如甲謂馬之赤色者勝，乙
> 謂馬之白色者勝。倘赤者稍前，則甲勝矣；白者稍前，則乙勝矣。
> 其勝負以朱提數萬計。中國之六博、蹋鞠、鬥雞、走狗諸戲，雖極
> 喧闐，無此盛舉也。西人咸往觀焉，為之罷市數日。至於游人來往，
> 士女如雲，則大有溱洧間風景。或籃輿筍輿得得遠來，或油壁小車
> 轔轔乍過，或徙倚於樓上，或隱約于簾中，莫不注目凝神，觀兹奇
> 景。而踒躞街頭者，上自士夫，下及負販，男女雜沓，踵接肩摩，
> 更不知其凡幾矣。〔註27〕

在這段文字報導中，《申報》詳細描述了賽馬的方式，甚至連一旁的賭局都加
以記錄，並且指出「上自士夫，下及負販，男女雜沓」，也就是不論階級、不
分男女都可前往觀賽，可見賽馬活動在晚清上海的熱鬧情況。〔註28〕

〔註26〕葉曉青：〈點石齋畫報中的上海平民文化〉，頁 36。
〔註27〕無名氏：〈馳馬角勝〉，《申報》第 1 號，同治 11 年 3 月 23 日，西元 1872 年
　　　　4 月 30 日禮拜二，第 2、3 張，《申報：影印本》第一冊，頁 1、2。
〔註28〕《申報》報導這段文字時，距離《點石齋畫報》的發行還有十二年，相隔了
　　　　頗長的一段時間，但很顯然地，晚清上海的賽馬活動並沒有在這段時間裡消
　　　　失，即使到了《點石齋畫報》發行，仍然繼續熱鬧地舉辦著，甚至被《點石
　　　　齋畫報》作為新聞記錄了下來。

夏曉虹在《上海晚清片影》中便曾經提到：

> 晚清上海租界的大面積存在與畸形繁榮，使之成為展示西方文明的
> 最佳窗口。國人不須遠渡重洋，即可領略異域風光，於是到上海觀
> 「西洋景」頓成坦途，十里洋場在眾多官紳士商的心目中更榮升為
> 遊樂首選地。以致時人會發出這樣的驚嘆：「遂令居於他處者，以上
> 海為天堂，而所然深羨。或買棹而來遊，或移家而寄居。咳！人果
> 何幸，而得處於上海耶？」（《記上每古今盛衰沿革之不同》，1898 年
> 7 月 3 日《新聞報》）而每年舉行的路馬賽事，正是構成此「西洋景」
> 不可或缺的重要部分。〔註29〕

由此可知，在華洋共處的情況下，上海洋人的活動情況，成為了晚清上海特
殊的「西洋景」。而這樣的生活景象，不僅被人用文字記錄下來，也同時進入
了晚清繪者所繪製的圖像之中：

（圖二‧六）

涼秋八月天馬來，西風捲地黃雲開。注坡驀澗如平地，海曲蟻封安
在哉。歐洲健兒好身手，背插彩旗腰紫綬。十騎五騎交錯馳，各願
爭先不肯後。是時觀者靜不譁，中西士女滿水涯。風催四蹄不得往，
白日杲杲飛黃沙。忽看一騎疾於鳥，數匝圍場倏已到。整轡放彎下
場來，夾道歡呼齊脫帽。一顧遂空冀野群，萬金祇博旁人笑。乘車

〔註29〕夏曉虹：《晚清上海片影》，頁 20。

歸去日已昏，直上酒樓抔醉倒。勝固可喜負亦常，若輩意氣何飛揚。

天下有道遠人至，廟堂控馭豈無方。君不見昔日西秦牧馬地，又不

見今日上海跑馬場。〔註30〕

《申江勝景圖》的〈跑馬場〉（圖二‧六）一圖，便是用圖像將晚清上海賽馬
的情況摹繪了下來，讓讀者可以透過文字和圖像來瞭解，以及「中西士女滿
水涯」這樣華洋共處的情形。當時的賽馬盛況。

（圖二‧七）

隨著上海娼妓業的發展，也有一些外國婦女來到上海從事賣淫行為，
〈東洋茶樓〉〔註31〕（圖二‧七）一圖所呈現的就是日本妓女與中國客人
互動的情況。外國妓女來中國賣淫，就先後次序來說，首先是西洋妓女，之
後日本妓女和俄羅斯妓女也陸續進入中國。〔註32〕日妓來到中國後，最初
是棲身於日本商店旁的宿屋內，並在路旁引誘客人上門，後來利用中國人喜
歡喝茶的特點，開設東洋茶館作為色情場所，〔註33〕其中又以 1877 年由日本

〔註30〕（清）尊聞閣主人編、吳友如繪圖：《申江勝景圖》，卷上，頁 62、63。

〔註31〕（清）尊聞閣主人編、吳友如繪圖：《申江勝景圖》，卷下，頁 25。

〔註32〕邵雍：《中國近代妓女史》（上海：上海人民，2005 年），頁 4。

〔註33〕陳祖恩：〈揭開封閉社會的神秘面紗——圖片中的上海日本人居留民〉，頁 31。

長崎的青木權次所開設的東洋茶館，為當時最早的上海日本妓院。〔註34〕東洋茶樓後來在上海蓬勃發展，到了西元 1882 年，在上海賣淫的日本妓女約八百人，這些妓女雖曾一度被取締與遣返，但是仍有人留在上海繼續從事賣淫活動。〔註35〕

（圖二‧八）

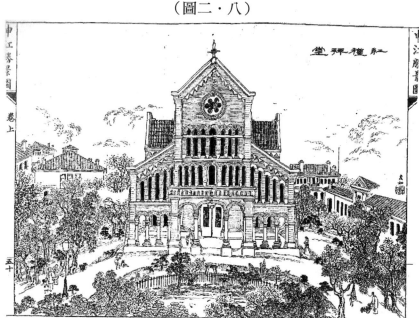

華洋共處的情況，除了反映在上述所提的娛樂活動與娼妓業外，同時也體現在西式建築上。隨著西人的到來，各種西式建築也紛紛被建立，華可思在討論上海公共樂隊的成立時，便指出「歐洲人每劃出一個居住區域，就大修濱江大道、賽馬場、教堂、公園，並在這些公園建立音樂台」〔註36〕，而這些被興建的西式建築，就成為了晚清上海生活的空間背景。例如〈紅禮拜堂〉〔註37〕（圖二‧八）一圖，所繪的就是上海地區的西式禮拜堂。在圖像中除了西式建築外，還可以看到中西民眾在禮拜堂的周圍活動，呈現出了中國人與西洋人共處、共享公共空間的生活情形。

〔註34〕邵雍：《中國近代妓女史》，頁 94。

〔註35〕邵雍：《中國近代妓女史》，頁 94。

〔註36〕華可思：〈上海工部局樂隊與工共樂隊的歷史與政治〉，《上海的外國人（1842～1949）》（上海：上海古籍出版社，2003 年），頁 42。

〔註37〕（清）尊聞閣主人編、吳友如繪圖：《申江勝景圖》，卷上，頁 50。

（圖二・九）

（圖二・十）

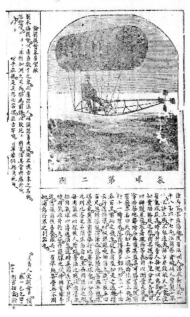

　　然而，在華洋共處的情況下，難免會有衝突與糾紛產生，因此上海地區凡涉及中外糾紛的訴訟審判，經常採用兩國合審的情況。〈會審公堂〉〔註38〕

〔註38〕（清）尊聞閣主人編、吳友如繪圖：《申江勝景圖》，卷上，頁 52、53。

（圖二‧九）一圖中，便清楚畫出了中國官員與西方領事同坐堂上，一同審問犯人的場景。

　　另一方面，華洋共處也使得晚清上海的報業蓬勃發展起來，除了傳教士、教會所創辦的《畫圖新報》、《益聞錄》等，〔註39〕還有外國商人在上海創報的中外文報紙，例如《北華捷報》、《上海新報》、《申報》等等。這些報刊的發行，使得中國讀者們得以藉由報刊獲得各種新聞、知識，並逐漸培養出讀者閱讀報紙的習慣。再者，在這些近代報刊上不時可以看到外國的新聞，或是與西方科技、醫術等西學相關的報導，例如比《點石齋畫報》早一步發行的石印報紙《述報》中，就曾經報導過與西學相關的圖說（圖二‧十）〔註40〕。這些有關外國、西學新知的報導內容，不僅反映出當時讀者們對這類報導的興趣，同時也是幫助上海成為中國西學傳播中心的助力。〔註41〕

　　華洋共處的結果，除了在上海地區形成了各種特殊的上海景觀，為報導內容提供了良好的材料外，異文化交流也使得華人對傳統社會強調的觀念與戒律逐漸疏遠，〔註42〕傳統士大夫熱中的「夏夷之辨」與「義利之辨」不佔主導地位，講求實際以及強烈的好奇心，使得一般民眾「趨新驚奇」，幾乎毫無心理障礙的接受了西方物質文明。〔註43〕另一方面，上海人民對於西方「新知」的接受，還反映在對西方醫術、工藝技術等的接納度上，尤其是對富含趣味性的西方遊藝活動，諸如賽馬、騎自行車、馬戲團表演等，

〔註39〕《益聞錄》，1879 年 3 月 16 日發刊於上海，徐家匯天主堂出版，由中國天主教徒李杕主編。初為半月刊，不久改為周刊。1898 年 8 月與《格致新報》合併，改出《格致益聞匯報》，次年又改名簡稱《匯報》。見陳玉申：《晚清報業史》，頁 13。關於上海傳教士辦報的部份情形，詳見本論文第三章第三節。

〔註40〕廣州述報館編輯：《述報》（臺北：臺灣學生書局，1965 年），頁 9。

〔註41〕熊月之在討論晚清時期的西學傳播時，便將其分成了四個歷史階段：（1）1811～1842 年，以西人為主，此時段因為尚未有不平等條約的保護，故傳、受雙方尚處於相對平等的地位，文化交流也在相對正常的狀態下進行。（2）1843～1860 年，以西人為主，少量中國知識分子參與，此時中國西學傳播的中心是上海、香港和寧波。（3）1860～1900 年，以西譯中述為主，中西傳播機構共存並進，這時上海便發展成為西學在中國傳播的最大中心。（4）1900～1911，中國知識份子成為主體，宣告西譯中述這一西學傳播史上過渡形式的結束。從這四個階段的演進中，我們不難發現中國知識份子在西學傳播的過程裡，由原本的被動逐漸轉主動，同時也從附從地位升為主導地位。見熊月之：《西學東漸與晚清社會》（上海：上海人民出版社，1994 年），頁 7～15。

〔註42〕羅蘇文：〈論清末上海都市女裝的演變（1880～1910）〉，頁 112。

〔註43〕陳平原：《左圖右史與西學東漸——晚清畫報研究》，頁 80。

更是充滿著濃厚的好奇心。而近代報刊的發行，促使中國人漸漸有了閱讀
報刊的習慣，並形成報刊的消費需求，為《點石齋畫報》的創辦提供市場基
礎。因此我們可以說，晚清上海華洋共處的情形，供給《點石齋畫報》良好
的生成條件，不僅有對西方文明接受度較高、有閱報習慣的消費群，方便
《點石齋畫報》培養出自己的讀者群，同時也有各種新聞事件、生活場景可
以作為報導題材，這些都成為《點石齋畫報》得以發行並且長期刊載的重要
資源。

（圖二‧十一）

> 西人於春秋佳日，例行賽馬三天，設重金以為孤注，捷足者奪標
> 焉。其地設圍闌三匝，開跑時，人則錦衣，馬則金勒，入闌而後，
> 相約並轡。洎乎紅旗一颭，真有所謂風入四蹄輕者。圍角有樓，
> 西人登之以瞭望。一人獲雋，夾道歡呼，簡中人固極平生快意事
> 也。而環而觀者如堵牆，無勝負之攖心，較之簡中人，尤覺興高
> 采烈云。〔註44〕

在《點石齋畫報》的報導中，我們經常可以看到華洋共處的紀錄，例如

〔註44〕無名氏繪：〈賽馬誌盛〉，《點石齋畫報‧大可堂版》，第一冊甲集，圖14。陳
　　　　平原、夏曉紅編著：《圖像晚清》，頁299。

筆者在前文所提的上海賽馬活動，《點石齋畫報》便曾經多次報導相關的消息，〈賽馬誌盛〉（圖二‧十一）便是其中一則。該則文字報導詳細介紹了賽馬的情景，雖然圖中從事賽馬活動的應該是西人，但卻有眾多的中國觀眾和部分西人圍繞在賽馬場四周，無怪乎文字報導會稱「環而觀者如堵牆」了。

（圖二‧十二）

兩男因一女而妬姦，華人謂之吃醋，日人謂之燒餅。去年某日，日本租界順興號店主王茂生，至警察署控告，所雇倭女名洒諾者忽然私奔出外，被竊洋五十元、時辰表一隻，請為查究。署中人即派巡捕尋獲該女，訊得竝無竊物事，因與英兵船上之司庖某有白頭約，故慫相從，被王偵知，往追不及，遂行誣控。次日，王又以女已回宿，請免究。巡捕將情照會華理事楊星垣，都轉立即提王至署，責以誣告之罪。王一再求恩，判罰洋蚨十翼，寄充振濟。說者謂，日本女子本類野雞，大都無情無義，所綢繆者錢耳，王不之悟而溺愛若是。噫！亦憒矣。（䴏）〔註45〕

上海獨特的合審制度，也被《點石齋畫報》繪入圖像之中，以〈燒餅離奇〉（圖二‧十二）為例，該則報導便是描述王茂生因所雇女工與他人有白頭

〔註45〕張志瀛繪：〈燒餅離奇〉，《點石齋畫報‧大可堂版》，第六冊未集，圖306。石晚軍：《「点石斎画報」にみる明治日本》，頁38、39。

約，往追不及，於是控告偷竊，後來經警察署查明為誣告後，罰王茂生洋蚨十翼的新聞事件。從圖中我們可以清楚看到，包含原告、被告、審判官員與旁觀者在內，左右兩邊分別是由日本人和中國人所組成，區分清楚。除了〈燒餅離奇〉外，《點石齋畫報》還有其它繪有中外共審情形的報導圖像，陳彥育在其學位論文《晚清的法律、社會與國家──以「點石齋畫報」的法律事件為中心》中便整理出〈圭玷須磨〉〔註46〕、〈乾綱不振〉〔註47〕、〈鞭責女堂〉〔註48〕、〈痛定思痛〉〔註49〕、〈白鴿餘波〉〔註50〕、〈烟花董事〉〔註51〕、〈燒餅離奇〉〔註52〕、〈捲逃可惡〉〔註53〕、〈私刑定讞〉〔註54〕等九則，並且加以說明其內容。〔註55〕

（圖二‧十三）

〔註46〕吳友如繪：〈圭玷須磨〉，《點石齋畫報‧大可堂版》，第一冊甲集，圖16。
〔註47〕田子琳繪：〈乾綱不振〉，《點石齋畫報‧大可堂版》，第一冊丙集，圖221。
〔註48〕吳友如繪：〈鞭責女堂〉，《點石齋畫報‧大可堂版》，第二冊丁集，圖74。
〔註49〕田子琳繪：〈痛定思痛〉，《點石齋畫報‧大可堂版》，第二冊戊集，圖214。
〔註50〕張志瀛繪：〈白鴿餘波〉，《點石齋畫報‧大可堂版》，第六冊午集，圖145。
〔註51〕張志瀛繪：〈烟花董事〉，《點石齋畫報‧大可堂版》，第六冊未集，圖236。
〔註52〕張志瀛繪：〈燒餅離奇〉，《點石齋畫報‧大可堂版》，第六冊未集，圖306。
〔註53〕何明甫繪：〈捲逃可惡〉，《點石齋畫報‧大可堂版》，第八冊亥集，圖61。
〔註54〕符艮心繪：〈私刑定讞〉，《點石齋畫報‧大可堂版》，第十五冊利集，圖66。
〔註55〕陳彥育：《晚清的法律、社會與國家──以「點石齋畫報」的法律事件為中心》，頁39、40。

自泰西格致之術精，而鏡之為用大。千里鏡可以洞遠也，顯微鏡可以析芒也，豈惟是古鏡照人，妍媸莫遁哉。不謂愈出愈奇，更有燭及幽隱者。蘇垣天賜莊博習醫院西醫生柏樂文，聞美國新出一種寶鏡，可以照人臟腑，固不惜千金購運至蘇。其鏡長尺許，形式長圓，一經鑑照，無論何人，心腹腎腸昭然若揭。蘇人少見多怪，趨而往觀者甚眾。該醫生自得此鏡，視人疾病即知患之所在，以藥投之，無不沉疴立起。以名醫而又得寶鏡，從此肺肝如見，藥石百靈，借彼光明同登仁壽，其造福於三吳士庶者非淺。語云：「欲善其事，先利其器。」西醫精益求精，絕不師心自用，如此宜其技之進而益上也。〔註56〕

再例如〈寶鏡新奇〉（圖二・十三）一則，就是介紹西方 X 光機的新奇之處，另外像是〈收腸入腹〉〔註57〕、〈妙手割瘤〉〔註58〕等等，也都是描述西方醫學的相關報導。

總結來說，隨著外國人的湧入以及「華洋分居」的打破，上海的中外交流情況日益蓬勃起來。上海這種華洋共處的情形，以及人民對「新知」的好奇心，都給《點石齋畫報》提供了良好的銷售環境以及新聞題材，成為《點石齋畫報》得以生成的重要原因。

第三節　石印印刷術的引進

《點石齋畫報》能夠在晚清取得空前的成功，石印印刷法的傳入功不可沒。其實當時照相技術已經傳入中國，照相業在上海地區有所發展，《點石齋畫報》的報導圖文中也不時可以看到與照相相關的紀錄。而且如果要說到「寫實」，照相顯然比手繪圖像更佔優勢。既然如此，為何《點石齋畫報》還要選用手繪圖像作為主要呈現方式呢？

實際上，當時晚清上海雖然已經有照相業產生，但照相仍然屬於少數人掌握的技術，一般人難以進行，更何況要隨時拍下新聞事件的現場，這更是難上加難。再者，印刷技術發展的速度，也限制了照片的刊登，所以在近代

〔註56〕周慕喬繪：〈寶鏡新奇〉，《點石齋畫報・大可堂版》，第十五冊利集，圖 21。
　　　　陳平原、夏曉紅編著：《圖像晚清》，頁 215。
〔註57〕田子琳繪：〈收腸入腹〉，《點石齋畫報・大可堂版》，第四冊子集，圖 120。
〔註58〕何明甫繪：〈妙手割瘤〉，《點石齋畫報・大可堂版》，第十二冊御集，圖 6。

報刊的誕生後，到照片成為主要的新聞插圖圖像前的這段空窗期，就成了手繪畫報表現的黃金時期。在這段時間裡，石印印刷術被引進，圖像的印刷變得更為簡單、快速，提供了圖像與新聞結合的條件。故我們可以說，《點石齋畫報》能夠以圖像作為新聞報導的手段，石印印刷術的引進是一大功臣。

石印印刷術（Lithography）是由德國人阿洛伊斯・賽尼費爾德（Aloys Senefelder，或譯為施納飛爾特）於西元 1796 年所發明的印刷術。〔註59〕黃蒙田在〈魯迅・吳友如・點石齋〉一文中，便詳細說明了石印技術的印刷情形：

> 所謂石印，就是一塊表面異常光滑的石面，畫家用特製的藥墨把畫繪在一種薄薄的「藥水紙」上，反面覆蓋在也有藥膜的石面上，凡有墨痕的地方就在石面上像蝕版一樣固定了痕跡（魯迅在給魏猛克的信上提到點石齋的畫家「都是用藥水畫在特種的紙張上，直接上石，不用照相」，就是指這個工序），用蘸了油墨的膠卷桶在石面滾過，油墨便留在著筆的地方即像蝕版部分，而其它石面是不會留下油墨的，接著把紙張鋪在石面，用螺旋機一壓，便印出畫面來了。這就是石印——為了和後來發明的照相石印區別，又叫它手描石印。〔註60〕

由此可知，石印法是利用油與水不調和的原理和攝影、化學工藝，首先用畫筆沾特製的藥墨，直接描繪在石版上，再經過一些藥品的適當處理，便可以大量印製。而且印出來的書籍紙、墨煥然，不爽毫釐，且可隨意放大縮小，方便又迅速。〔註61〕

相較於早期的木刻印刷術，石印印刷術在印刷效果方面顯得更加優秀。廖修平在《版畫藝術》便提到：

> ……石版畫比其它版種版畫，如繪畫（油畫、水彩、素描等）的畫面效果接近，只要直接以蠟筆或畫筆沾藥墨描畫版上，而且怎麼畫，就印出怎麼樣的石版畫來，就是說可保有描繪時的筆觸、畫痕、韻

〔註59〕卓聖格：〈晚清石印畫報的形成與發展研究〉，頁 389。

〔註60〕黃蒙田：《魯迅與美術二集》（香港：大光出版有限公司，1977 年），頁 143、144。

〔註61〕張偉：《滬瀆舊影》（上海：上海辭書出版社，2002 年），頁 7、卓聖格：〈晚清石印畫報的形成與發展研究〉，頁 389。

味，甚至渲染效果。因此，不必擔心雕版之煩，又容易有預期效果

的傾向，使欲省事畫家大大入迷。〔註62〕

可見石印印刷術兼具省事、省時的優點，又能呈現良好的圖像印刷效果，對

於必須強調時效性的報紙來說，無疑是一大利器。

　　一般認為，石印印刷術是在西元 1874 或 1876 年由上海徐家匯土家灣

印刷所引入中國，〔註63〕但也有人認為早在西元 1833 年或 1838 年即傳入。

〔註64〕到了西元 1878 年，美查購入手動石版印刷機，創立了「點石齋石印

書局」，並從土山灣印刷所請來技師邱子昂來進行印製。〔註65〕西元 1879

年 5 月 25 日的《申報》上刊登了一則點石齋的廣告：

> 本齋於去年在泰西購得新式石印機器一付，照印各種書畫，皆能與
>
> 元本不爽錙銖，且神采更覺煥發。至照成縮本，尤極精工，舟車攜
>
> 帶者，既無累墜之虞，且行列井然，不費目力，誠天地間有數之奇
>
> 事也。今在申報館申昌書畫室出售，……。〔註66〕

這則廣告除了宣告其對石印印刷術的引進，同時也說明了石印印刷術的優點。

〔註62〕廖修平：《版畫藝術》（臺北：雄獅，1991 年），頁 167。

〔註63〕陳平原、張偉都認為是 1876 年，見陳平原：《左圖右史與西學東漸——晚清
　　　畫報研究》，頁 59；張偉：《滬瀆舊影》，頁 7。卓聖格則說土山灣印書館「開
　　　始時只有木刻印刷部，1874 年起才成立石印印刷部」，見卓聖格：〈晚清石印
　　　畫報的形成與發展研究〉，頁 390。

〔註64〕熊月之指出麥都思自 1828 年在巴達維亞開始使用石印技術印印製第一本書
　　　後，所出的中文書籍均是石印產物，此技術於西元 1833 年傳入廣州，鴉片戰
　　　爭後又傳入上海。見熊月之主編：《上海通史第六卷‧晚清文化》（上海：上
　　　海人民出版社，1999 年），頁 91。方漢奇則稱「1838 年 9 月在廣州創刊的《各
　　　國消息》就是採用石印的」，見方漢奇：《中國近代報刊史》，頁 49。王爾敏
　　　原本在〈中國近代知識普及化傳播之圖說形式——《點石齋畫報》例〉一文
　　　中也稱「西方石印術傳入中國，光緒二年（一八七六）上海創辦徐家匯土山
　　　灣印書館，開始使用石印術印書」，後來在〈《點石齋畫報》所展現之近代歷
　　　史脈絡〉中改採方漢奇的說法。見王爾敏：〈中國近代知識普及化傳播之圖說
　　　形式——《點石齋畫報》例〉，頁 233；王爾敏：〈《點石齋畫報》所展現之近
　　　代歷史脈絡〉，頁 4。陳平原在《左圖右史與西學東漸——晚清畫報研究》則
　　　特別對自己之前的說法進行更正，指出早在 1830 年代，就已經有傳教士採用
　　　石印方式製作中文出版物。見陳平原：《左圖右史與西學東漸——晚清畫報研
　　　究》，頁 121。

〔註65〕魯道夫‧G‧瓦格納：〈進入全球想像圖景：上海的《點石齋畫報》〉，頁 9。

〔註66〕申報館啟：〈點石齋印售書籍圖畫碑帖楹聯書目〉，《申報》第 2177 號，光緒
　　　5 年 4 月 5 日，西元 1879 年 5 月 25 日禮拜日，頭版，《申報：影印本》第十
　　　四冊，頁 511。

之後西元 1884 年申報館附屬申昌書畫室發售的《申江盛景圖》，裡面也收錄了一幅〈點石齋〉（圖二‧十四）：

（圖二‧十四）

古時經文皆勒石，孟蜀始以木板易；

茲乃翻新更出奇，又從石上創新格；

不用切磋與琢磨，不用雕鏤與刻畫；

赤文青簡頃刻成，神工鬼斧泯無蹟。

機軋軋，石粼粼，搜羅簡冊付貞珉。

點石成金何足算，將以嘉惠百千萬億之後人。〔註67〕

陳平原認為這首詩「表達了時人對於此一新工藝的強烈興趣」，〔註68〕魯道夫則說「美查在盛讚這種新的印刷技術時絲毫也沒有感到窘迫」，並進一步指出《申江勝景圖》的發行，正顯示了「美查對於自己在創造新上海的過程中所扮演的角色的驕傲和欣賞」。〔註69〕然而，不管美查發表這首詩的用意是什麼，石印印刷術對於晚清上海的印刷界確實產生了不小的改變，不僅書籍印刷可以快速而價廉，而且「照印各種書畫，皆能與元本不爽錙銖，且神

〔註67〕（清）尊聞閣主人編、吳友如繪：《申江勝景圖》，卷上，頁 60、61。

〔註68〕陳平原：《左圖右史與西學東漸──晚清畫報研究》，頁 59。

〔註69〕魯道夫‧G‧瓦格納：〈進入全球想像圖景：上海的《點石齋畫報》〉，頁 10。

采更覺煥發」，展現良好的印刷品質。〔註70〕

　　石印印刷術的這些優點，都為畫報的成功鋪下了基石，讓畫報可以克服
「時效」、「數量」的問題，也為廣大讀者們提供他們的經濟能力負擔得起的
價格，更重要的是畫報得以打破以文字為主的報導方式，讓圖像一躍成為主
角，形成新的新聞傳播媒介。無怪乎戈公振在《中國報學史》會說：「我國報
紙之有圖畫，其初純為曆象、生物、汽機、風景之類，鏤以銅板，其費至巨。
石印既行，始有繪畫時事者，如《點石齋畫報》、《飛影閣畫報》、《書畫譜報》
等是。」〔註71〕由此可見石印術的引進對畫報的重要性。

第四節　結　語

　　《點石齋畫報》在中國近代報刊中的成功並非偶然，社會環境、時代背
景、技術層面等都是促使《點石齋畫報》成功的重要因素，並且間接對《點石
齋畫報》所形成的觀看文化，產生了關聯性。

　　為了對《點石齋畫報》的基本背景有更深刻的瞭解，本章筆者將討論重
點分成「經濟與娛樂」、「華洋文化共處」與「印刷技術」三個面向來進行討
論。首先筆者將目光放在經濟與娛樂業的發展上，指出晚清上海的經濟狀況，
與其所瀰漫的娛樂風氣，都為《點石齋畫報》提供了成長的土壤。

　　其次，筆者從文化的角度切入，說明晚清上海因為通商口岸的開放，形
成了華洋文化共處的情形，一方面促使晚清上海報業的蓬勃發展，另一方面，
華洋間所產生的種種事情，也成為晚清上海特有的西洋景，提供《點石齋畫
報》豐富的報導題材，並作為《點石齋畫報》得以長期刊行的重要支持力量。

　　第三節則從印刷技術著手，論析石印印刷術的傳入，為報紙提供快速又
便宜的印刷品質，克服了報紙對「時效性」、「大量印刷」、「便宜低廉」的要
求，讓更多人可以購買報紙。另一方面，相較於傳統雕版印刷在印製圖像上
的缺點，石印印刷術能夠更加完美地印製出與原稿相差無幾的圖像，增加了
圖像晉升報紙版面的可能性，進而促使以圖像為主要敘事手段的《點石齋畫
報》的誕生。

〔註70〕《「點石齋畫報」通檢》更進一步指出，點石齋石印書局使用的石印機，經歷
　　　　了手動輪轉到以自來火引擎取代人力的機械化過程。見葉漢明、蔣英豪、黃
　　　　永松編：《「點石齋畫報」通檢》，頁 ix、x。
〔註71〕戈公振：《中國報學史》，頁 202。

　　經由本章的討論，筆者對《點石齋畫報》的生成背景有了一番整理，希望藉此建構出《點石齋畫報》的基礎背景資料，並作為後文討論的依據。

第三章 《點石齋畫報》的刊行、辦報策略與媒介特性

　　雖然《點石齋畫報》在發售之初，因具有一目瞭然、製作精美的圖像，以及有別於純文字報紙的新奇感，使得銷售情況頗佳。這點從《點石齋畫報》開始販售後不久，《申報》上即出現「本館所印畫報，已於月之十四日發售第一號。三五日間，全行售罄，可見價廉物美，購閱者必多也」〔註1〕、「本館印行畫報兩次，蒙海內君子同聲許可，購閱者踵趾相接，應接不暇」〔註2〕、「乃月餘以來購者紛紛，後卷肆出前卷已空，由後補前，司石司墨者日輒數易手，猶不暇給。」〔註3〕、「啟者：本報館業已刊行三次，盡有購閱本號而並補購以前數號者，故又添印數千，以仰副諸君雅意。」〔註4〕等的文字就可見其暢銷情況。但是就長遠發展來說，當讀者的新鮮感消退，單純只是以圖像作為賣點的報紙，是無法長期吸引讀者購買的，更別說日後各種畫報輩出所形成的競爭情形。所以，《點石齋畫報》在面對瞬息萬變的環境，以及眾多晚清畫報發行的競爭下，仍能屹立不搖十多年，在其暢銷風行的背後，勢必

〔註1〕申報館主啟：〈第二號畫報出售〉，《申報》第3983號，光緒10年4月23日，西元1884年5月17日禮拜六，頭版，《申報：影印本》第二十四冊，頁771。

〔註2〕申報館主啟：〈第三號畫報出售〉，《申報》第3994號，光緒10年5月4日，西元1884年5月28日禮拜三，頭版，《申報：影印本》第二十四冊，頁837。

〔註3〕見所見齋：〈閱畫報書後〉，《申報》第4016號，光緒10年5月26日，西元1884年6月19日禮拜四，頭版，《申報：影印本》第二十四冊，頁969。

〔註4〕申報館主啟：〈第四號畫報出售〉，《申報》第4004號，光緒10年5月14日，西元1884年6月7日禮拜六，頭版，《申報：影印本》第二十四冊，頁897。

有其吸引讀者購買的原因。

　　從觀看的角度來說，明末清初版畫與評點的盛行，創造了特殊的觀看文化，閒遊者在圖繪與評點的世界裡，處於觀看的中心位置，卻又隱身世外，充滿熱情、四處探看。〔註5〕明末清初的這種觀看方式，使得人們以視線構畫幻想，享受讚賞、擁有與想像的自由，貫串成一個涉及性別物化與商品化等饒有意義的觀看課題。〔註6〕相較於明末清初的觀看，新聞刊登的時效性、促成讀者們長期購買的吸引力等，這些報紙獨有的特色也讓畫報的圖像有別於一般傳統的版畫，進而形成了不同於版畫插圖的另外一種圖像觀看。

　　本章筆者將討論的議題回歸到《點石齋畫報》自身，先對《點石齋畫報》的辦報人、繪者與撰寫者作一番介紹，其次說明《點石齋畫報》的編印與發行方式，以便對《點石齋畫報》有基本的認識。第二節則從商業利益的角度切入，爬梳《點石齋畫報》的中國化以及行銷策略。接著以「報導內容的重心」為議題，討論《點石齋畫報》以「搜奇」為重的擇題標準，還有其對自身娛樂性質的定位。之後延續娛樂性的線索，針對「觀看」這個議題發揮，說明人因為對未知事物的好奇心與窺探欲而形成觀看的視線，而這種視線也在《點石齋畫報》的報導中被記錄了下來，時而可見一雙雙窺探的眼睛環繞在新聞事件的周遭。最後，筆者將論述《點石齋畫報》的媒介特性，並以此界定《點石齋畫報》在晚清畫報中的先驅地位。

第一節　編印與發行

一、辦報人、繪者與撰寫者

（一）辦報人

　　《點石齋畫報》的創辦者是英國在華商人美查（Ernest Major），他同時也是主報《申報》的創辦人。〔註7〕魯道夫‧G‧瓦格納在〈進入全球想像

〔註5〕毛文芳：《物‧性別‧觀看──明末清初文化書寫新探》，頁33、34。
〔註6〕毛文芳：《物‧性別‧觀看──明末清初文化書寫新探》，頁34。
〔註7〕一直到了西元1889年美查收回本利回國，從此不再過問《申報》之事，《申報》才改為華洋合股的公司，並由董事會負責人挨波諾脫（E‧O‧Abuthnot，《清末四十年申報史料》中譯為「埃皮諾脫」，英文名則為bnthnot，可能有拼錯）。西元1907年，華人買辦席子佩購得《申報》的全部股份，兩年後正式簽訂產權移轉合同，《申報》悉歸華人自辦。見陳玉申：《晚清報業史》，

圖景：上海的《點石齋畫報》〉對美查創辦《申報》前的家世背景有一番詳
細的介紹：

> 美查和他的雙胞胎兄弟弗雷德里克（Frederic）於 1841 年 2 月 15 日
> 出生在倫敦一個寒微的陸軍部三級職員的家中，這一家共有五個小
> 孩。他大大得益於其父想要給予孩子們一種包括中文課程在內的國
> 際化教育的熱情，以及他的叔叔——一個鎮上著名的金融家——的
> 社會關係，也許還有其母一方的對於外部世界的開放態度——他母
> 親出生於加爾各達，是東印度公司一個職員的女兒。這一家看來屬
> 於倫敦人中對中國事務有著強烈而持久興趣的那個圈子，同時他們
> 抱有一種當時很少見的觀點，即要想和這個國家及人民打交道，最
> 好是能了解其文化和機構，甚至能說中國本地的語言。……美查兄
> 弟於 1861 年來到中國，先是在香港的輪船公司工作。1865 年美查
> 則在寧波開設了他自己的商店，當上了「委任商」。隨後，在可以肯
> 定是一次大的商業勝利之後，他最後遷到了上海，並在 1870 年 7 月
> 被第一次提及。在此之後，他很快出現在一份絲綢商的名單中，又
> 在 1871 年 11 月被記錄下出口了 3595 箱紅茶。〔註8〕

由這段描述看來，美查的經商經歷似乎稱得上順遂，但是魯道夫‧G‧瓦格納
也特別提到，在中國學者們的紀錄中，顯然又是不同的故事。戈公振在《中
國報業史》稱美查「初與其兄販茶於中國，精通中國語言文字。某歲折閱，思
改業。其買辦贛人陳莘庚鑒於《上海新報》之暢銷，乃以辦之說進，並介其同
鄉吳子讓為主筆。」〔註9〕戈公振的這個說法受到中國許多學者的延用，認為
美查是因為生意進行不順，才轉而經營報業。李仁淵在討論美查創立《申報》
的目標時，便曾針對目前學界的說法進行過整理：

> 為什麼美查會突然思營它業，有兩種說法。一說上海工商業當時正
> 值萎縮，市場蕭條，「某歲折閱，思改業」。持這種說法的有戈公振，
> 《中國報學史》；胡道靜，《新聞史上的新時代》；徐載平、徐瑞芳，
> 《清末四十年申報史料》；秦紹德，《上海近代報刊史論》。其中徐載
> 平書中認為因為太平軍平定，東南安靖。避難於滬的外省商人紛紛

　　頁 50；徐載平、徐瑞芳：《清末四十年申報史料》，頁 19～23。
〔註 8〕魯道夫‧G‧瓦格納：〈進入全球想像圖景：上海的《點石齋畫報》〉，頁 7、8。
〔註 9〕戈公振：《中國報業史》，頁 78。

回鄉，導致租界人口下降所致。另一種說法是認為美查在 1862 年開始經營江蘇藥水廠，因為生意興隆頗有餘資，故將剩餘的資金用來辦報。這種說法見於 Britton，The Chinese Periodical Press。而方漢奇所著之《中國近代報刊史》與主編的《中國新聞事業通史》都認為 Britton 的說法比較可信。……上述兩種說法無論何者為真，可以確定的是美查辦報之初無論是轉資或增資，都是出自於商業資本的考量。〔註10〕

實際上，不論美查轉而從事報業的契機為何，他創辦《申報》、《點石齋畫報》的成功以及其對於中國報業的貢獻都是值得肯定的。戈公振便曾讚其道：「凡此舉舉大端，均當時所深為詫怪，而至今報紙尚有未能踵行者。至於增加材料，推廣銷路，免除誤會，亦頗煞費苦心，逐漸前進。雖其間有效有不效，然美查開路之功，不可沒也。」〔註11〕

就報導內容來說，美查的英國人身分使得《申報》、《點石齋畫報》受到較少的官府約束，能夠擁有較大的言論自由；而且在採輯時聞的對外交涉上，舉凡外洋圖畫照片之採集，洋文之翻譯，外國風俗時事之解說傳述等，身為英國人的美查也較一般中國人更易做到，並得以提供給繪者、撰寫者進行新聞圖文的製作。〔註12〕另一方面，雖然當時報紙閱讀群不見得已經形成，〔註13〕但美查從一開始就預想報紙的讀者群是中國人，他是要對廣大的中國人民說話、以他們為銷售的對象，因此報紙是以中文寫成，報導內容自然也朝向中國人會看、想看的方向篩選。除了定位報紙的讀者群外，美查作為創辦人，對於報紙報導的立場上是採「以營業為前提。謂『此報乃與華人閱看』，故於言論不加束縛」〔註14〕，幾乎都交由主筆去負責，這種做

〔註10〕李仁淵：《晚清的新式傳播媒體與知識份子：以報刊出版為中心的討論》（臺北縣：稻鄉出版社，2005 年），頁 61、62。

〔註11〕戈公振：《中國報業史》，頁 79。

〔註12〕王爾敏：〈《點石齋畫報》所展現之近代歷史脈絡〉，頁 274。

〔註13〕康無為：〈「畫中有話」：點石齋畫報與大眾文化形成之前的歷史〉，頁 97：「在 1870 及 80 年代的中國，發行報紙是相當冒險的事，因為那時還沒有出現我們今天所謂的讀者群：這群人無論是否彼此認識，總是期望經由定期出版的刊物得到消息。」

〔註14〕戈公振：《中國報業史》，頁 79。雖然如前文所說，美查可能對於提供照片資料、外文翻譯給報紙的繪者、撰寫者這點上有所幫助，但就內容上筆者以為美查可能不僅在言論上「不加束縛」，甚至沒有在刊出前先閱讀《點石齋畫報》的每則新聞內容，否則《點石齋畫報》為何會刊出〈縮屍異術〉、〈格致遺骸〉

法雖然不能說百分之百確保報導是站在中國人的立場出發，但至少在形式上做到主筆者和閱報者同樣是中國人的狀態。〔註15〕

　　但是美查真的完全退居幕後，全然不出現在自家創辦的報紙上嗎？戈公振曾提到「有時且自撰社論，無所偏倚，是其特色也」〔註16〕，可知戈公振認為美查是會「自撰社論」刊載在《申報》上的。至於在《點石齋畫報》上，我們可以看到「尊聞閣主人」所發的幾篇文章，但是這個「尊聞閣主人」是否就是美查呢？王爾敏在〈《點石齋畫報》所展現之近代歷史脈絡〉便根據《點石齋畫報》的篆印，做出這樣的判斷：「《點石齋畫報》是何人所辦？答案是那位寫緣起的尊聞閣主人。尊聞閣主人是何許人也？……美查除刊布緣起之外，在添署日期名諱之下，又鈐蓋篆印兩枚，上署『尊聞閣主人』，下枚即署『美查』，根據兩枚印章，即可確判尊聞閣主人即是美查。」〔註17〕另外像是〈朝鮮亂略跋〉〔註18〕一文中，則是文字署名「尊聞閣主人」，印章是「美查」。由此可知，美查並非全然隱藏在幕後，而是以「尊聞閣主人」之名刊載文章。但是，這樣就會產生一個疑難：美查雖是懂得中國語言的洋人，卻不見得受過中國傳統文人的寫作教育，真有辦法寫出諸如《申報》上的文章，抑或是〈點石齋畫報緣啟〉這樣典雅的中文文章嗎？於是王爾敏進一步提到：

　　　　美查既是洋人，何以能撰作出典雅中文緣起，抑且此緣起又是端

這類對於西方的情形有明顯錯誤認知、需要後來再刊〈畫報更正〉來更正新聞內容的報導？

〔註15〕有些大陸學者曾批評上海早期的出版業和西方帝國主義的關係，例如方漢奇在《中國近代報刊史》中便稱：「不論《申報》，還是《新聞報》，在言論上都一貫地站在帝國主義的立場，維護帝國主義及其走狗中國反動派的利益，反對中國人民。它們對媚外殘民的洋務派官僚和他們屠殺人民的賣國活動頌揚備至，而對堅決和帝國主義及其走狗作鬥爭的中國人民的革命運動，卻始終懷有刻骨的仇恨。」見方漢奇：《中國近代報刊史》，頁44。魯道夫‧G‧瓦格納則指出，雖然有些大陸學者概括地將這些上海早期的出版業描述為帝國主義者對中國內部事務的干涉，但實際上如果詳細閱讀出版的資料，會發現難以從中找到支持這些大陸學者的論點的證據。詳見魯道夫‧G‧瓦格納：〈進入全球想像圖景：上海的《點石齋畫報》〉，頁11。另外徐載平、徐瑞芳：《清末四十年申報史料》，頁13：「以上全部論說文中，卻沒有帶有宗教氣息和為帝國主義侵略者進行文化侵略的語句。」也提出和魯道夫相似的看法。

〔註16〕戈公振：《中國報業史》，頁79。

〔註17〕王爾敏：〈《點石齋畫報》所展現之近代歷史脈絡〉，頁3。

〔註18〕尊聞閣主人：〈朝鮮亂略跋〉，《點石齋畫報‧大可堂版》，第一冊丙集，圖277。

工隸書書寫。其中有何樣造作曲折？此中隱情,迄今尚無任何解說。本人乃就其文獻內證,追考代撰代書之人。請一番看《點石齋畫報》最初刊出題署之刊頭。除以篆體篆題《點石齋畫報》外,其下並附開:「問潮館主人署」字樣。其下亦有小印兩枚。一枚是「問潮館主人」,朱文篆體,一枚是「恭之印信長壽」,白文篆體。而白文印在上,朱文印在下。這個問潮館主人是何許人也？他關係到美查緣起的代書問題,根據小印,當知其人字號「恭之」。而恭之又指何人？這個冷僻人物的資料甚不易查尋,卻遠在咸同之際太平天國歷史資料最不受重視的誇張戰役的書:《蕩平髮逆圖記》的封面找到正確答案。其書題顏,是篆體。而所附書寫者亦為問潮館主人,亦附「恭」「之」兩小印。惟特須注意者,則於其外附題「恭之氏沈錦垣題」字樣。對此我人可以肯定確信,美查的創刊緣起,是出以沈錦垣的代書。另外尚有旁證,即是在《點石齋畫報》初集丙冊,光緒十一年刊布《朝鮮亂略》(即甲申之變),其中有尊聞閣主人題跋,仍用朱文小印「美查」,其封面題署《朝鮮亂略》四字,實用隸書,亦附題問潮館主人書,亦蓋有白文篆書「恭之」小印。於此旁證,愈可證二人在此畫刊經營上之關係密切。美查的中文處理,必出於沈錦垣之手。〔註19〕

依據王爾敏的看法,美查在《點石齋畫報》上所發布的文章,應該都是出於其他文人的代書。當時除了沈錦垣,還有一些與美查旗下報業相關的文人,例如先後擔任《申報》主筆的蔣芷湘、錢昕伯、黃協塤、何桂笙等人,〔註20〕因此美查和這些文人很可能形成了一個撰寫群,由這些中國文人來撰寫文章,再以「尊聞閣主人」、「申報主人」等名義在報刊上發表。〔註21〕

　　然而不論是《申報》、《點石齋畫報》,抑或是出版極為短暫的《寰瀛畫報》,在報紙創辦之初,美查(和其背後的撰寫群)都以「申報主人」或「尊

〔註19〕王爾敏:〈《點石齋畫報》所展現之近代歷史脈絡〉,頁3、4。另在王爾敏:〈中國近代知識普及化傳播之圖說形式──《點石齋畫報》例〉,頁234,則稱:「其創刊人及主持經營,則為英人美查,在畫報所載以尊聞閣主人出名。至於書法端正,文詞典雅之緣起序文,自為他人代筆無疑,似無須推究為誰。」

〔註20〕徐載平、徐瑞芳:《清末四十年申報史料》,頁23~36。

〔註21〕關於「撰寫群」這部分的推論,是經由口考委員呂文翠教授提供寶貴的意見才得以完成,在此特表謝忱。

聞閣主人」等名義，開宗明義地對該報的創辦目的、動機等作一番介紹。另外如遇上重大、特殊的報導時也會刊載文章，例如〈朝鮮亂略跋〉〔註22〕。因此雖然美查對於新聞內容不會加以束縛，但他作為一個創辦者，對於說明《點石齋畫報》最基本的報導選題策略等，乃至於發表重要的公告，都具有對外的代表作用，是研究《點石齋畫報》不可忽視的重要人物。

（二）繪　者

美查定下了《點石齋畫報》最基本的報導策略，但真正製作新聞報導，進行新聞敘事的，則是《點石齋畫報》的繪者與文字撰寫者。一般提到《點石齋畫報》的繪者，都會以吳友如來作為代表，然而實際上他雖然是《點石齋畫報》的靈魂人物，但扣除他赴京繪製「平定粵匪功臣戰蹟圖」的兩年多，他先後在《點石齋畫報》繪製報導圖像的時間也不過四年略多而已，尚未達到《點石齋畫報》發行時間的三分之一，遠短於一般人的認知。〔註23〕加上《點石齋畫報》其實是由眾多繪者所共同繪製的畫報，因此討論《點石齋畫報》的繪者，應該將整個繪者群算入，才符合《點石齋畫報》的真實情況。

根據《「點石齋畫報」通檢》的整理，目前《點石齋畫報》中可確定繪者的有四千六百〇九幅，不著繪者的有五十一幅，另外無法確認繪師的則有六幅，其中已確定身分的繪者共有二十三人。〔註24〕這些繪者中，除了有些是定期而穩定地提供畫稿給《點石齋畫報》的固定供稿者外，還有不定期投稿的繪者。事實上，《點石齋畫報》在創刊後不久，便分別在《點石齋畫報》（圖三・一）和《申報》上刊登圖文、文章，公開徵求其他繪者的投稿：

〔註22〕尊聞閣主人：〈朝鮮亂略跋〉，《點石齋畫報・大可堂版》，第一冊丙集，圖 277。
〔註23〕卓聖格：《晚清通俗繪畫研究：以「點石齋畫報」為主軸》，頁 52。
〔註24〕葉漢明、蔣英豪、黃永松編：《「點石齋畫報」通檢》，頁 xii。

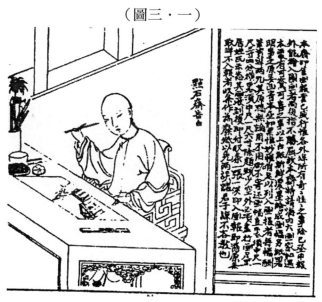

（圖三‧一）

本齋印售畫報，月凡數次，業已盛行。惟外埠所有奇怪之事，除已
登《申報》外，能繪人畫圖者，尚復指不勝屈。故本齋特請海內大
畫家，如遇本處有可驚可喜之事，以潔白紙、新鮮濃墨繪成畫幅，
另紙署明事之原委，函寄本齋。如果惟妙惟肖，足以列入畫報者，
每幅酬筆資洋兩元。其原稿不論用與不用，概不寄還。畫幅直裏須
中尺一尺三寸四分，橫裏中尺一尺六寸。除題頭空少許外，必須盡
行畫足，里居姓氏亦須示知。其書收到後當付收條一張，一俟印入
畫報，即憑本齋原條取洋。如不入報，收條作為廢紙，以免兩誤。
諸君子諒不吝教也。特布。〔註25〕

　　而且和不支付稿費的《申報》不同，《點石齋畫報》對於投稿者還會支付
稿費，這對當時的繪者來說應頗有吸引力。也因為這樣的情況，卓聖格在《晚
清通俗繪畫研究：以「點石齋畫報」為主軸》中討論《點石齋畫報》的繪者
時，就將其分成三類：

1. 專職畫家

　　是每期均有作品發表，且分量極重的繪者，包括吳友如、金蟾香、張志
瀛、符艮心、何明甫、田子琳、周慕喬、馬子明與朱儒賢等人。其中吳友如

─────────────

〔註25〕點石齋主人啟：〈請各處名手專畫新聞啟〉，《申報》第 4001 號，光緒 10 年 5
　　月 11 日，西元 1884 年 6 月 4 日禮拜三，頭版，《申報：影印本》第二十四
　　冊，頁 879。

如前文所說，是《點石齋畫報》最具代表性的繪者，他的名聲隨著《點石齋畫報》的盛行而廣為人知，還自創了《飛影閣畫報》，作品眾多。金蟾香不僅是《點石齋畫報》的元老繪者，同時也是最資深的，他持續在《點石齋畫報》繪製圖像十多年，發表近千幅的作品，直到畫報停刊前一年左右才離開。

2. 兼職畫家

或可稱為「特約畫家」，介於專職畫家與客串畫家之間，並非每期均有作品發表，分量亦較輕，但發表持續時間與數量多於客串畫家。主要的成員有顧月州、金鼎卿、葛龍芝、賈醒卿及吳子美等人。

3. 客串畫家

發表分量極少的繪者，每人所繪的圖像總數皆不超過三幅，包含李煥堯、王釗、金庸伯、管劭安等人。

因為客串畫家裡不乏極富聲譽的名家，故卓聖格推斷他們可能是受吳友如力邀而共襄盛舉的。〔註26〕不過考慮到《點石齋畫報》開放外界投稿的制度，筆者以為也有可能是這些繪者自行投稿進而錄取刊登的。

另一方面，雖然這些繪者都曾經替《點石齋畫報》繪製過圖像，但各自供稿的時間都不甚相同，王爾敏便曾依據各繪者的供稿時間與數量，進行過整理列表：

《點石齋畫報》執筆畫家名表〔註27〕

姓　名	別　名	字號	籍　貫	畫　稿　出　現　之　集　別
吳嘉猷	吳猷	友如	江蘇吳縣	為初、二集主要供稿人，出現最頻，在三、四集偶而出現。

〔註26〕關於這三種畫家的詳細介紹，見卓聖格：《晚清通俗繪畫研究：以「點石齋畫報」為主軸》，頁 52～63。

〔註27〕本表收錄《點石齋畫報》中已經確切知道姓名的繪者們，內容主要是從王爾敏〈中國近代知識普及化傳播之圖說形式──《點石齋畫報》例〉中的表格整理而來，再依據《「點石齋畫報」通檢》、《晚清通俗繪畫研究：以「點石齋畫報」為軸》中的資料加以增補修正。除了管劭安、管龍芝、孫友之的姓名字號增修外，其中張淇即張志瀛的名，王爾敏誤以為是不同人，在此合併修正，並且補上金庸伯、戴信、朱鴻等三人。至於只有王爾敏列出的繪者則有邱書孝、許壽山二人，筆者在此仍然予以保留。見王爾敏：〈中國近代知識普及化傳播之圖說形式──《點石齋畫報》例〉，頁 234、235；葉漢明、蔣英豪、黃永松編：《「點石齋畫報」通檢》，頁 155～210；卓聖格：《晚清通俗繪畫研究：以「點石齋畫報」為主軸》，頁 52～63。

姓　　名	別　　名	字號	籍　貫	畫　稿　出　現　之　集　別
金桂	金桂生	蟾香		在初、二、三、四、五集出現最頻，為主要供稿人。
張淇		志瀛		在初、二、三、四、五集出現最頻，為主要供稿人。
周權		慕喬		當出現於初、二集，偶而出現在第六集。
顧月洲				常出現在初、二集。
賈醒卿				偶出現在初集。
田英		子琳		於初、二集出現最頻，為重要供稿人。
吳貴		子美		偶出現於初集。
金鼎	金耐青	鼎卿	北京	偶出現於初、二集。
邱書孝			江蘇長州	偶而出現。
何元俊		明甫		為三、四、五、六集主要供稿人，出現最頻。
馬子明				常出現於初、二、三集。
符節		艮心		為三、四、五、六集主要供稿人，出現最頻。
李煥堯				偶而出現。
管念慈	蓬盫主人	劬安	江蘇吳縣	偶而出現於初、二集。
葛尊	雪齋	龍芝		偶而出現於二、三集。
許壽山				偶而出現。
沈梅坡				偶而出現。
孫松		友之		偶而出現。
王釗				偶而出現。
張文秉				偶而出現。
朱儒賢	如音	雲林		於第六集開始經常出現，為主要供稿人。
金庸伯				偶而出現
戴信		子謙		
朱鴻				

這張表格所列的出版集數，是依照廣東版六集的情形。〔註28〕從這張表格中

〔註28〕筆者目前所能找到的廣東版皆分成五集（函），卓聖格在《晚清通俗繪畫研究：以「點石齋畫報」為主軸》所記錄的廣東版也為五集，不確定和王爾敏所使用的印本是否相同。見卓聖格：《晚清通俗繪畫研究：以「點石齋畫報」為主軸》，頁50。

我們就可以清楚看到，《點石齋畫報》曾經經歷過專職畫家新增與離開的流動狀況。自從吳友如離開《點石齋畫報》後，《點石齋畫報》是以金蟾香、張志瀛、何元俊與符艮心等四人為主，時間長達六年之久，後來張志瀛退出，由周慕喬接替，到了畫報刊行的最後一年，金蟾香也離開繪者群，換成了朱儒賢。〔註29〕

（三）撰寫者

　　關於《點石齋畫報》的文字撰寫者是誰，現在還沒有定論，方師鐸主編天一版的《點石齋畫報》時便稱「圖說作者不詳」。〔註30〕學界目前主要有兩個說法，其一認為撰寫者與繪者為同一人，文字是繪者自己起草的，證據如〈飛龍在天〉〔註31〕一幅中的文字自提年齡，並稱「手摹繪圖幅以存其真」〔註32〕；其二則認為撰寫者與繪者為不同人，〔註33〕陳平原還進一步認為文字部分是另有鈔手統一抄錄。〔註34〕因為除了有〈請各處名手專畫新聞啟〉專門招募繪者，以及《點石齋畫報》的報導文字經常與《申報》等其它報紙的

〔註29〕關於《點石齋畫報》繪者群的詳細變化情形，見卓聖格：《晚清通俗繪畫研究：以「點石齋畫報」為主軸》，頁53、54。

〔註30〕方師鐸主編：《點石齋畫報》第一輯，頁7。

〔註31〕吳友如繪：〈飛龍在天〉，《點石齋畫報·大可堂版》，第二冊戊集，圖119。

〔註32〕魯道夫·G·瓦格納：〈進入全球想像圖景：上海的《點石齋畫報》〉，頁60。其他持相同看法的還有唐紹華、鄭逸梅、潘耀昌、戈公振、郭立誠、卓聖格、黃孟紅等人，見李佩芬：《「點石齋畫報」中的秩序觀（1884～1898）》，頁25。

〔註33〕採此說的有潘元石、陳鎬文、王爾敏、陳平原、李佩芬等人，見李佩芬：《「點石齋畫報」中的秩序觀（1884～1898）》，頁25～29。其中王爾敏並未全然否定有繪者與撰寫者同人的情況，但認為必定有主編者，見王爾敏：〈中國近代知識普及化傳播之圖說形式──《點石齋畫報》例〉，頁274：「《點石齋畫報》網羅不少畫家，然往往同一圖畫其繪製圖及撰圖說並非出於一人之手。而能夠清查出繪圖及圖說出於同一作者之件不多。在此可以略信一點，即必有主編者選稿撰圖說，甚至修改圖畫，同時亦有外埠來稿。惟此主編之人是否即沈錦垣或另有他人，則已無法考察。」

〔註34〕陳平原：《左圖右史與西學東漸──晚清畫報研究》，頁101：「根據不同畫師的作品文字部分字跡相同，我們不難判定，畫報另有專門的鈔手。至於文稿的起草，估計也非畫師所為。因為，很難想像繪圖的畫師本人擬好文字稿，然後再請鈔手統一錄入。最大的可能性是：畫報社內部分工合作，繪圖與撰文各司其責。撰文與書寫可以合一，但文圖二者的製作，應該是分開的。」另外，《「點石齋畫報」通檢》也採用了陳平原的這種說法，認為繪者與撰寫者應該是分開的，見葉漢明、蔣英豪、黃永松編：《「點石齋畫報」通檢》，頁xiv。

文字內容相同外，其中最有利的證據莫過於〈帝城盛景〉〔註35〕以及〈直上干霄〉〔註36〕兩則，裡面明確指出繪者與撰寫者乃是不同人的情形。然而比照《點石齋畫報》的報導內容，再考慮到《點石齋畫報》的新聞來源，以及撰寫者並不只有一人〔註37〕等情況，筆者以為可能上述兩種情況都有。實際上，不管繪者與撰寫者是否相同，都改變不了《點石齋畫報》是眾多人共同完成的集體創作結晶這個事實。

二、刊行方式

　　《點石齋畫報》的原圖尺寸是 28.4×47 釐米，左右雙幅對開，因此左右畫芯寬度是 56.8 釐米、高 47 釐米。〔註38〕在圖畫完成後，由撰寫者在另一張白紙上仿照原圖空白的大小，先寫上多為四字的標題，然後再以文言文交代圖畫的內容，最後才在文字結尾加上手書仿印章式的閒章。這些都完成後，依原圖空白位置的大小剪下來，再貼上原圖。〔註39〕接下來進入石印程序，將原圖縮小成 24×20 釐米（約 42%）的大小製成反片，再貼到石版上進行石印印刷。〔註40〕

〔註35〕張其、顧月州繪：〈帝城盛景〉，《點石齋畫報·大可堂版》，第一冊甲集，圖 72、73。

〔註36〕吳友如繪：〈觀西戲述略·直上干霄〉，《點石齋畫報·大可堂版》，第六冊巳集，圖 91。

〔註37〕葉漢明、蔣英豪、黃永松編：《「點石齋畫報」通檢》，頁 212：「畫報中的文字說明執筆者不一，同一人物或事物的名稱，往往前後有異。例如人物類中的『維多利亞（Queen Victoria）』，就另有『越多利亞』、『維多里亞』及『維多理亞』三個譯名。」

〔註38〕魯道夫·G·瓦格納：〈進入全球想像圖景：上海的《點石齋畫報》〉，頁 60。

〔註39〕葉漢明、蔣英豪、黃永松編：《「點石齋畫報」通檢》，頁 xv。文中進一步指出：「在廣州博物館參觀『晚清粵港澳台社會想像──《點石齋畫報》原稿精選展』之時，發現貼了文字說明的原圖上仍有不少塗改的地方。這證明在印刷成畫報之前，還有人對原稿嚴謹地校對和修改。至於此人是否即原有執筆者，還是另有他人，則目前仍不能肯定。」魯道夫·G·瓦格納：〈進入全球想像圖景：上海的《點石齋畫報》〉，頁 61 同樣也提到：「這些原件顯示圖上的文字顯然是經過閱讀和仔細修改的，修改過的文字貼在原作上，這樣在最終的石印畫就看不出來了。申報館版的書曾因為排版和勘誤的極其細心而得到稱讚。《點石齋畫報》儘管是有時間壓力的期刊，但仍然遵循了這一高標準。」

〔註40〕這種縮印的過程，解釋了為何配文的字體都很小。見魯道夫·G·瓦格納：〈進入全球想像圖景：上海的《點石齋畫報》〉，頁 61。

（圖三・二） （圖三・三）

　　《點石齋畫報》每一號的封面，原則上都會有「刊名」、「刊號」、「出
版日期」、「售價」與「銷售方式」（圖三・二），〔註41〕可惜的是後來的印
本大多將封面刪除。其中封面上的「刊號」是《點石齋畫報》的一種編目
方式，《點石齋畫報》打從一開始就使用了兩套編排系統：「刊號」和「期
號」。〔註42〕「刊號」是依號次排序而下，至於「期號」則是寫在書縫上（見
圖三・三左下方圈起處），並且採用集名加數字為一號號名的形式，每十二
號為一集，集號則分別是以天干（甲、乙、丙、丁、戊、己、庚、辛、壬、
癸）、地支（子、丑、寅、卯、辰、巳、午、未、申、酉、戌、亥）、八音（金、
石、絲、竹、匏、土、革、木）、六藝（禮、樂、射、御、書、數）以及文
人德操（文、行、忠、信）與乾卦卦辭（元、亨、利、貞）為順序來編目。
《點石齋畫報》之所以採用這兩種編排方式，其實主要是為了讓讀者們願
意將《點石齋畫報》長期保存起來，而提供給讀者們的方便性，這點從《點
石齋畫報》在第一號的開頭所附的說明文字可以看出：

〔註41〕葉漢明、蔣英豪、黃永松編：《「點石齋畫報」通檢》，頁 xvi。其中封面上的
　　　　銷售方式是到了光緒 10 年閏 5 月第 7 號起才有，增加了「增附圖說蓋不加
　　　　價」之類的字句。
〔註42〕葉漢明、蔣英豪、黃永松編：《「點石齋畫報」通檢》，頁 xvi。

> 本齋所出畫報，自甲申年四月起，每月印售數次。第一號則為甲一，第二號則為甲二，按號而下，故事縫中之數目則亦魚貫蟬聯，將來積有成數，可以裝成一本，之後再將縫中數目另起。其幅式之大小統歸一律，以便合訂成書，毫無參差不齊之病，賞鑑家以為然否？〔註43〕

另外，《申報》在〈第二號畫報出售〉中也提到：

> 本館所印畫報，已於月之十四日發售第一號。三五日間，全行售罄，可見價廉物美，購閱者必多也。茲於二十四日發售第二號。書縫中之數目，係由第一號蟬聯而下者，誠恐購閱諸君購得第二號而以未曾購得第一號為憾，故又添印數千，以備諸君補購。如日後購得三號、四號而有未購一號、二號者，亦可按號補購。再者，本館接得中法和議已成確電後，即覓李傳相與法欽差福尼兒與稅務司德璀璘之真相，繪成商訂和約景象，編入下次第三號發售，此佈。〔註44〕

因此《點石齋畫報》的編排方式、統一大小的幅式，目的都是讓讀者即使在沒有記載時間的封面下，也可以按照「刊號」或「期號」加以排序、裝訂成冊，加以收藏。〔註45〕

〔註43〕江蘇廣陵古籍刻印社：《點石齋畫報》上冊，甲一，頁1。方師鐸主編：《點石齋畫報》第一輯，頁1。

〔註44〕申報館主啟：〈第二號畫報出售〉，《申報》第3983號，光緒10年4月23日，西元1884年5月17日禮拜六，頭版，《申報：影印本》第二十四冊，頁771。

〔註45〕魯道夫指出，當時大部分的西方期刊、報紙都把自己視為書的一部分，因此為讓讀者能夠長期保存，將各期加以裝訂成冊，內部都有編號系統。而《點石齋畫報》這種編排方式，也正印證了《點石齋畫報》被設計成一種連載形式的書，在出版時是即時的新聞畫，一旦新聞背景消失，也能以其質量與趣味性繼續吸引讀者觀賞、閱讀，而能長期保存。見魯道夫‧G‧瓦格納：〈進入全球想像圖景：上海的《點石齋畫報》〉，頁55～57。

（圖三・四）

　　就銷售範圍來說，《點石齋畫報》在創辦之初即寫明「上海申報館申昌畫室發售，外埠由賣《申報》處分售」〔註46〕（圖三・四），申報主人在《申報》也發表了〈畫報出售〉一文：

> 本館新創畫報，特請善畫名手，選擇新聞中可驚可喜之事，繪成圖並附事略，由點石齋刷印。每月定期數次，每次八圖，由送報者隨報出售，每本收回工料洋五分。其摹繪之精，筆法之細，補景之工，諒購閱諸君自能有目共賞，無俟贅述。上海除賣《申報》人兼售外，申昌書畫室亦有出賣，外埠則隨報分寄，就近取閱可也。茲準於四月十四日第一卷書成發兌。特佈。〔註47〕

文中清楚交代了《點石齋畫報》的銷售途徑是「送報者隨報出售」、「上海除賣《申報》人兼售外，申昌書畫室亦有出賣」、「外埠則隨報分寄，就近取閱可也」。這裡的「隨報」的「報」指的即是《申報》，當時《申報》的銷售地點遍及北京、南京、武昌、安慶、揚州、江西、蘇州、杭州、福州、寧波、溫州、香港、廣東、廣西、四川、湖南等多處〔註48〕，《點石齋畫報》便運用了《申

〔註46〕江蘇廣陵古籍刻印社：《點石齋畫報》上冊，甲一。
〔註47〕申報館主人啟：〈畫報出售〉，《申報》第3974號，光緒10年4月14日，西元1884年5月8日禮拜四，頭版，《申報：影印本》第二十四冊，頁717。
〔註48〕在《點石齋畫報》開始發售之時，《申報》上所載有的〈外埠售報處〉一文中即記錄了當時《申報》在外埠的發售地點：「北京前門外廊房頭條胡同申昌號，又集文閣書畫室○天津紫竹林舊廣東堂子間壁沈竹君○牛庄魚市口大德豐

報》龐大的銷售管道而得以在各處發行。除了隨《申報》附贈外，點石齋印書館還設有印刷廠總廠及北廠，並分設省會批銷分店，有北京、杭州、湖南、廣東、江西、貴州、廣西、南京、湖北、河南、重慶、成都、山東、陝西、甘肅、蘇州、漢口、福建、山西、雲南等二十處。〔註49〕

　　《點石齋畫報》開始販售後，很快就受到民眾的青睞，然而《點石齋畫報》能夠如此受到歡迎，除了晚清上海城市所提供的銷售環境外，《點石齋畫報》本身所採取的辦報策略，也是其成功的重要原因之一，下節筆者就針對《點石齋畫報》的辦報策略來進行一番梳理。

第二節　辦報策略

　　《點石齋畫報》是份商業報紙，美查發行它的目的就是營利。從經濟學的面向來思考，為了獲取利潤，除了降低成本外，畫報的銷售量就是重要的關鍵。美查是個商人，其會持續發行《點石齋畫報》，顯示《點石齋畫報》在晚清社會（也許尚未到全國，但至少在晚清上海）裡有其銷售市場。《點石齋畫報》（供給）透過圖文報導提供新聞、新知的訊息，讀者（需求）則以購買來獲得資訊與閱讀娛樂，形成了兩者間的供需關係。讀者（消費者）

胡同內正和昌張恭甫○煙臺敬業書院○南京聚寶門內沙灣大街宏源絲經緞行內徐年慶○武昌糧道街德興雜貨店○漢口仁漢關道署前申昌○九江銓昌祥全昌仁信局○安慶繫馬椿江友馥，又小南門內羅春台○揚州府新城內六條巷劉修之，又彎子街協順料貨店巷興隆報房，又興隆巷北巷劉承恩三處○江西省城羅春臺乾昌全泰盛恆源銓昌祥信局○蘇州閶門城內都亭橋河沿街銅錫店內黃星齋觀前察院場西申昌號○保定全泰盛信局○杭州城中三元坊申昌號○福州城外南臺福利洋行○寧波江北岸李蛀記號內○溫州府前街廣祥茂號○香港中環街循環日報館○廣東省城雙門底文選樓○廣西省城內胡萬昌信局○四川重慶府胡萬昌信局○湖南長沙府胡萬昌信局○清江胡萬昌信局。其餘外埠皆由各信局及京報房代售。」見無名氏：〈外埠售報處〉：《申報》第 3974 號，光緒 10 年 4 月 14 日，西元 1884 年 5 月 8 日禮拜四，頭版，《申報：影印本》第二十四冊，頁 717。

〔註49〕〈點石齋各省分莊售書告白〉即寫到：「所有分售處所列後呈覽：京都琉璃廠點石、金陵東牌樓點石、蘇州元妙觀前點石、杭州青雲街點石、湖北三道街點石、漢口黃陂街點石、湖南省府正街點石、河南省城鴻影巷點石、福建鼓樓前點石、廣東雙門底點石、四川重慶府陝西街點石、成都省學道街點石、江西省貢院前點石、山東省貢院前點石、山西省貢院前點石、貴州省貢院前點石、陝西省貢院前點石、雲南省貢院前點石、廣西省貢院前點石、甘肅省貢院前點石。」收入於方師鐸主編：《點石齋畫報》第六輯，午三，頁 17。

願意購買，代表《點石齋畫報》（商品）對讀者來說有購買價值，也就是具有「消費者剩餘」，[註50] 讀者經由付出少許的金錢代價，購買並閱讀了《點石齋畫報》，滿足其對《點石齋畫報》刊載內容的閱讀／觀看欲望。人對於未知的事物都有好奇心，會有想要一探究竟的欲望，而這種欲望就形成了人們的「搜奇」心態。《點石齋畫報》的報導內容中，不論是新知的介紹，或者是社會事件的報導，乃至於達官貴人的消費情形，這些在在都刺激了讀者心中對「搜奇」的渴望，而這就成了《點石齋畫報》吸引觀眾購買的重要因素。

　　由此可知，《點石齋畫報》的暢銷，其實正反映出讀者對《點石齋畫報》的觀看欲望，[註51] 也就是說《點石齋畫報》的辦報策略抓住了當時讀者們的閱讀胃口，使他們在觀看欲望的驅使下，願意掏錢出來購買。因此想要探究《點石齋畫報》以及其暢銷的原因，勢必該對其辦報策略有所瞭解。以下筆者就分成「中國化與行銷手法」、「以『搜奇』為重」和「滿足讀者的窺探欲」這三方面來討論《點石齋畫報》的辦報策略。

一、中國化與行銷手法

　　為了讓《點石齋畫報》能夠受到讀者們的青睞，美查在各方面都下了很多功夫。趙建國在《分解與重構：清季民初的報界團體》中提到：

> 外人所辦中文商業報刊，為擴展銷路，使報刊盡可能地「中國化」，
> 迎合中國人的閱讀習慣，聘請華人主筆也蔚然成風。[註52]

這樣的「中國化」痕跡，在《點石齋畫報》中可以很明顯地找到，魯道夫便曾言：

> 美查採取了一系列策略提高其產品的「中國性」以及它在中國出版
> 文化中的可接受程度。……畫報的印刷是按傳統的方式，紙頁的一
> 端是摺疊起來的。……在紀曆的形式上，《點石齋畫報》遵循了中國
> 的傳統，封面上的紀年是按光緒的年號，紀日也按陰曆，每十天的

〔註50〕所謂的「消費者剩餘（consumer surplus）」，指的是買方樂於支付的價格減去買方的實際支付價格。見 N. Gregory Mankiw 著，饒秀華、林修葳、傅冶天譯：《經濟學原理》（臺北：臺灣東華，1998 年），頁 145。

〔註51〕關於圖像的購買與觀看欲望的關係，見約翰‧伯格著、吳莉君譯：《觀看的方式》，頁 104。

〔註52〕趙建國：《分解與重構：清季民初的報界團體》，頁 17。

出版則是按旬來，這同樣應被視為這份刊物在中國環境中的文化適
應的一種努力。……以紙張質量、印刷和裝訂，以及繪畫、布局和
文化取向所體現的精工細作上，可以看出《點石齋畫報》的設計是
在每一處可能的形式上都與傳統的中國市場貼近，同時又堅持所表
現的一切都絕對是現代的、及時的事務，以形成一種衝擊力。它被
設計成一種連載形式的書，每一次問世都是及時的；但由於其質量
和趣味性又注定會長期存在，並吸引不同的讀者群。〔註 53〕

《點石齋畫報》經由「中國化」，努力迎合中國讀者們的閱讀習慣，讓《點石
齋畫報》可以被中國讀者們的接受。然而另一方面，《點石齋畫報》又必須展
現其與眾不同的特色，藉此吸引讀者們的興趣與購買，因此造就了《點石齋
畫報》既與中國傳統習慣貼合，又企圖展現現代性的組合，成為晚清中西文
化衝擊交流下的特殊產物，並努力培養出屬於自己的讀者群。

　　除了在形式上與內容展現傳統又現代的特色外，美查的努力還展現在
《點石齋畫報》的行銷策略上。他運用了已經取得一定成功的《申報》作為
《點石齋畫報》最強而有力的後盾，首先在新聞來源方面，《申報》的許多
報導文章都提供給《點石齋畫報》引用，這對《點石齋畫報》來說是一大幫
助，因為如何在最短時間內獲得最詳實的新聞訊息，以確保畫報內容的新
聞價值，是《點石齋畫報》成敗的一大關鍵，因此透過《申報》在新聞內容
上的提供、援助，讓《點石齋畫報》可以保持穩定的新聞來源。〔註 54〕其
次是銷售途徑，在前文中筆者曾經提過，美查除了在申報書畫室外，還讓
《點石齋畫報》隨著《申報》一同販售，充分運用《申報》之前經營起來的
銷售網絡與讀者群。另一方面，就《申報》而言，與《點石齋畫報》結合，
不但得以彌補其無法大量刊登圖片之憾，更可以因畫報的附送，大大提高
了《申報》的附加價值，同時對識字能力不高的讀者群形成購買誘因，因此

〔註53〕魯道夫・G・瓦格納：〈進入全球想像圖景：上海的《點石齋畫報》〉，頁 55～
　　　　57。李孝悌認為魯道夫在強調《點石齋畫報》的現代性時，似乎忽略了不同
　　　　的文字風格對閱讀者所造成的不同感受。他對《點石齋畫報》的內容表現是
　　　　現代的、及時的這點存有懷疑，以為《點石齋畫報》在開啟一扇扇通往世界
　　　　的窗口後，所呈現給讀者的仍是一幅完整未經割裂的傳統式文化圖像。見李
　　　　孝悌：〈走向世界，還是擁抱鄉野──觀看《點石齋畫報》的不同視野〉，頁
　　　　287～293。
〔註54〕卓聖格：《晚清通俗繪畫研究：以「點石齋畫報」為主軸》，頁 23。

《申報》與《點石齋畫報》的相互配合，也對《申報》在閱報人口的開拓與提升競爭力的方面提供了助益，兩相得利。〔註55〕

　　再來，《申報》也為《點石齋畫報》提供了絕佳的廣告宣傳機會。打從《點石齋畫報》第一號出版起，《申報》都會在頭版刊登畫報出售的消息，例如第一號畫報出售時，《申報》刊的是前文所引的〈畫報出售〉，並且一直刊到第二號出售，才改刊〈第二號畫報出售〉，之後每號畫報發售《申報》皆比照此方式刊登出售消息。〔註56〕透過《申報》在頭版刊登這些宣傳文章，美查將《點石齋畫報》介紹、宣傳給《申報》的讀者們，以最省力而有效的方式打開了《點石齋畫報》的知名度。

（圖三‧五）

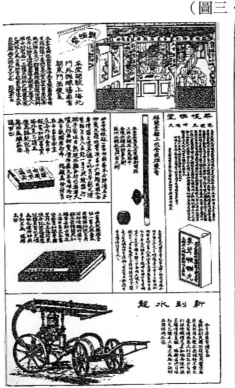
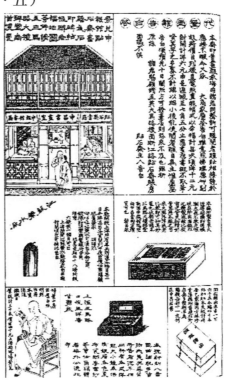

到了第四號（甲四）發售時，《點石齋畫報》首次在報導圖文之後刊登「告白」（圖三‧五），並在告白一開始刊載了〈代登畫報告白啟〉一文：

〔註55〕卓聖格：《晚清通俗繪畫研究：以「點石齋畫報」為主軸》，頁23。
〔註56〕雖然不見得是每天刊登，但原則上「除了最後兩年，每號畫報出版，《申報》上都有宣傳文字」。見陳平原：《左圖右史與西學東漸——晚清畫報研究》，頁5。

本齋印售畫報，承海內諸君同聲許可，購閱者踵趾相接，幾於應接不暇。今又呈大商家屬登告白，雅意照拂，理應仰副，故將價目列後呈電。照畫報幅式以半幅計，每次須洋十二元，對開計洋六元，由是遞減至七角五分止。應畫應書蓋不取筆資，其字之多寡不計總，以縮小後能使閱者醒目為主。惟屬登告白須預先十日關照，方可發畫，否則恐來不及也，維祈原諒。諸君賜顧，請至英大馬路後面浙江路點石齋帳房面議不悮。

點石齋主人告白〔註57〕

《申報》與《點石齋畫報》配合，在〈第四號畫報出售〉也提到：「此次圖後新增告白，諸商號家如有願登告白者，請即購閱四號畫報，便知詳細。」〔註58〕從這兩篇文章中可以看出，美查計劃向商家徵集廣告，為《點石齋畫報》另闢收入來源。與《點石齋畫報》「每本收回工料洋五分」〔註59〕的售價相比，刊登告白所需的費用顯然貴上許多，如果徵集成功，對於《點石齋畫報》來說無疑是項額外的收益。〔註60〕

〔註57〕 江蘇廣陵古籍刻印社：《點石齋畫報》上冊，甲四告白一。
〔註58〕 申報館主啟：〈第四號畫報出售〉，《申報》第4004號，光緒10年5月14日，西元1884年6月7日禮拜六，頭版，《申報：影印本》第二十四冊，頁897。
〔註59〕 申報館主人啟：〈畫報出售〉，《申報》第3974號，光緒10年4月14日，西元1884年5月8日禮拜四，頭版，《申報：影印本》第二十四冊，頁717。
〔註60〕 目前就筆者所能找到，保有《點石齋畫報》封面、告白和增附作品的只有江蘇廣陵古籍刻印社出版的《點石齋畫報》，唯該版本只收錄到丁集，因此無法得知《點石齋畫報》戊集以後的情況。另外，在江蘇廣陵古籍刻印社的版本中，《點石齋畫報》的告白僅刊登到第七號（甲七），之後每號都只有增附作品《淞隱漫錄》。之所以沒有後續的告白，有可能是江蘇廣陵古籍刻印社將其移除，但也有可能是《點石齋畫報》徵集不到後續的商家廣告而作罷。因為《點石齋畫報》在刊行兩年後，點石齋主人又刊登了〈畫報刊登告白啟〉一文，文中提到「曩年曾蒙　各號巨商屬登告白於後幅，已有成效可觀，旋以事起中止，殊為可惜。」可見《點石齋畫報》的告白曾經停刊。該文又說「今又承　各句商切屬踵行，謂天下容有不能讀日報之人，天下無有不喜閱畫報之人，近今告白藉圖以傳日報已有行之者，畫報專精藝事，行之必有大效等語，本齋主人重違雅意，故於六月二十六日八十三號畫報之末，仍登告白。」可見有再度徵集過廣告。見 Don J. Cohn, *Vignettes from the Chinese: lithographs from Shanghai in the late nineteenth century*，卷首。除了江蘇廣陵古籍刻印社所保留的幾號告白，廣東人民出版的線裝版尚保留了巳九〈梁愷悌上等痧藥〉、巳十〈點石齋分局告白〉和〈新開九華堂箋扇〉、午三〈點石齋堂各省分莊售書告白〉、午九〈弄璋大喜湯餅醮客圖〉五篇，其中〈梁愷悌上等痧藥〉、〈新開九華堂箋扇〉和〈弄璋大喜湯餅醮客圖〉都是商家行號

　　另一方面，筆者在前文曾提過，除了告白外，《點石齋畫報》也在報導圖文後增附其它作品，例如自第六號刊登的《淞隱漫錄》就是一例。《點石齋畫報》甚至還在封面特別印上「增印圖說，蓋不加價」之類的字眼，頗有向讀者宣告「加量不加價」的行銷意圖，無怪乎魯道夫會說：

> 從早期起，這份畫報就有三種類型的增刊：廣告、連載的配插圖的書籍和通常是折起來並且將被取出的插頁圖。所有這些都是不收取額外的費用，從而構成了數量可觀的優惠。〔註61〕

陳平原則從商業運作角度分析，認為：

> 美查此舉，一是為將來的單行本培養讀者，二是《點石齋畫報》的利潤實在豐厚，可以用加頁不加價的辦法回報社會。當然，也不無為畫報促銷的意味。相對來說，後者很可能更主要。……假如長年訂閱畫報，可以免費得到不只一本新書，對於老讀者來說，這自然也是一個誘惑。〔註62〕

由此來看，美查為了行銷《點石齋畫報》並培養其讀者群，著實在各方面花了不少心血。

　　然而，不論是從形式上追求「中國化」，抑或是透過《申報》與增附作品來吸引讀者的行銷手法，這些都還只是決定《點石齋畫報》成功與否的次要條件，真正最能夠吸引讀者購買的決定性因素，還是取決於《點石齋畫報》本身的報導內容。

二、以「搜奇」〔註63〕為重

　　晚清上海居於中西文化共處的當頭，對於自西方傳入的「新知」展現了比一般中國民眾更大的接受度，葉曉青在〈點石齋畫報中的上海平民文化〉便曾指出：

> 單純而無道德憂慮是上海市民的特點。在租借發展過程中，雖也偶因無知而產生恐懼，如對待自來水、電等，但好奇心又使他們樂於

　　的銷售廣告，至於〈點石齋分局告白〉、〈點石齋堂各省分莊售書告白〉兩篇都是《點石齋畫報》自己刊登的告白，自然不可能有告白刊登的收入。
〔註61〕魯道夫‧G‧瓦格納：〈進入全球想像圖景：上海的《點石齋畫報》〉，頁75。
〔註62〕陳平原：《左圖右史與西學東漸——晚清畫報研究》，頁66。
〔註63〕筆者在此處之所以用「搜奇」而非「獵奇」，主要是考慮到「獵奇」一詞現在也有「血腥、暴力、殘忍」的用法，為避免混淆，故使用「搜奇」。

一試新事物，好奇心與講究實際的特點幫助他們接受西方物質文
明。〔註64〕

這種對新奇事物的好奇心，以及接受西方物質文明的開放心態，造就了上海
民眾對於「新知」、「新奇事物」的渴求。具有商業眼光的美查敏銳地抓住了
上海民眾這種心理上的渴求，將之與海外流行、中國尚未完全形成的新式新
聞傳播媒介「畫報」加以結合，推出了以「搜奇」為報導中心的《點石齋畫
報》。

因此，《點石齋畫報》會如此注重傳播「新知」，既體現了編者與作者的
文化理想，也是為了適應上海民眾的欣賞口味。〔註65〕美查在《點石齋畫報》
創刊之初宣稱：

畫報盛行泰西，蓋取各館新聞事蹟之穎異者，或新出一器，乍見
一物，皆為繪圖綴說，以徵閱者之信，而中國則未之前聞。同治
初，上海始有華字新聞報，厥後《申報》繼之，周諮博采，賞奇
析疑，其體例乃漸備。而記載事實，必精必詳，十餘年來，海內
知名，日售萬紙，猶不暇給，而畫獨闕如，旁詢澳港各報館亦然。
僕嘗揣知其故，大抵泰西之畫不與中國同，蓋西法嫻繪事者，務
使逼肖，且十九以藥水照成，毫髮之細，層疊之多，不少缺漏。
以鏡顯微，能得遠近深淺之致。其傳色之妙，雖雲影水痕，燭光
月魄，晴雨晝夜之珠，無不顯豁呈露。故平視則模糊不可辨，窺
以儀器，如身入其境中，而人物之生動，尤覺栩栩欲活。中國畫
家拘於成法，有一定之格局，事先布置，然後穿插以取勢，而結
構之疏密，氣韻之厚薄，則視其人學力之高下與胸次之寬狹，以
判等差，要之，西畫以能肖為上，中畫以能工為貴。肖者真，工
者不必真也，既不皆真，則記其事又胡取其有形乎哉？然而如《圖
書集成》、《三才圖會》與？夫器用之制，名物之繁，凡諸書之以
圖傳者證之，古今不勝枚舉。顧其用意所在，容慮夫見聞混淆，
名稱參錯，抑僅以文字傳之而不能曲達其委折纖悉之致，則有不
得已於畫者，而皆非可以例新聞也。雖然，世運所至，風會漸開。
乃者泰西文字，中土人士頗有識其體例者，習處既久，好尚亦移。

〔註64〕葉曉青：〈點石齋畫報中的上海平民文化〉，頁40。
〔註65〕陳平原：《左圖右史與西學東漸——晚清畫報研究》，頁80。

近以法越搆釁，中朝決意用兵，敵愾之忱，薄海同具。好事者繪
為戰捷之圖，市井購觀，恣為談助。於以知風氣使然，不僅新聞，
即畫報亦從此可類推矣。爰倩精於繪事者，擇新奇可喜之事摹而
為圖，月出三次，次凡八幀，俾樂觀新聞者有以考證其事。而茗
餘酒後，展卷玩賞，亦足以增色舞眉飛之樂。倘為本館利市計，
必謂斯圖一出，定將不翼而飛，不脛而走，則余豈敢。

光緒十年暮春之月尊聞閣主人識

（尊聞閣主人）

（美查）〔註66〕

在美查的這段文章中，可以看出美查對於當時報業的觀察與畫報市場的評
估。首先他提到「畫報盛行泰西，蓋取各館新聞事蹟之穎異者，或新出一
器，乍見一物，皆為繪圖綴說，以徵閱者之信，而中國則未之前聞」、「畫獨
闕如，旁詢澳港各報館亦然」，說明畫報在國外盛行的情況以及內容取向，
並指出畫報在當時的中國報業還是塊未經開發的處女地，這背後隱含著美
查對於畫報具備盛行條件的瞭解以及其在中國市場發展的可能性觀察。接
著美查對中西畫進行了比較，分析為何中國在此之前沒有畫報的原因，試
圖從中找出發行畫報可能遇到的困境。之後美查又話鋒一轉，稱「世運所
至，風會漸開」，點出中國境內兩種風氣的改變，一個是「乃者泰西文字，
中土人士頗有識其體例者，習處既久，好尚亦移」的閱讀風氣轉變，因為先
行發售的《申報》使眾多的中國讀者熟悉了流行於西方的新聞報導類型，並
且學會欣賞它；〔註67〕另一個改變則是群眾對新聞圖像閱讀的需要增加：
「近以法越搆釁，中朝決意用兵，敵愾之忱，薄海同具。好事者繪為戰捷之
圖，市井購觀，恣為談助。於以知風氣使然，不僅新聞，即畫報亦從此可類
推矣。」很顯然，美查認為這兩項風氣的改變對《點石齋畫報》來說是絕佳
的好時機，因此找來「精於繪事者」，正式創辦了由中國畫家所繪製的畫報
《點石齋畫報》。〔註68〕

〔註66〕尊聞閣主人：〈點石齋畫報緣啟〉，收入江蘇廣陵古籍刻印社：《點石齋畫報》
　　　　上冊，甲一，頁1、2。須注意的是，該文其實並未有篇名，目前學界多以〈點
　　　　石齋畫報緣啟〉稱之，故在此沿用之。另，本文所引之文，如文末有括弧，
　　　　即為閒章之內容。
〔註67〕魯道夫‧G‧瓦格納：〈進入全球想像圖景：上海的《點石齋畫報》〉，頁59。
〔註68〕美查這一整個思考過程，正反映出其對於發行畫報一事所作的商業評估。

　　陳述完創報的評估過程後，美查接著才談《點石齋畫報》本身，稱「擇新奇可喜之事摹而為圖」，指出《點石齋畫報》擇題標準是「新奇可喜之事」。從這裡我們就可以知道，《點石齋畫報》的報導中心、擇題標準最主要是環繞在「搜奇」上，只要符合「搜奇」，不論是奇聞、風俗、時事等皆在收錄範圍之中。〔註 69〕綜覽《點石齋畫報》四千多幅報導的標題，就會發現《點石齋畫報》中有「奇」、「異」、「新」等字的報導標題非常多，光是甲到丙集的標題就有〈新樣汽球〉〔註 70〕、〈奇行畢露〉〔註 71〕、〈離婚奇斷〉〔註 72〕、〈破案述奇〉〔註 73〕、〈覓死甚奇〉〔註 74〕、〈斷案奇聞〉〔註 75〕、〈薊州奇案〉〔註 76〕、〈飛鸞新語〉〔註 77〕、〈豬胎志異〉〔註 78〕等九幅，〔註 79〕更別說是標題未提，但內容強調新奇怪異的報導，更是多到不勝枚舉。

　　為什麼美查要以「搜奇」作為報導中心呢？美查繼續提到「俾樂觀新聞者有以考證其事。而茗餘酒後，展卷玩賞，亦足以增色舞眉飛之樂」說明《點石齋畫報》所欲提供給讀者們的效用是「考證其事」、「展卷玩賞，亦足以增色舞眉飛之樂」。其中「考證其事」著重的「新聞真實性」，乃是因為《點石齋

　　　　頗似現代市場營銷所使用的「SWOT」分析法，將「在華發行畫報」這個商業行為的內部優勢（S：有市場性、國外創辦成功之例）、內部劣勢（W：中西畫的差異）以及外部機會（O：風氣改變）加以釐清，藉此判斷出「在華發行畫報」的可行性。「SWOT」分析是一種策略規劃技術，主要是從內部環境的優勢（Strength）和劣勢（Weakness）、外部環境的機會（Opportunity）和威脅（Threat）四個角度來做分析，以制訂適合的策略。見陳真：《公共管理精論》（臺北：志光教育文化出版社，2012 年），頁 2-28、2-29。黃光雄、蔡清田著：《課程發展與設計》（臺中：五南圖書出版社，2009 年），頁 65。

〔註 69〕魯道夫更進一步指出：「這一概念（奇）開始主導整個上海的娛樂事業，並且常常被用來作為定義上海作為一個整體之特徵的關鍵詞」。見魯道夫‧G‧瓦格納：〈進入全球想像圖景：上海的《點石齋畫報》〉，頁 21。

〔註 70〕吳友如繪：〈新樣汽球〉，《點石齋畫報‧大可堂版》，第一冊甲集，圖 4。

〔註 71〕吳友如繪：〈奇形畢露〉，《點石齋畫報‧大可堂版》，第一冊甲集，圖 37。

〔註 72〕李煥堯繪：〈離婚奇斷〉，《點石齋畫報‧大可堂版》，第一冊甲集，圖 102。

〔註 73〕金蟾香繪：〈破案述奇〉，《點石齋畫報‧大可堂版》，第一冊甲集，圖 148。

〔註 74〕吳友如繪：〈覓死甚奇〉，《點石齋畫報‧大可堂版》，第一冊乙集，圖 159。

〔註 75〕吳友如繪：〈斷案奇聞〉，《點石齋畫報‧大可堂版》，第一冊乙集，圖 205。

〔註 76〕金蟾香繪：〈薊州奇案〉，《點石齋畫報‧大可堂版》，第一冊丙集，圖 236。

〔註 77〕田子琳繪：〈飛鸞新語〉，《點石齋畫報‧大可堂版》，第一冊丙集，圖 237。

〔註 78〕周慕喬繪：〈豬胎志異〉，《點石齋畫報‧大可堂版》，第一冊丙集，圖 246。

〔註 79〕至於〈新年團拜〉、〈新人落水〉這兩則的標題雖然有「新」字，但並非用來標示新奇，故筆者未列入。

畫報》是份新聞報紙，讀者自然希望收到的是正確無誤的新聞；〔註80〕「展卷玩賞」則是強調「娛樂性」的享受，說明讀者在閒暇時間閱讀《點石齋畫報》，可以達到從中獲得樂趣的娛樂效果。由此可知，《點石齋畫報》選用「搜奇」作為主要標準，是將自己的定位為「富娛樂性質的報刊」上。

三、滿足讀者的窺探欲

　　一份報紙所採取的定位，會主導其後續的發展與走向，這點《點石齋畫報》也不例外。人們因為好奇心的驅使，對於新奇事物產生興趣，形成一種觀看的欲望。《點石齋畫報》敏銳地抓住了讀者們的期待與閱讀口味，以「搜奇」作為《點石齋畫報》的報導方向，企圖用圖文報導的方式來滿足讀者們的觀看欲望。

　　實際上，人類這種充滿好奇心的觀看欲望，並不僅限於對報刊雜誌內容的期待，在日常生活中我們隨時可以發現，人們經常帶著窺探的視線在觀看著周遭的人事物，尤其是對別人不欲人知的隱私。有趣的是，人們這種希望窺探他人隱私的心理與行為，在《點石齋畫報》中也被清楚地記錄了下來，甚至是無所不在地存在於《點石齋畫報》的圖文報導裡，讓讀者隨時可以看到一群觀看熱鬧的人環繞在新聞事件的周遭，或是停步駐足，或是探出窗外，毫不掩飾地觀看著事情發生的經過。〔註81〕

　　這種觀看的欲望，不僅讓人們在事件發生時，被動地駐足觀望，甚至還主動跨越阻礙觀看視線的圍牆，進行窺探。以〈孽不可逭〉（圖三‧六）〔註82〕、〈遇人不淑〉（圖三‧七）〔註83〕為例，我們可以清楚看到這兩幅圖像的角落，都有人爬梯子企圖觀看牆的另一邊發生了什麼事情（圖中圈起處），正大光明地行窺視之舉，而且是男女性皆有。如果現實生活中沒有這種人存在，《點石齋畫報》想來也不會如此繪製圖像，可見在晚清上海，這種觀看甚至是窺視的人群是確實存在的。

〔註80〕關於《點石齋畫報》的新聞真實性，詳見本論文第四章的討論。
〔註81〕關於《點石齋畫報》中所呈現的「觀者」，詳見本論文第六章的討論。
〔註82〕金蟾香繪：〈孽不可逭〉，《點石齋畫報‧大可堂版》，第一冊甲集，圖60。
〔註83〕田子琳繪：〈遇人不淑〉，《點石齋畫報‧大可堂版》，第一冊甲集，圖64。

（圖三・六）

（圖三・七）

　　《點石齋畫報》抓住了讀者們在窺探欲上的渴望，將一件件新聞事件經由圖像與文字記錄下來，讀者藉由閱讀《點石齋畫報》的報導，滿足了自身觀看的欲望，自然願意再繼續購買《點石齋畫報》。因此透過滿足讀者的窺探

欲，《點石齋畫報》建立了自己的消費市場，而這也是《點石齋畫報》得以長期銷售的重要辦報策略之一。

第三節　媒介特性

在討論完《點石齋畫報》的編印與發行、辦報策略後，筆者接下來要針對媒介特性來進行討論。

在各種新聞材料之中，圖畫式的插圖是十九世紀以後才有的，而在性質上也跟先前的新聞極不相同。新的複製技術使插圖成為這個時代既價廉又普及的新聞素材。這些新技術起源於歐洲，再擴展到美洲，最後則傳布到東亞各國。〔註 84〕卓聖格在其著作《晚清通俗繪畫研究：以「點石齋畫報」為主軸》中對於這種插畫便如此介紹：

> 「插畫」自有它獨特的一面，其一，它是繪畫的一種，嚴格的說，
> 攝影作品在某些時候雖可以發揮和插圖同樣的功能，但仍不能算是
> 一種繪畫表現。其二，插畫通常並不是獨立存在的，而是與「正文」
> 相互配合的，尤其是能為「正文內容」提供最適當的「形象說明」。
> 其三，它可以是純功能性的示意圖，也可以是具備相當表現力或風
> 格多變的藝術插圖。其四，它常以不同的形式插附在書籍、報紙或
> 雜誌裡，與書報、雜誌的結合度高。〔註 85〕

由這個概念延伸，他更進一步將運用在新聞報紙中的插圖，稱為「新聞插圖」、「新聞畫報插圖」，指出它們與一般插圖不同的地方在於它特別強調是以「新聞」為主要題材內容的插畫表現。〔註 86〕

卓聖格所提出的這個說法，原則上沒有什麼問題，但是如果要因此稱呼畫報中的圖像為「新聞插圖」，筆者以為還可以再討論。因為「插圖」是「插附」在書籍、雜誌之中，用以對「正文內容提供最適當的形象說明」，因此在主從關係上是附屬於文字的。但是正如筆者在緒論中所提過的，畫報的重點在於「圖像」，它是以圖像為主、文字為輔的傳播媒介，將其圖像以「插圖」稱之，恐有將圖像與文字的主從位置對調之嫌，因此筆者以為與其稱呼

〔註 84〕康無為：〈「畫中有話」：點石齋畫報與大眾文化形成之前的歷史〉，頁 92。
〔註 85〕卓聖格：《晚清通俗繪畫研究：以「點石齋畫報」為主軸》，頁 24。
〔註 86〕卓聖格：《晚清通俗繪畫研究：以「點石齋畫報」為主軸》，頁 25。

畫報中的圖像為「新聞插圖」，不如使用「新聞圖像」較為適當。又考慮到「新聞圖像」可分為「手繪」與「照片」兩種，為了有所區分，遂將《點石齋畫報》這種以手繪圖像為主的畫報，以「手繪畫報」來稱呼。〔註87〕

　　手繪畫報興盛於十九世紀，它的誕生除了有賴時代環境的背景外，印刷技術的提升也功不可沒。筆者在第二章曾經提過，石印印刷術的引進促使中國手繪畫報的誕生，由此我們可以知道印刷術的進步，是手繪畫報發展的重要條件。石印印刷術帶動了手繪畫報的生成，而這樣的情況也同樣發生在國外。

　　石印印刷術的發明節省了雕刻師艱苦而又昂貴的勞動，促使畫報和石版畫這兩種印刷製品在十九世紀繁榮起來。自十九世紀二十年代以來，外國陸續創辦了各種手繪畫報，例如美國的《哈潑斯》（*Harper's*）和《弗蘭克‧萊斯利畫報》（*Frank Leslie's Illustrated Newspaper*）、法國的《圖畫世界》（*Le Monde Illustré*）和《環遊世界》（*Le Tour Du Monde*）以及德國的《萊比錫大眾畫報》（ *Leipziger Illustrirte Volkszeitung* ）和《樂園》（*Die Gartenlaube*）等等，都獲得了穩定的市場與足夠的訂戶。〔註88〕其中像是於西元 1842 年 5 月 4 日由英國企業家 Henry Ingram 在英國首創的《倫敦畫報》，將藝術與新聞結合，每份十六頁，刊載三十二幅插圖，售價六便士，內容是國內外新聞、社交新聞以及各種奇聞怪事，一開始即賣了兩萬六千份，十分受到讀者的歡迎。〔註89〕

　　由此可知，在手繪畫報風行於中國以前，在西方就已經產生並盛行，這也是為什麼美查在〈點石齋畫報緣啟〉的開頭即提到「畫報盛行泰西，蓋取各館新聞事蹟之穎異者，或新出一器，乍見一物，皆為繪圖綴說，以徵閱者之信，而中國則未之前聞。」〔註90〕隨著西方傳教士的東來，帶入新的報刊觀念，促使中國近代報刊的發展，而這其中也包括了中國的手繪畫報，以下

〔註87〕武越以「筆繪畫報」稱之，見武越：〈畫報進步談〉，《北洋畫報》第 251 期，西元 1928 年 12 月 1 日星期六，頁 7，收入於書目文獻出版社：《北洋畫報：影印本》（北京：書目文獻出版社，1985 年），第六卷卷首號。康無為則稱「繪圖報紙」，但在該文中仍以「插圖」來稱呼畫報的圖像，見康無為：〈「畫中有話」：點石齋畫報與大眾文化形成之前的歷史〉，頁 90。

〔註88〕魯道夫‧G‧瓦格納：〈進入全球想像圖景：上海的《點石齋畫報》〉，頁 1、2。

〔註89〕康無為，〈「畫中有話」：點石齋畫報與大眾文化形成之前的歷史〉頁 95。

〔註90〕尊聞閣主人：〈點石齋畫報緣啟〉，收入於江蘇廣陵古籍刻印社：《點石齋畫報》上冊，甲一，頁 1、2。

筆者就將焦點重新轉回中國境內，來討論中國手繪畫報的誕生經過。

　　在近代報刊誕生之前，中國就曾有諸如邸報、京報、政府公報等等的官報，主要是朝廷內部用來傳遞訊息之用，因此所面對的讀者是朝廷群臣、高官公卿，一般文人很難接觸到，更別說是廣大的庶民，所以中國傳統報紙，可說是侷限在朝廷內部流通，並未普及大眾。〔註91〕對於官員以外的社會大眾來講，報紙可說是非常陌生的東西，他們也不可能培養閱讀報紙的習慣，因此當西方傳教士來到中國，開始在中國發行報紙時，其實是很冒險的事，因那時還沒有形成今天所謂的讀者群：這群人無論是否彼此認識，總期望經由定期出版的刊物得知消息。〔註92〕

（圖三・八）　　　　　　　　　　　（圖三・九）

　　十九世紀初西方傳教士東來傳教，卻因受到中國禁教的影響，使得其在中國傳教的行為窒礙難行，此時英國第一位來華傳教士馬禮遜（Robert Morrison，圖三・八）〔註93〕便和隨後來華的傳教士米憐（William Miline，圖三・九）〔註94〕一同將陣腳移至馬來半島上歸英國所有、與廣州交通方便並

〔註91〕卓聖格：〈晚清石印畫報的形成與發展研究〉，頁391。

〔註92〕康無為：〈「畫中有話」：點石齋畫報與大眾文化形成之前的歷史〉，頁97。

〔註93〕馬禮遜於嘉慶12年（西元1807年）春到中國傳教，是新教入中國之始。當時中國對舊教採禁止態度，甚至不許傳教士居留澳門，馬禮遜雖因兼任東印度公司的翻譯而得以免被驅逐，但官廳對其行為極為注意，導致馬禮遜秘密雇人刻版中文新約一事被官廳所知後，刻工為自保將一切付之一炬的情況發生，造成的損失甚鉅。見戈公振：《中國報學史》，頁68。圖像掃自熊月之：《西學東漸與晚清社會》，頁1。

〔註94〕為英國倫敦佈道會傳教士，於嘉慶18年（西元1813年）來到中國。見戈公振：《中國報學史》，頁68。

聚居大量華僑的馬六甲,在那裡籌備教會學校與印刷所。〔註 95〕嘉慶 20 年
(西元 1815 年),西洋傳教士用中國文字出版的第一個定期刊報《察世俗每
月統紀傳》(Chinese Monthly Magazine)在馬六甲誕生,〔註 96〕之後其它教會
報刊也陸續發行,除了中文報刊外,也有來華西人出版外文報紙,其內容主
要是刊載中外新聞並討論列強對華政策。〔註 97〕

　　鴉片戰爭爆發以後,隨著中美《望廈條約》和中法《黃埔條約》的簽定,
中國允許美法在通商口岸設立教堂,並於西元 1846 年 2 月取消對天主教的禁
令,開放傳教士在中國傳教。〔註 98〕這些進入中國傳教的西洋傳教士們,很
快就體會到在華口頭宣傳的困難,於是從十九世紀五十年代起,紛紛將注意
力轉向利用文字來進行佈道,教會報刊的數量逐年增加。〔註 99〕

　　就圖像進入報紙的角度來看,《察世俗每月統紀傳》雖在傳播科技知識
時,已附有七幅手繪插圖,但主要是以圖像配合文字來傳授知識,與中國實
用性書籍中往往配有精美插圖的道理相同,沒有圖像敘事的功用,也與新聞
時事無關。〔註 100〕同治 7 年(西元 1868 年)在上海創辦的《教會新報》,
除了有若干知識性的圖像外,其一連串所刊登的西式圖像「聖書圖畫」雖然
具有敘事性質,成為該報的一大特色,但內容與時事沒有關係,且利用的是
教會刊印宗教讀物的舊模版,屬於文字附圖的刊物,故不宜將其列入手繪畫
報的範疇之中。〔註 101〕上海清心書院分別於光緒元年(西元 1875 年)與光
緒 6 年 4 月(西元 1880 年 5 月)創辦的《小孩畫報》(The Child's Paper)
〔註 102〕與《畫圖新報》(The Illustrated News)〔註 103〕雖在中文上不以畫報

〔註 95〕陳玉申:《晚清報業史》,頁 2、3。
〔註 96〕陳玉申:《晚清報業史》,頁 3。
〔註 97〕陳玉申:《晚清報業史》,頁 11。
〔註 98〕陳玉申:《晚清報業史》,頁 11。
〔註 99〕陳玉申:《晚清報業史》,頁 11、12。
〔註 100〕陳平原:《左圖右史與西學東漸——晚清畫報研究》,頁 7、8。
〔註 101〕陳平原:《左圖右史與西學東漸——晚清畫報研究》,頁 9～17。王爾敏:〈中
　　　　國近代知識普及化傳播之圖說形式——《點石齋畫報》例〉,頁 232。
〔註 102〕《小孩月報》為美國傳教醫師嘉約翰(John Glasgow Kerr)所創辦,次年由
　　　　范約翰(Rev. J.M.W Farnham)所接辦,見陳玉申:《晚清報業史》,頁 13。
　　　　或有論者直接稱《小孩月報》為范約翰(Rev. J.M.W Farnham)所創刊／編
　　　　輯,見王爾敏:〈中國近代知識普及化傳播之圖說形式——《點石齋畫報》
　　　　例〉,頁 232、戈公振:《中國報學史》,頁 73。
〔註 103〕《畫圖新報》原名《花圖新報》,原為上海清心書院發行,後改由上海畫

命名，但內容圖文並重，故有論者將兩者推為中國最早的畫報。〔註104〕其中《小孩畫報》的刊登時間又比《畫圖新報》更早，因此認為《小孩畫報》是中國第一份畫報的人也不少，胡道靜在《報壇逸話》即說到：

> 最早的畫報為上海清心書院所出的《小孩畫報》，其次是《瀛寰畫報》，第三是清心書院所出《畫圖新報》，第四才挨到《點石齋畫報》。〔註105〕

然而，陳平原卻認為胡道靜的說法仍有商榷的餘地，他沿襲了阿英以是否具備新聞性以及採用何種製圖工藝為判別標準的說法，認為：

> 所謂「畫報」，首先應該是「報」，而後才是有「畫」的「報」。也就是說，新聞性應是第一位的。否則，單講「圖文並茂」，中國人早有成功的先例，不待西學大潮的催促與帶動。也正是從「新聞性」角度，才能理解為何石印術的引進，對於中國畫報之崛起，是如此的「生死攸關」。〔註106〕

陳平原指出《小孩畫報》與《畫圖新報》的內容基本上沒有時間性，也不涉及當下中國人的日常生活，可說是「雜誌」而非「新聞」。〔註107〕

至於出版於西元 1877 年 5 月的《寰瀛畫報》，雖然有些報學史說《寰瀛畫報》是由《申報》館發行或創刊，但《清末四十年申報史料》引《申報》在〈瀛寰畫報第二次來華發賣〉所載的「在英出版之《瀛寰畫報》，於今年四月間郵寄上海申報館代銷之英國畫八幅，共一萬多張，現已售去甚多」，認為《寰瀛畫報》是在英國出版，經英國郵寄到上海，再經《申報》館在上

圖新報館印發，1913 年出至第 34 卷後停刊。祝均宙認為《畫圖新報》在近代中國畫報出版史上的地位不可忽視，主要是因為四個重點：（1）出版時間最久（2）開起漫畫類風格（3）印刷技術領先（4）圖文並茂。見祝均宙：《圖鑑百年文獻：晚清民國年間畫報源流特點探究》，頁 22～25。

〔註104〕王爾敏：〈中國近代知識普及化傳播之圖說形式——《點石齋畫報》例〉，頁 232、233。

〔註105〕胡道靜：〈報壇逸話〉，見張靜廬：《中國近代出版史料初編》（上海：群聯出版社，1953 年），第 76 頁。這條資料是張靜廬選錄戈公振《中國報學史》第三章「外報創始時期」一文時，所加上去的註解，目前論者引用這條資料，皆轉引自此。至於方師鐸主編：《點石齋畫報》第一輯，頁 1，同樣也引用此條資料，但並未註明出處。

〔註106〕陳平原：《左圖右史與西學東漸——晚清畫報研究》，頁 54。

〔註107〕陳平原：《左圖右史與西學東漸——晚清畫報研究》，頁 54。

海代售的報紙，並非由美查所經營的報業獨立繪製的畫報。〔註108〕陳平原贊同「經銷」的說法，稱《寰瀛畫報》「乃《申報》所推介與銷售」，是道地的「外國貨」，只不過是在「引進」時翻譯了說明文字而已，但陳平原同時也指出《寰瀛畫報》第九幅的「中國天壇大祭之圖」是《申報》為適合中國人的口味臨時加上的。〔註109〕

魯道夫‧G‧瓦格納在討論《寰瀛畫報》時則提到《寰瀛畫報》是美查打算定期出版圖畫雜誌的開端與試驗，其內容複製了《插圖倫敦新聞》、《圖畫》等報的報導（甚至可能還有其它公司）。祝均宙在《圖鑑百年文獻：晚清民國年間畫報源流特點探究》便依據魯道夫的研究成果與所提供的文獻資料，指出《寰瀛畫報》是在英國排列印刷後，透過海路運至上海，因此《寰瀛畫報》的實際繪畫、印行者，均是英國人。畫稿送到上海後，由申報館負責編撰與具體裝訂發行的事宜，因此在裝幀上完全採用了中國古籍傳統裝幀的形式，形成了裝幀和印刷技術中西合璧的情形。〔註110〕由此可知，雖然《寰瀛畫報》的畫稿源於外國的畫報，但並非直接原封不動地引進並代售，這中間還經過了申報館的編撰、改動與裝訂。然而，因為《寰瀛畫報》的內容仍然是以外國畫報的畫稿為主，並非中國人自己繪製，因此如果要將《寰瀛畫報》當成中國第一份畫報，筆者以為是有爭議的。

總結以上的資料，雖然歷來學者對於「中國第一畫報」有各樣的說法，但如果要找出真正與新聞結合，以圖像為主要敘事方式，並且在中國當地由中國繪者繪製的中國第一份時事手繪畫報，還是要推舉美查在上海創辦的《點石齋畫報》。〔註111〕

第四節　結　語

本章筆者將討論中心轉向《點石齋畫報》自身，針對《點石齋畫報》的基本資料進行梳理，釐清《點石齋畫報》的辦報人、繪者與撰寫者的問題，並

〔註108〕徐載平、徐瑞芳：《清末四十年申報史料》，頁319。
〔註109〕陳平原：《左圖右史與西學東漸——晚清畫報研究》，頁54～56、123。
〔註110〕祝均宙：《圖鑑百年文獻：晚清民國年間畫報源流特點探究》，頁9～16。
〔註111〕其實早期許多人即將《點石齋畫報》視為中國最早的畫報、中國畫報之始祖，例如武越、薩了空等人，之後隨著各種史料的浮現，不同的論點相繼提出，才讓「中國最早的畫報」這個議題複雜了起來。

且說明《點石齋畫報》的刊行方式。其次筆者進一步爬梳《點石齋畫報》的辦報策略，指出《點石齋畫報》除了在形式上經過「中國化」的調整外，對於行銷方式也多有用心，尤其是運用《申報》的存在，從各方面提供《點石齋畫報》強大的支持。接著筆者轉入《點石齋畫報》的新聞報導內容上，指出《點石齋畫報》的報導是以讀者的閱讀口味為依歸，為了迎合讀者們的閱讀欲望，《點石齋畫報》遂以「搜奇」作為其報導內容的中心，企圖以此滿足讀者的窺探欲。

最後筆者依據插圖的定義，指出《點石齋畫報》是以圖像為主，故其中的圖像不適合被稱為「新聞插圖」，而應以「新聞圖像」稱之。又為區分「照片」與「手繪圖像」的差別，認為《點石齋畫報》應稱為「手繪畫報」較為適當。並且根據畫報重「圖像」與「新聞性」的特點，對於「中國第一份畫報」的問題進行討論，以為雖然在《點石齋畫報》之前就有其它圖文並茂的中文報刊，但考慮到「以圖為重」和「新聞性」這兩點，《點石齋畫報》才是「中國第一份時事手繪畫報」。

總結來說，不論《點石齋畫報》的時空環境或是辦報策略，都為《點石齋畫報》的誕生與暢銷提供了良好的基礎，讓《點石齋畫報》得以更加貼近讀者們的閱讀需求，繪製出滿足讀者閱讀欲望的報導內容，並進一步形成屬於《點石齋畫報》的觀看文化。

第四章 《點石齋畫報》的新聞編造與虛實性

　　近代報刊的誕生以及盛行，為原本言禁甚嚴的晚清打開了一道缺口。然而，隨著資訊開始大量湧現，傳言、幻想、虛構的訊息也夾雜在其中，形成各種真假新聞雜處的狀態。面對這種情形，讀者們購買、閱讀報紙時，自然希望獲得的是確切而真實的新聞資訊，因此對真實性的要求，就成了晚清報紙的課題之一。魯迅在評論《點石齋畫報》時曾經提到：

> 在這之前，早已出現了一種畫報，名目就叫《點石齋畫報》，是吳友如主筆的，神仙人物，內外新聞，無所不畫，但對於外國事情，他很不明白。例如畫戰艦罷，是一只商船，而船面上擺著野戰炮；畫決鬥則兩個穿禮服的軍人在客廳裡拔長刀相擊，至於將花瓶也打落跌碎。然而他畫「老鴇虐妓」、「流氓拆梢」之類，卻實在畫得很好的，我想，這是因為他看得太多了的緣故；就是在現在，我們在上海也常常看到和他所畫一般的臉孔。〔註1〕

魯迅的評論，其實就是對於新聞報導圖像「真實性」的要求。另一方面，從這段文字中我們也可以知道，新聞訊息的真實性，並不僅只限於文字描述的報導內容，包括圖像的呈現，也應該依據真實，也就是要「寫實」。

　　目前學界在討論《點石齋畫報》的內容時，不時著重在其所反映出的晚

〔註1〕 魯迅：《魯迅全集》卷四（臺北：唐山影本，1989年），頁292～294。李艷平認為魯迅這段話與《點石齋畫報》的情形不甚符合，可能是魯迅記錯了，見李艷平：〈圖像閱讀時代的開啟：《點石齋畫報》〉，頁345。

清社會實態，鄭振鐸甚至以「畫史」來讚譽《點石齋畫報》，〔註2〕可見對其內容的歷史性之重視。然而，雖然《點石齋畫報》經常強調自身新聞訊息的正確性，但實際上不論是圖像或文字，《點石齋畫報》往往混雜了許多想像進去，形成了其特有的觀看方式，而這就是本章筆者所欲討論的課題。

《點石齋畫報》的發行，正式開啟了以手繪圖像作為主要新聞敘事手段的新式新聞傳播媒介，直到照相網目印刷風行前，晚清總共發行了近百種手繪畫報，締造了時事新聞插畫的空前盛況。〔註3〕手繪畫報的敘事手法，以及其在視覺上造成的衝擊力與所形成的閱讀習慣、觀看方式，都與以文字為主的報紙不同，也迥異於日後成為報紙圖像主流的照片。雖然照片與手繪圖像同樣屬於圖像的範疇，但手繪圖像具有繪者的主觀能動性，使得以手繪圖像為主的畫報，與以照片為主的畫報擁有各自的特色。

筆者在第一章第一節中曾經提過，人們處在現實世界中，透過視覺觀看到外部世界的總總樣貌，而這些外部世界在人的眼睛視網膜上的呈現，就是「物像」。透過這些物像，人們掌握住各種人事物在空間裡的位置、在時間中的轉變，以及自己處於世界中的位置，更加瞭解世界。然而，即使是同樣的「物像」，人們基於個人主觀的判斷、篩選，產生不同的「觀看」方式，也在心中留下不同的認識與記憶，並建構出其心中對世界的認識，而每個人在自己心中所構築的世界，就稱為「心像」。至於人們運用媒體再現出的視覺形式，如繪圖、雕像等，則稱為「表象」，不僅客觀地記錄物像的形體，也主觀表達記錄者對主題的概念。〔註4〕從這個角度來看，《點石齋畫報》的報導圖像應該是繪者透過自身對「物像」的觀察，在內心構成「心像」，再透過畫筆將其繪成「表象」。這樣的構成過程，與自現實生活場景直接擷取一個時空點的照片完全不同，蘊含著繪者對於現實世界的主觀解讀與觀察記憶。

到底《點石齋畫報》的繪者所繪出的新聞報紙，是如何呈現其所定義的「新聞真實性」？圖文之中又包含著繪者怎麼樣的想像？本章筆者將討論重心放在「真實」與「想像」這兩個對比上，首先從新聞來源開始著手，說明

〔註2〕鄭振鐸：〈近百年來中國繪畫的發展〉，第193頁。
〔註3〕卓聖格：〈晚清石印畫報的形成與發展研究〉，頁400。
〔註4〕關於「物像」、「心像」、「表象」的討論，詳見韓叢耀：《圖像傳播學》，頁50～52。

《點石齋畫報》的新聞來源，以及其透過新聞來源強調自身新聞訊息真實性的情況，並點出其所造成的限制。接著以新聞來源的限制為出發，指出《點石齋畫報》運用其它圖像來確保圖像的寫實度，以及其如何以圖像的資料為基礎，「拼貼」出繪者心中所想像出的「新聞事件場景」。最後，筆者將討論《點石齋畫報》所能接受的「新聞真實性」範圍，以及其透過混雜真實與想像的報導圖文，呈現出怎樣的新聞觀看。

第一節　新聞來源

　　《點石齋畫報》在一開始就瞭解到讀者們對於新聞內容真實性的要求，為了證明其所報導的訊息正確，新聞來源就成為其有力的證據，因此《點石齋畫報》時而在文字論述的部分提及新聞的來源，這些文字說明便成了討論《點石齋畫報》的新聞來源最直接的證據。

　　以下筆者就依據目前可見的資料，將《點石齋畫報》的新聞來源加以分類說明，並論析其在報導真實性上所形成的限制。

一、《申報》與其它報紙

　　英國在華商人美查在發行《點石齋畫報》前，已經在上海創辦了《申江新報》。既是同人所創辦，彼此又是派生關係，《點石齋畫報》和《申報》自始就有緊密的關聯。已頗具規模的《申報》，不僅在《點石齋畫報》創辦之初即提供宣傳與銷售的管道，同時因其同樣是新聞報的性質，使得《申報》自然成為《點石齋畫報》重要的新聞來源之一。〔註5〕

　　《點石齋畫報》以《申報》作為新聞來源而繪製的圖文報導非常多，《點石齋畫報》在文字報導的部分，也經常直接說明其新聞來源是出自《申報》，例如〈銀行倒閉〉〔註6〕中就有「照《申報》所敘情狀而書之於此」的說明文字。除了在文章中清楚說明外，還有許多報導雖未寫明出處，但將《點石齋畫報》和《申報》的內容加以比較後，就可以清楚看出其中的關聯性。

〔註5〕關於《申報》與《點石齋畫報》間的關聯、互動，詳見本論文第三章第二節。

〔註6〕吳友如繪：〈銀行倒閉〉，《點石齋畫報・大可堂版》，第一冊甲集，圖63。

（圖四‧一）

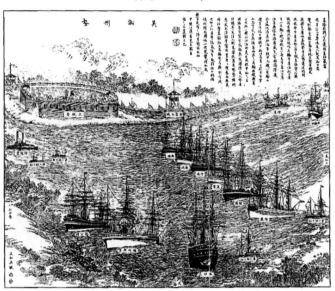

基隆開戰以來，邊防益加嚴密。前月二十二日，專派友人赴吳淞口
周覽形勢。見臨口高築砲台，架有開花後膛克虜伯各炮，計有五種，
遠近均能施放命中。其左堅築土城，直接寶山縣城，俱有槍炮架起，
防兵輪守。其泊淞口者，有小兵輪二艘、活砲台一座，左首長江口
岸，泊有南琛、南瑞、虎威、策電、開濟、澄慶、登瀛洲、靖遠、
測海等鐵甲九艘，小兵輪二艘。其活砲台與鐵甲船以及岸上砲台分
守，如品字式，互為犄角。而法之兵輪兩艘與其公司船一艘，並泊
海面。是日我鐵甲船之名開濟者，管駕官為徐參戎傳隆，友人登舟
往謁，參戎接入，則見熗炮器具堅整鮮明。參戎亦深諳管駕，布置
井井，與泰西無異。時將薄暮，餘船不及徧登，乃辭別言旋。內地
未知虛實，搖惑滋多，故將淞口的確情形繪成圖幅，以供眾覽。俾
知我國家武備之隆，卓越前代，而中興以還，亦見力圖自強之不遺
餘力已。〔註7〕

　　以刊登在光緒九年7月上澣（西元1884年8月底或9月）的〈吳淞形
勢〉（圖四‧一）為例，雖然其文中表明是「專派友人赴吳淞口」，但如果將這
篇報導內容與《申報》於光緒10年6月22日（西元1884年8月12日）所

〔註7〕吳友如繪:〈吳淞形勢〉，《點石齋畫報‧大可堂版》，第一冊甲集，圖98。陳
　　　平原、夏曉紅編著:《圖像晚清》，頁9。文中底線為筆者所加。

刊登的同名報導〈吳淞形勢〉一文進行比較，就會發現兩者的報導內容極為相近：

> 本館友人昨赴吳淞周覽形勢。見炮臺之左一帶皆築土壘，以資扼守。面砲臺有中國小兵輪兩艘，活砲臺船一艘。左方長江口岸泊有中國大兵船六艘，小兵輪兩艘。兵船之右，泊有法國鐵甲船一艘，兵船一艘，法公司船一艘。砲臺之右，泊有德國兵船兩艘。法船所泊之處，正當衝要處所，臺左之華兵船不能駛出，其面臺之三船亦不能駛過。六艘中國大兵船內，有開濟輪船，其管駕者為徐參戎傳隆。本館友人登舟往謁，參戎迎入船內，則見船中槍炮器具一切均監整鮮明。參戎亦諳於管駕，布置井井，與外國兵船無異。其餘之船不及遍登，天已將昏，隨辭別言旋。駛過法兵船時，該船上指令遠行，不得遍近兵船行駛。華官等亦囑令速歸，蓋每至晚間，中、法皆不准小艇遊行其間也。惟法船橫扼衝要，不嘗將華船封住，是亦可慮。想熟於水道者必當早為嚴備也。〔註8〕

除了有所增修外，筆者在兩篇文章畫上底線的部分，字詞甚至完全相同，顯然是有一方參考另一方而寫成。其中《點石齋畫報》的刊登時間又比《申報》晚，因此應是《點石齋畫報》依據《申報》所寫成的報導。

然而，除了《申報》，其它報紙也同樣是《點石齋畫報》的新聞來源。仔細翻閱《點石齋畫報》的內文，我們經常可以看到諸如「據西報云」〔註9〕、「東洋報言」〔註10〕、「紐約希勞日報云」〔註11〕等字樣，可知《點石齋畫報》所參考的報紙非常多，不僅包含上海當地的中文報紙，外文報紙也在新聞來源的行列之中。這些眾多的報紙不僅成為《點石齋畫報》的新聞來源，同時也具有宣稱報導真實的功能，例如〈天鑒不遠〉中便稱「中外新聞報紙眾說僉同，固事之鑿鑿無疑者」〔註12〕，作為真實性的證明。

〔註8〕 無名氏：〈吳淞形勢〉，《申報》第4070號，光緒10年6月22日，西元1884年8月12日禮拜二，頭版，《申報：影印本》第二十五冊，頁254。
〔註9〕 金蟾香繪：〈潰兵受戮〉，《點石齋畫報·大可堂版》，第三冊壬集，圖246。
〔註10〕 金蟾香繪：〈魚身有火〉，《點石齋畫報·大可堂版》，第十一冊樂集，圖137。
〔註11〕 何明甫繪：〈傅相逸事〉，《點石齋畫報·大可堂版》，第十四冊元集，圖146。
〔註12〕 吳友如繪：〈天鑒不遠〉，《點石齋畫報·大可堂版》，第一冊甲集，圖82。

（圖四·二）

（圖四·三）

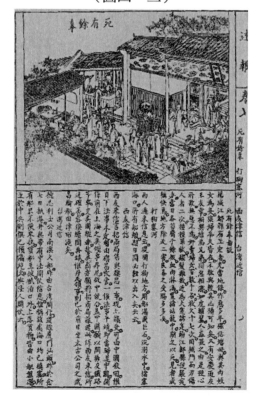

實際上，晚清時期報紙互相參照、作為新聞來源的情況相當普遍，《點石齋畫報》本身也曾經被其它報紙所引用，例如《述報》就經常引用《點石齋畫報》的新聞報導（圖四‧二為《點石齋畫報》的原圖，圖四‧三為《述報》的報導）。〔註13〕然而，除了屬於同一創辦人的《申報》外，將其它報紙當作新聞來源，在刊登速度上勢必將慢於其它報紙，變成是在為他報繪插圖，不免偏離了「新奇」的本意，因此為了保持新聞刊登的速度，《點石齋畫報》勢必需要其它的新聞來源，方能確保其在晚清上海報壇的一席之地。

二、友人／探事人

隨著上海報業的蓬勃發展，各報間的競爭也日益激烈。《申報》在面對《字林滬報》〔註14〕的威脅下，多方開闢新聞來源，除轉述他報新聞，還透過海員目擊口述、商社訊息和私人家書等多種信息渠道取得新聞，甚至還派遣專人探訪，以獲得更準確的戰地消息。〔註15〕這些新聞來源的管道也為《點石齋畫報》所用，不論是友人，或是從報館所雇用、派出去的探事人，他們透過口述、寫信、發電報等方式告知新聞訊息，《點石齋畫報》的繪者／撰寫者再根據這些訊息繪製／撰寫成圖文報導，因此在《點石齋畫報》內文中經常可見諸如「郵述之詞」〔註16〕、「於五月下旬天津來信」〔註17〕等說明文字。

〔註13〕廣州述報館編輯：《述報》，頁42。另陳平原也曾提及此事：「《述報》除最初幾期簡單的宮室和地圖外，大量場面繁複、繪製精美的圖像，都是從《點石齋畫報》上抄襲而來的。唯一的變動，只是將原作上方的文字裁去，另外抄錄在圖像下面。……目前沒有發現《點石齋畫報》方面的抗議文字。」見陳平原：《左圖右史與西學東漸——晚清畫報研究》，頁14。筆者實際翻閱《述報》後發現，除了文字外，《點石齋畫報》中的閒章和繪者的署名、姓名別號印也同樣被裁去，並且未抄錄於其它地方。

〔註14〕由曾經出版《上海新報》的字林洋行於光緒8年4月2日（西元1882年5月18日）復出，初名《滬報》，至73號改名。見陳玉申：《晚清報業史》，頁48。

〔註15〕陳玉申：《晚清報業史》，頁48。戈公振在論述《申報》時也提到：「光緒十年，法越構兵，美查雇俄人至法營探報，既詳且確，次年，法艦侵寧波，又遣人前往觀戰，且繪圖附說以明之。此為我國報紙有軍事通信員之始。」見戈公振：《中國報學史》，頁79。

〔註16〕金蟾香繪：〈命案疑傳〉，《點石齋畫報‧大可堂版》，第一冊甲集，圖59。

〔註17〕吳子美繪：〈興辦鐵路〉，《點石齋畫報‧大可堂版》，第一冊甲集，圖103。

（圖四‧四）

基隆一役，前將戰勝情狀繪畫成圖，呈電諸君矣。近得日耳曼人來滬述及戰事，尤為詳細。其時彼船亦在基隆海面，親見法人扯旗開炮，燬我炮台。台上火藥被炸，華兵遂退。此時法弁派兵三百名，攜車輪炮四座，大小旗幟、帳棚一切登岸，徧置炮台以及台後山上。方欲前進，而華軍約千人嚴陣以出，相與對敵。法大不支，委旗棄砲，倒戈爭逃。棚帳衣帽，隨路遺棄，墮崖落澗，死凶枕藉。奔至水邊，又以船離岸遠，相率下水，而又為海水漂沒。幸有小划子趕來相救，乃剩一半歸船，否則三百人無一生還矣。又云法兵素稱勁旅，生平觀戰亦經數次，從未見此次法人之敗之狂奔亂竄、狼狽不堪者，於此可見華軍之可用，而法人之勝之落矣。以上皆日耳曼人所述於尊聞館主人者，竊思此人係局外人，無所諱，亦無所飾，即謂為實錄可也。兵事不厭精詳，見聞較確，用再繪圖，以供眾賞云。〔註18〕

　　舉〈法敗詳聞〉（圖四‧四）為例，文中稱「日耳曼人來滬述及戰事，尤為詳細」，可知這則新聞是從來到上海的日耳曼人口中得知，並非繪者或文章撰寫者所親見。接著文章又說「其時彼船亦在基隆海面，親見法人扯旗開炮」，強調不僅內容詳細，而且對方是親臨現場、親眼所見，增加了新聞

〔註18〕張志瀛繪：〈法敗詳聞〉，《點石齋畫報‧大可堂版》，第一冊甲集，圖99。

訊息真實的可信度。在敘述完新聞內容後,《點石齋畫報》又說:「以上皆日耳曼人所述於尊聞館主人者,竊思此人係局外人,無所諱,亦無所飾,即謂為實錄可也。」將其判斷新聞消息為真的原因加以說明,認為該新聞來源者既然是局外人,應該是中立的態度,不會有所忌諱,亦不會加以美化,可將其當作「實錄」來看待。《點石齋畫報》透過這樣的敘述,讓讀者們知道雖然新聞來源來自他人,但真實性不須質疑,再次顯現了《點石齋畫報》對表明新聞內容屬實一事的重視。〔註19〕

(圖四・五)

〔註19〕需要注意的是,即便《點石齋畫報》如此信誓旦旦地聲明〈法敗詳聞〉報導內容的真實性,但這並不代表報導內容就全然是真實的。許文堂在〈清法戰爭中淡水、基隆之役的文學、史實與集體記憶〉中便提出了反駁,以為「如果此事屬實,登陸法軍被殲滅一半,豈不達一百五十人之多?但此事絕非真實,清軍戰鬥皆有紀錄,傷亡人數姓名一一列表上報,豈能有誤!」說明報導內容的誇大不實,不過論者接著也提到「中國讀者也許寧可相信畫報所顯示的輝煌戰果,不僅多俘獲四尊大砲,尚且擊毀一艘軍艦,士氣因而大振」,最後在該文中得出「儘管《點石齋畫報》的文字好用典故,仍不脫士大夫習性,而且內容亦未盡真實,但是對清法戰爭的報導仍可滿足大眾的熱烈期待,可說是民族情緒勝過真實性,這樣失真的記錄經由集體記憶的轉化,也就成為理所當然的光榮歷史」的結論。見許文堂:〈清法戰爭中淡水、基隆之役的文學、史實與集體記憶〉,《臺灣史研究》第十三卷第一期(2006年6月),頁16、44。由此可知,〈法敗詳聞〉所呈現的真實性,其實是《點石齋畫報》與讀者們所共同期望的誇大化真實。

客有從日本長崎來者，述及大波戶有鐵丸一顆。其鐵甚古，四圍具
有於朽蠹痕。周圍計五尺六寸，重約十斤。用石檯一座將鐵丸安置
其上，四面用鐵欄杆圍住，立於海旁碼頭之右。據云，此丸係唐代
薛仁貴往來時所遺留於此者。曾有日人將該丸拋於海中，其人即
病；趕打撈起水，置於原處，其人旋愈。如是者已非一次矣。日人
視為神物，於明治五年作石臺以置之。石臺旁有記一段，大概記該
鐵丸之大小、輕重。或云寬永中原賊所鑄，或云濱田兵衛弟所鑄。
其說互異，然亦足見我華武功之盛，已非朝夕。該鐵丸垂二百餘
年，猶令日人敬慕若此，謂非有神靈呵護之哉。〔註20〕

再舉光緒 21 年（西元 1895 年、明治 28 年）刊載的〈鐵丸誌異〉（圖
四‧五）為例。根據石曉軍的註釋：「這則報導所指的是位於長崎的大波止
終點站旁的鐵球。關於這個鐵球，一般相傳是在『島原之亂（西元 1637～
1638 年）』之際被製造出來的大砲砲彈。然而，因為太過巨大，被人稱為『沒
有鐵砲的鐵砲之球』，至今依舊被列舉為長崎之謎的其中之一，這則報導所
要傳達的就是關於鐵砲球的異論。另外，薛仁貴是在遠征高句麗、征討突厥
上建有功績的唐代武將。」〔註21〕除了陳述日本當地的傳聞外，石曉軍在
文中還附上照片（圖四‧六），作為參考資料。雖然報導內文和石曉軍所收
集到的傳說不同，但透過圖四‧五與圖四‧六的比較，我們可以知道《點石
齋畫報》所報導的內容確有其物，只是記錄了不同的異說罷了。重點是，在
這則報導中，《點石齋畫報》一開頭便清楚說明「客有從日本長崎來者，述
及大波戶有鐵丸一顆」，可知其新聞出自日本長崎來的朋友口述，也就是「友
人／探事人」這類的新聞來源。

〔註20〕金蟾香繪：〈鐵丸誌異〉，《點石齋畫報‧大可堂版》，第十二冊數集，圖 265。
石曉軍：《「点石斎画報」にみる明治日本》，頁 136、137。
〔註21〕石曉軍：《「点石斎画報」にみる明治日本》，頁 136、137。該篇註釋日文全
文如下：「この記事は長崎の大波止ターミナル横にある鐵の玉を指してい
よう。この鐵球について、一般には島原の乱（一六三七～一六三八年）に
際して製造された大砲の弾丸だと伝えられている。ところが、あまりにも
巨大なため、『鐵砲もないのに、鐵砲の玉』と称され、今でも長崎の謎一つ
の挙げられているようである。この記事はこれについての異説を伝えるも
のといえよう。なお、薛仁貴（六一四～六八三年）は高句麗遠征や突厥征
討で功績のあった唐の武将。」

（圖四・六）

長崎の大鉄球

　　然而需要特別說明的是，這類經由友人／探事人而來的新聞報導，《點石齋畫報》不見得全部詳細考證、確認過，故傳聞、謠言的性質較大，甚至有時《點石齋畫報》的文章撰寫者也對新聞內容持保留的態度，例如在〈冒認親子〉〔註22〕的文字報導最後即寫到：「該處探事人所述大略如此，然細繹之情節有不甚可通之處，姑存之，以為世之貪而愚者戒焉。」藉此表明其中可能有不實或錯誤。

三、繪者本身的經驗

　　《點石齋畫報》其中一個新聞來源，是繪者自身的經歷體驗。繪者依據自身經驗而繪成的報導，因是「親眼所見」，報導可信度自然提高，尤其是在圖像報導的部分。因此繪者不僅是《點石齋畫報》的報導圖像執筆者，同時也是《點石齋畫報》的新聞來源之一。

〔註22〕金蟾香繪：〈冒認親子〉，《點石齋畫報・大可堂版》，第一冊甲集，圖66。

（圖四‧七）

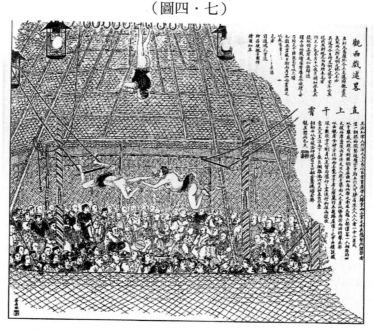

其法如津人所演之《三上吊》：以巨索貫屋梁，人緣索而上，索之南垂懸架。所謂「架」者，僅一銅棍，兩端繫繩，懸空中約五六尺，可駢肩坐三人。三人者，一女二男，或以手攀，或以股勾，倒挂側垂，屈曲如志。此架之南北，又懸二架，僅容一人，相距約四丈，彼此摩盪。俟兩身將及，北人脫手攀南之身以俱南，折而回，仍攀北架以去。觀者全神方注此，而不覺女子者已附麗竹木，幾臻屋頂。頂之中央，橫設鐵環十數枚。女子倒身以足背勾環行，行盡退行，如往而復，故意失足，直注而下。下張巨網，離地六七尺，如魚出水，疊翻觔斗以告竣。〈洛神賦〉有言曰：「翩若驚鴻，矯若游龍。」其謂此也夫。（身輕如燕）〔註23〕

以〈直上干霄〉（圖四‧七）為例，該篇報導與下一則〈馴象索食〉〔註24〕分別從表演情形以及餵食活動兩方面記錄了馬戲團至上海表演的情況。馬戲團在進行宣傳時的焦點，一是「奇」，一是「新」，〔註25〕而這正符合《點石齋畫報》的擇題方向，自然受到《點石齋畫報》的歡迎，《點石齋畫報》也確

〔註23〕 吳友如繪：〈觀西戲述略‧直上干霄〉，《點石齋畫報‧大可堂版》，第六冊巳集，圖91。陳平原、夏曉紅編著：《圖像晚清》，頁303。

〔註24〕 金蟾香繪：〈馴象索食〉，《點石齋畫報‧大可堂版》，第六冊巳集，圖92。

〔註25〕 夏曉虹：《晚清上海片影》，頁35。

實多次報導過與馬戲團相關的主題。論者在討論《點石齋畫報》所再現出的上海城市娛樂文化時，便特別將馬戲團作為其中一個類別來進行分析，並提出馬戲團「非常」的笑謔特色。〔註26〕然而，既然已經多次報導，馬戲團這個主題早已失去了新奇感，《點石齋畫報》為什麼要不厭其煩地再次報導呢？

這則〈直上干霄〉的報導中，有一個很特別的地方就在於，《點石齋畫報》通常是採取一篇圖像搭配一篇文章的報導方式（如為連環圖則可能採用多圖共用一篇文章的形式），但〈直上干霄〉卻是一張圖像中同時擠進了兩篇文章，即在〈直上干霄〉的文章之前又多了〈觀西戲述略〉一文：

> 車利尼馬戲於今三至滬，游觀者眾矣。然此人所見例之他人，不必其從同；今日所見例之他日，亦不必其從同。然則，既見而為所未見者，仍不少也。本月十二夜，月明如水，氣爽凝秋，偕吳君友如往。歸途謂予曰：「此戲繪圖者屢矣，今欲續之，毋乃蛇足乎？雖然，不可以不繪也。戲無盡藏，日新而月異，而畫因之以成結構者，亦不犯重也。未見者，如良覯；已見者，證前遊。鴻爪雪泥，聊存梗概云爾。」特繪圖如左。〔註27〕

《點石齋畫報》在處理主題系列型的報導時，往往會在報導前或後附上序跋當說明，例如〈朝鮮亂略跋〉〔註28〕。因此就性質上來看，這篇〈觀西戲述略〉或許可視為〈直上干霄〉與〈馴象索食〉兩則報導的序文，且有可能是《點石齋畫報》或吳友如委託文章撰寫者所寫，意在說明報導的理由，只不過放置的方式不若大多數的情況，而是直接擠在〈直上干霄〉一圖中。

從〈觀西戲述略〉一文的內容來看，寫文章的人並非吳友如本人，而是與吳友如一同前往觀看馬戲團表演的友人。這裡文章撰寫者很明確地指出吳友如（繪者）也到達了現場，由此可知吳友如是根據其親眼所見的經歷來繪成此則報導的。然而，該文在對話中提到「此戲繪圖者屢矣，今欲續之，毋乃蛇足乎」，可見《點石齋畫報》／吳友如有自覺已經多次報導過，新鮮

〔註26〕談啟志：《再現的城市：《點石齋畫報》中的上海（1884～1898）》，頁 218～222。

〔註27〕吳友如繪：〈觀西戲述略·直上干霄〉，《點石齋畫報·大可堂版》，第六冊巳集，圖 91。陳平原、夏曉紅編著：《圖像晚清》，頁 303。

〔註28〕尊聞閣主人：〈朝鮮亂略跋〉，《點石齋畫報·大可堂版》，第一冊丙集，圖 277。

感已失，恐有「蛇足」之嫌，因此才有〈觀西戲述略〉一文為其進行辯護、說明報導的理由。

文章撰寫者在文章一開始即提到：「此人所見例之他人，不必其從同；今日所見例之他日，亦不必其從同。然則，既見而為所未見者，仍不少也」作為伏筆，之後經由吳友如之口，道出：「戲無盡藏，日新而月異，而畫因之以成結構者，亦不犯重也。」指出馬戲團的表演內容是日新月異的，根據其內容繪製而成的報導圖像也會有所不同。既然表演內容有異於之前，吳友如想要繪圖進行報導，似乎就有了正當理由，但實際上真是如此嗎？

（圖四‧八）

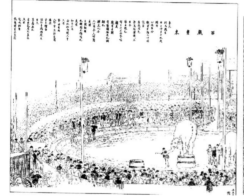

車尼利馬戲至申，自四月十九夜開演以迄於今，觀者引類而呼朋，談者眉飛而色舞。其所演種種名目，本埠日報已詳言之，不必贅語。顧是戲有正劇，有雜劇，馳馬也、調獅也、搏虎也，令人心悸，令人神驚，是謂正劇；翻楨也、鑽圈也、擲貌也、走索如三上吊，合抱如兩頭人中，人同聲曰奇，西人擊掌為樂，是謂雜劇。若夫體擁腫而步蹣跚，龐然自大，其蠢無比者，象也，然而鼻之為用，能吹銅角，能韻胡笙，具見性靈，彌形奇幻。此外如鳥首而羊身，牛首而駝身，馴犬與蟒與猩猩，刻雖未竟，其所長大致花樣翻新，留待異日，必非設而不作，衹給游人靜觀也。總之，合羽族、毛族、麟族，極天下至猛至惡之物，皆能平其兇燄，濬厥靈機，以就我範圍而鼓人舞蹈，車君亦人傑矣乎！（恢眼界、珍禽異獸）〔註29〕

〔註29〕吳友如繪：〈西戲重來〉，《點石齋畫報‧大可堂版》，第三冊庚集，圖47、48。

早在之前吳友如繪製的另一篇馬戲團相關報導〈西戲重來〉（圖四・八）中就曾經寫到「翻楨也、鑽圈也、擲貌也、走索如三上吊，合抱如兩頭人中，人同聲曰奇，西人擊掌為樂，是謂雜劇。」該處所謂的「走索如三上吊」，應該就是〈直上干霄〉所報導、現今稱為「空中飛人」的表演項目。由此可知，「空中飛人」絕不是到吳友如和友人一同觀看馬戲團表演時才增加的新表演項目，吳友如在繪製〈西戲重來〉時就已經列在表演之中。也許是因為心知肚明「空中飛人」的表演應有其他讀者早已見過，因此《點石齋畫報》／吳友如雖然宣稱「戲無盡藏，日新而月異」，但仍不忘在語末提到「未見者，如良覿；已見者，證前遊」，告訴讀者如果已經看過這些表演，就當作是「證前遊」，頗有請看過表演的讀者們不用太計較之意。

既然所要報導的內容讀者們看過的機率很高，失去了新鮮感，吳友如為什麼說「雖然，不可以不繪也」，非繪製這則報導不可能呢？將〈直上干霄〉、〈馴象索食〉這兩則報導，和《點石齋畫報》之前所刊登過的馬戲團相關報導進行比較，我們可以發現其它報導大多是出自別的新聞來源，即便是由吳友如繪製的〈西戲重來〉，也稱「其所演種種名目，本埠日報已詳言之」，其新聞來源是取自日報的可能性極高，而非吳友如親眼所見。基於這樣的情況，我們不妨試想一下，當吳友如在日後有機會走進馬戲團的表演現場，親眼看到了往昔只能透過其它文字報導或者照片圖像等資料來想像的「新奇」表演時，作為時事新聞畫報繪者的吳友如，難道就不心動、不想親筆繪下自己的所見所聞嗎？因此筆者以為，「自身親眼所見」可能也是吳友如繪製此報導圖像的原因之一。

繪者依據本身經驗所繪製的報導圖像，是經過繪者的細密觀察、體驗而來，當然比透過文字描述、照片資料而繪成的想像圖像更為寫實，可信度也更高，自然受到《點石齋畫報》的青睞，這樣就可以理解為何《點石齋畫報》仍舊願意接受曾多次報導過的題材，刊出〈直上干霄〉、〈馴象索食〉這兩則報導了。可惜的是，就數量上來說，這類的報導仍屬少數，《點石齋畫報》的主要新聞來源，還是以其它管道為主。

四、書籍、文獻資料

除了上述三類新聞來源外，《點石齋畫報》還有一類報導，算不上是時事新聞，但仍舊收入《點石齋畫報》中，那就是取自書籍文獻而繪成的圖文

報導。

　　以發行於光緒 11 年正月上浣的第 30 號丙六為例,《點石齋畫報》在這一號中並未刊登任何一則新聞,而是以全號共八幅取自書籍文獻的圖文報導為內容,十分少見。《申報》在〈三十號畫報出售〉提到:「復端伊始,氣象更新,故本齋所繪此次三十號畫報皆選古時吉利事,是出吳君友如一人手筆,藻繪極其精良。……」〔註30〕可知該次是為了應景,分別以《志林》、《玉海》、《北京歲華記》、《瑯環記》、《雲笈七籤》、《歲華紀麗譜》、《宋史》、《舊唐書》以及〈送賀知章歸四明〉詩序為本,繪製了這八幅圖文。

　　這類型的報導,不受限於新聞性的時間限制,可以事先規劃並進行繪製,但相對的,所報導的內容往往距報導時間久遠,只能說是一種回顧或是書籍內容的介紹、引用,稱不上真實性。至於數量上,這類型的報導並不多,《點石齋畫報》的新聞來源,還是以前面幾種為主。

　　以上是《點石齋畫報》的新聞來源整理。〔註31〕必須特別說明的是,《點石齋畫報》雖經常在報導中寫明新聞來源,但並非每則都是如此,有些即便略有點到,也不甚明顯,甚至僅用「聞」一字帶過。此外,有時一則報導的新聞來源不只出自一個管道,例如〈厘卡積弊〉〔註32〕、〈自取撓敗〉〔註33〕、〈基隆再捷〉〔註34〕等,皆是依據不同的新聞來源彙整,再由《點石齋畫報》的繪者／撰寫者繪製而成的。

　　然而,雖然《點石齋畫報》不斷強調自身報導的真實性,但卻不能保證所收到的新聞絕對無誤,例如友人／探事人不見得經過專業的訓練,有時可能僅是陳述傳聞,未經過仔細查證;各報也可能因其報導立場或者政治避諱的考量,在報導內容上有所偏頗,這些都是會造成新聞內容錯誤的原因。

　　另一方面,從圖像的寫實性來說,自上述的新聞來源中我們可以發現,

〔註30〕申報館主人啟:〈三十號畫報出售〉,《申報》第 4255 號,光緒 11 年 1 月 7 日,西元 1885 年 2 月 21 日禮拜六,頭版,《申報:影印本》第二十六冊,頁 255。

〔註31〕彭永祥:〈中國近代畫報簡介〉,《辛亥革命時期期刊介紹》第四集,頁 657:「我國早期的畫報,就是這些人辦起來的。其中以畫師出力最多,能耐最大。他們經常根據報紙、通訊、傳聞以及現場採繪,作出圖畫,大部分反映了當時的社會情景。」

〔註32〕金蟾香繪:〈厘卡積弊〉,《點石齋畫報・大可堂版》,第一冊甲集,圖 38。

〔註33〕吳友如繪:〈自取撓敗〉,《點石齋畫報・大可堂版》,第一冊甲集,圖 53。

〔註34〕吳友如繪:〈基隆再捷〉,《點石齋畫報・大可堂版》,第一冊乙集,圖 128。

《點石齋畫報》中的手繪圖像出自繪者親眼所見的數量並不多，大多是透過文字敘述（報紙、書籍文獻、郵報等）或是由他人口述其親聞經過而來。問題是，《點石齋畫報》是以圖像為主、文字為輔的報紙，不似以文字為主的報紙只需進行文字撰寫，而是必須將新聞事件的場景繪成手繪圖像，無法親臨現場的狀況，就造成繪者在繪圖時很大的限制。在這樣的情況下，《點石齋畫報》的繪者該如何解決無法「親眼目睹事件經過」的新聞來源限制，追求圖像的真實性呢？下面筆者就針對《點石齋畫報》圖像報導的「寫實」與「想像」這兩個議題，來進行分析、討論。

第二節　寫實與想像的圖像構成

上一節筆者從新聞來源的角度，說明了《點石齋畫報》的繪者在繪製報導圖像時所遇上的限制，但這並不代表《點石齋畫報》不在乎手繪圖像的寫實度。相反的，《點石齋畫報》的繪者運用了許多方式來提升圖像的寫實度，來克服新聞來源的限制問題。然而，在這樣的繪圖過程中，繪者往往加入了其主觀性的想像，本節筆者就從《點石齋畫報》的圖像構成談起，剖析《點石齋畫報》的手繪圖像中，如何透過圖像拼貼，呈現出混雜寫實與想像的圖文觀看。

一、依繪者本身的經驗

從前文的舉例可得知，《點石齋畫報》的部分報導，是繪者依據其親眼所見而繪製成的。然而，縱使是出自繪者自身經驗的報導圖像，也難以做到和現實相差無幾的寫實。這不僅是手繪圖像能否如照片般寫實的技術性問題，同時也牽涉到手繪圖像的主觀能動性，因為手繪圖像屬於創作性圖像，蘊含繪者的創造、情感與思想，與以再現世界、複製對象的影像為宗旨的複製圖像不同。〔註35〕因此繪者在進行篩選、重新詮釋時，其實背後就包涵著繪者的價值判斷等主觀因素。

再者，照片是擷取現實時空中的某一個點而成，因此鏡頭捕捉到什麼，就會如實呈現，但手繪圖像是從繪者的記憶之中加以擷取，可以還原到什麼程度，必須取決於繪者的觀察力、記憶力等其它因素，因此即便繪者是依

〔註35〕龍迪勇：〈圖像敘事：空間的時間化〉，頁169。

據自身經驗所繪的報導，也不會與新聞場景完全相同。

二、參照其它圖像

　　既然《點石齋畫報》的繪者受到新聞來源的限制，大多是在非本人親身體驗的情況下繪製報導圖像，那《點石齋畫報》又是如何來確保圖像的寫實性呢？

　　實際上，《點石齋畫報》除了透過想像以及親眼見證等方式外，也運用了當下可以取得的照片、圖像，作為繪圖的參考。王爾敏在〈《點石齋畫報》所展現之近代歷史脈絡〉一文反駁魯迅對吳友如的評價時就曾經提到：

> 他（筆者按：美查）可以儘快由歐美郵來各樣照片圖案，再交由
> 這些畫家照樣描繪，一毫也不會弄錯，只是圖說用中文說明而已。
> 舉他刊出兩次以上維多利亞女皇半身像，想想吳友如等人如何懸
> 想畫出？說穿了就是按其照片描繪就不會錯。其它各類西洋事物，
> 有不可得的場景全在歐美，可是亦畫得逼真。舉凡此類圖畫不下
> 數百幅，豈可全如魯迅所言全用假想杜撰，那真是厚誣前人，實
> 也代表無知，而尚要強作解人。〔註36〕

王爾敏的這個說法正說明了《點石齋畫報》的繪者在繪製新聞報導手繪圖像時，會參考其它圖像以達到寫實的情況。

　　以人物肖像為主的報導圖像為例，自中日甲午戰爭爆發以來，《點石齋畫報》關於日本的報導一下子暴增，並連續在射七、射八、射九這三號的第一張報導，分別刊登了日本皇室成員的圖像，在此就舉其中兩則為例。

〔註36〕王爾敏：〈《點石齋畫報》所展現之近代歷史脈絡〉，頁6。

（圖四·九）

東洋，一島國耳。其地不過中國兩省之大，民貧國小，素為歐西各國所輕。乃不知度德量力，兵連禍結寇及中邦，兩國生靈不免同遭塗炭。而究其釁之由啟，莫不歸咎於倭主，爭欲食其肉而寢其皮。今有濯足扶桑客以倭主小像見視，爰倩名手悉心摹繪其鬚眉，適肖神氣宛然，固自有海外梟雄之概。世有請纓繫虜之志者，尚其識此面目焉可。（島酋）〔註37〕

　　打頭陣的射七刊登的是〈倭王小像〉（圖四·九）。此篇報導文中雖未言明是哪位日本天皇，但依時間以及下一號〈倭后〉〔註38〕的報導內容，可知圖中所指的倭王乃是明治天皇。〔註39〕知道了是哪位天皇後，要探討這篇繪圖的參考圖像便顯得容易許多。在明治天皇流傳下來的照片中，就有一張和此圖非常相近：

〔註37〕金蟾香繪：〈倭王小像〉，《點石齋畫報·大可堂版》，第十一冊射集，圖271。

〔註38〕金蟾香繪：〈倭后〉，《點石齋畫報·大可堂版》，第十一冊射集，圖280。

〔註39〕在〈倭后〉報導一文中提到「倭王睦仁」四字，「睦仁」為明治天皇之名，由此可推知此處所指的是明治天皇。

（圖四・十）

這張「御真影」〔註40〕（圖四・十）是在西元 1888 年由攝影師丸木利陽所拍攝，但有趣的是，它其實是從肖像畫翻拍過來的。據說明治天皇很討厭照片，但外國賓客來訪時會要求要看天皇的照片，而以前拍的照片又已老舊，無法給賓客觀看，所以後來大臣們便委託紙幣版模雕刻師 Edoardo Chiossone 來繪製天皇的肖像畫，之後再由丸木利陽將肖像畫拍照，這才有了這張「御真影」。這張照片後來對國民產生了很大的影響力，它不僅被發給了全國的中小學，而且還強制學生們在學校集會時要對它禮拜，以便培養學生的天皇崇拜。〔註41〕除此之外，在中國清末民初的其它報紙中，也

〔註40〕翻拍自富田昭次：《絵はがきで見る日本近代》（東京：青弓社，2005 年 06 月），頁 59。「御真影」為日文漢字用詞，在此指日本天皇、天后的官方肖像圖。

〔註41〕富田昭次：《絵はがきで見る日本近代》，頁 59。該文原文內容如下：「明治天皇は、一八七二年（明治五年）に始まる六大巡幸によって全国にその存在を知らしめたが、同時に、その二年後から政府は、明治天皇の写真を各府県庁に下賜していく。しかし、明治天皇は写真嫌いで通っていた。困ったのは宮内大臣である。時間がたつにつれてその写真は古くなり、海外から来訪する賓客から写真を求められても手渡すものがなかった。そこで、紙幣の原板彫刻などのために来日していたイタリアのエドアルド・キヨッソーネに明治天皇の肖像画を依頼、これをさらに写真撮影して『御真影』としたのだ。この御真影がのちに国民に対して大きな

曾刊登過這張照片（圖四‧十一）〔註42〕，另外日本報紙《朝日新聞》在報導明治天皇駕崩的消息時，也使用了這張照片（圖四‧十二）〔註43〕，可見這張照片在當時的流通情況。除了流通廣泛外，「御真影」拍攝的時間（西元 1888 年），遠早於西元 1894 年刊登的〈倭王小像〉；再者〈倭王小像〉與「御真影」，雖然細節上不盡相同，但整體上頗為相近，而且〈倭王小像〉文中也寫明「濯足扶桑客以倭主小像見視，爰倩名手悉心摹繪」，說明其是根據扶桑客提供的倭主小像加以臨摹而成，因此吳友如繪製〈倭王小像〉時，參照「御真影」的可能性非常高。

影響力をもつようになる。まず主要な官立学校や府県立学校に下付され、この年の十二月には、文部省が全国の高等小学校に下付する旨を通知するのである。また、この翌年五月に初の全国教育者大集会が開かれて『教育は国家的主義をもってすべきだ』と決議され、十月に教育勅語が発布、天皇の名で国家への献身などを説いた。これによって、学校の儀式では御真影の礼拝と勅語の奉読が義務づけられ、天皇崇拝が進んでいった。」（筆者中譯：經過自 1872 年〔明治 5 年〕開始的六大巡幸，同時還有兩年後政府開始賞賜給各府縣廳的明治天皇照片，讓全國上下都知道了明治天皇的存在。但是，明治天皇對於照片的厭惡，讓宮內大臣傷透了腦筋。隨著時日久遠，相片變得老舊，當海外來訪的賓客要求要天皇的照片時，大臣們沒有照片能給他們看。因此，大臣們委託來日本進行紙幣版模雕刻的義大利人 Edoardo Chiossone 來繪製天皇的肖像畫，畫作完成後再用相機拍照成為「皇室照片」。這張皇室照片後來對國民產了生很大的影響力。它首先發給了主要的公立學校、府縣立學校等，同年 12 月，文部省發布公文要發給全國的中小學。還有，翌年 5 月召開決議「教育應往國家主義發展」的首屆全國教育者大會、十月發表說要以天皇之名向國家獻身的教育詔書，接著強制學校集會要對皇室照片禮拜和恭讀詔敕，以朝天皇崇拜前進。）

〔註42〕無名氏：〈日本皇帝睦仁〉，《東方雜誌》第一期，光緒 30 年 1 月 25 日，頁 21。筆者於 2013 年 11 月 7 日取自國家圖書館特藏線上展覽館，http://rarebook.ncl.edu.tw/rbookod/exhibition/ebook2011/00000012/web/flipviewerxpress.html。

〔註43〕無名氏：〈天皇崩御〉，《朝日新聞》第 9338 號，明治 45 年 7 月 30 日，第二版，收入於高野義夫發行：《朝日新聞〈復刻本〉》第一冊（東京：日本圖書センター，1988 年）。

（圖四‧十一）　　　　　　（圖四‧十二）

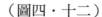

　　緊接著下一號《點石齋畫報》報導的〈倭后〉（圖四‧十三），則是以明治天皇的皇后為主角：

（圖四‧十三）

后姓一條，名美子，今年四十又五，長倭主睦仁二歲，此像係其少
時所拍。近以倭主黷武，脅民為兵，國人怨之，咎及國母不知阻止，
爭覓其像，有付之一炬者，有投之水濱者，有碎圖釐粉者。雖曰愚
民無知，藉以洩忿，然咒詛如此，未免太覺狂悖矣。本齋得而圖之，
傳關四海，謂為揚名，則吾豈敢。〔註44〕

從文字報導部分我們可以知道這位倭后是「一條美子」皇后，當時是四十五
歲，且比明治天皇大兩歲。對照歷史紀錄，一條美子皇后是 1849 年出生，
〔註45〕而《點石齋畫報》刊登是 1894 年，一條美子皇后當時確實是四十五
歲左右，因此《點石齋畫報》這部分的報導與史實相符。

（圖四‧十四）

圖像方面，一條美子皇后於 1872 年曾由攝影師內田九一拍攝了一張照片
（圖四‧十四）〔註46〕，當時一條美子已被冊封為皇后，年約二十四歲左右，

〔註44〕金蟾香繪：〈倭后〉，《點石齋畫報‧大可堂版》，第十一冊射集，圖 280。

〔註45〕維基百科昭憲皇太后條，http://zh.wikipedia.org/zh-tw/%E6%98%AD%E6%86%
B2%E7%9A%87%E5%A4%AA%E5%90%8E，筆者見於 2013 年 11 月 7 日。

〔註46〕此照片為筆者於 2013 年 11 月 7 日取自維基百科昭憲皇太后條，http://zh.
wikipedia.org/zh-tw/%E6%98%AD%E6%86%B2%E7%9A%87%E5%A4%AA
%E5%90%8E。

年紀尚輕，符合〈倭后〉所說「此像係其少時所拍」。再仔細對照兩張圖像（圖四·十三、圖四·十四），不論是頭飾、扇子、神情等，都極為相似，繪者金蟾香極有可能是參照此張照片繪製成〈倭后〉的報導圖像。

　　除了畫像、照片外，筆者在前文曾提過其它報紙是《點石齋畫報》的新聞來源之一，而這些報紙中包括了各地的畫報，這些也成為了《點石齋畫報》手繪圖像的參考資料。魯道夫·G·瓦格納在〈進入全球想像圖景：上海的《點石齋畫報》〉中便提到：「在《點石齋畫報》前 20 集大約 1920 幅定期的圖像中，得之於西方畫報的圖像摹本的數量是 145 幅或 7%。」〔註47〕並且舉了《插圖倫敦新聞》上的曾紀澤像與《點石齋畫報》刊登的〈曾襲侯像〉為例，證明《點石齋畫報》的手繪圖像取材自其它畫報的情況。〔註48〕

　　《點石齋畫報》這種運用參考圖像來增加寫實性的方法，除了使用在人物肖像、生活場景外，對於未知生物的報導《點石齋畫報》也同樣比照辦理。神鬼妖魔〔註49〕的題材，向來受到廣大讀者的歡迎，中國文學史上也留下許多相關的名著，例如干寶《搜神記》、蒲松齡《聊齋誌異》等。對於以獲取利潤為目的，重視娛樂性的《點石齋畫報》來說，神鬼妖魔這類充滿著神秘新奇色彩又廣受讀者喜愛的題材，自然具有報導價值。但是就真實性來說，這樣的題材似乎又有所爭議，《點石齋畫報》該如何處理這個情況？

　　從手繪圖像的角度來看，《韓非子》中曾記載了一段齊王與客論畫的對話：

> 客有為齊王畫者，齊王問曰：「畫孰最難者？」曰：「犬馬最難。」
>
> 「孰易者？」曰：「鬼魅最易。夫犬馬，人所知也，旦暮罄於前，不
>
> 　可類之，故難。鬼魅，無形者，不罄於前，故易之也。」〔註50〕

這段記載嘲弄了當時戰國時期所普及的一種描繪鬼怪與神靈的繪畫，但從另一個角度來說，這裡「客」所說的「無形」，可以解釋為「不可見」或「來自於變化的形體」，因此這段話也指出兩類物體的基本差異：一種物體的認定是

〔註47〕魯道夫·G·瓦格納：〈進入全球想像圖景：上海的《點石齋畫報》〉，頁 63。

〔註48〕魯道夫·G·瓦格納：〈進入全球想像圖景：上海的《點石齋畫報》〉，頁 63。魯道夫另外提到亨寧斯邁耶（J. Henningsmeier）在海德堡完成的未刊登碩士論文即是關於《點石齋畫報》中對西方圖畫的改編，以及西方畫報對《點石齋畫報》的重印。可惜的是，截至目前為止筆者仍未能獲得該篇學位論文的全文，在此僅提出作為備查資料，供讀者參考。

〔註49〕本文筆者所指的「神鬼妖魔」，泛指所有一切神仙、妖魔、鬼怪等未知的異物。

〔註50〕（清）王先慎：《韓非子集解》（臺北：藝文印書館，2007 年），頁 423。

其物質外貌所決定，另一種物體的形象則是可變動的。〔註51〕我們在討論圖像的「寫實」問題時，首先必須找出圖像試圖模仿的物像，也就是圖像參考的實物，而且這個實物必須是一個具體可觀察、有確切形象的對象，如此才有辦法進一步討論寫實與否的問題。然而問題是，姑且不論神鬼妖魔是否真的存在，至少在一般人的觀念之中，它是屬於一個「無形」的模糊概念，《點石齋畫報》要如何去繪製這些報導圖像，方能實現《點石齋畫報》所秉持的「寫實」概念呢？

（圖四・十五）

（圖四・十六）

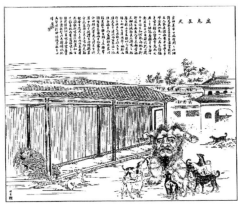

（圖四・十七）

（圖四・十八）

〔註51〕包華石（Martin J. Powers）著，黃咨玄譯：〈早期中國藝術中的精靈與載體〉，《鬼魅神魔：中國通俗文化側寫》（臺北：麥田出版，2005年），頁83、84。

（圖四‧十九）

幷
封

　　中野美代子、武田雅哉合力編譯的《世紀末中国のかわら版：絵入新聞
『点石斎画報』の世界》在「異形のものたちの行進」一章中，便針對「異
形」這個主題，將《點石齋畫報》與明清出版的《山海經》插圖版本作比較。
〔註 52〕從他們的比較之中，我們可以清楚看到《點石齋畫報》中許多神鬼
妖魔的報導圖像，都與《山海經》的插圖頗為相似，例如〈刑天之流〉（圖
四‧十五）〔註 53〕、〈厲鬼畏犬〉（圖四‧十六）〔註 54〕和《山海經》中的
〈刑天〉〔註 55〕（圖四‧十七），〈兩頭豬〉（圖四‧十八）與《山海經》的
〈並封〉〔註 56〕（圖四‧十九）等。武田雅哉在《飛翔吧！大清帝國：近代
中國的幻想科學》中談到繪者繪製不曾看過的怪獸時便曾指出：

> 某一種圖案一旦傳開後，怪獸們的圖繪形象便因這部典籍而固定下
> 來，那麼後人在推翻原有圖像、另繪新插圖的自由上，就會受到限
> 制了。

> 或許是這個緣故，散見在《點石齋畫報》裡「有怪獸出現！」的新
> 聞插圖，很多都是根據《山海經》的圖像設計而成，甚或照原樣摹
> 繪下來。畫師們把這些在古籍中已被分類的古典怪獸，拼貼到現實
> 的背景上使之重生，進而在「當前的事件」圖像化。〔註 57〕

由此可知，《點石齋畫報》在繪製這些神鬼妖魔的報導時，雖然未曾見過神

〔註 52〕中野美代子、武田雅哉：《世紀末中国のかわら版：絵入新聞『点石斎画報』
　　　　の世界》，頁 197～250。
〔註 53〕吳友如繪：〈刑天之流〉，《點石齋畫報‧大可堂版》，第二冊己集，圖 299。
〔註 54〕金蟾香繪：〈厲鬼畏犬〉，《點石齋畫報‧大可堂版》，第十三冊行集，圖 125。
〔註 55〕楊化選輯：《中國古代怪異圖：山海經插圖選》（天津：天津楊柳青畫社，1989
　　　　年），頁 113。
〔註 56〕楊化選輯：《中國古代怪異圖：山海經插圖選》，頁 114。
〔註 57〕武田雅哉作、任鈞華譯：《飛翔吧！大清帝國：近代中國的幻想科學》，頁 69。

鬼妖魔的實體，但卻能參考《山海經》等書籍的插圖，加以繪製成圖像，以期讓《點石齋畫報》的報導圖像與讀者心中神鬼妖魔的形象相近，進而達到圖像的寫實感。〔註 58〕

　　總而言之，不論是人物肖像、生活場景，或是神鬼妖魔等，《點石齋畫報》的繪者為了克服無法親眼所見的限制，往往會參照各類圖像資料來提升圖像的寫實程度。

三、混合寫實與想像

　　如果《點石齋畫報》僅是將整張照片、畫報插圖進行臨摹、印刷，那麼充其量也不過是圖像的重新複製而已。然而，實際上《點石齋畫報》不僅複製圖像資料，還進一步將圖像資料進行改編，混合了寫實與想像的元素，建構出特屬於《點石齋畫報》的報導圖像。

（圖四·二十）

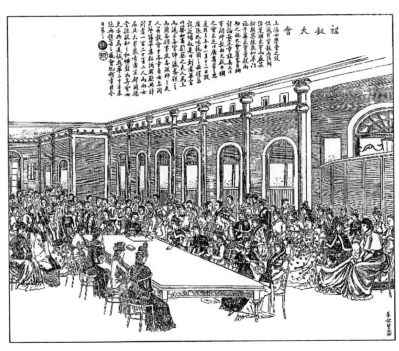

〔註 58〕康無為也曾提過：「點石齋畫報就曾刊載一則插圖，描繪義大利有一女犯生下
　　　無頭小孩，其實這個插圖來自山海經，再轉載於三才圖會。義大利人其實都
　　　不知道這些書。」見康無為：〈「畫中有話」：點石齋畫報與大眾文化形成之前
　　　的歷史〉，頁 94。

上海女學堂之設，倡議於電報局總辦經蓮珊太守，而嚴舫觀察、
陳敬如軍門、施子英太守等從而助之。既大會賓客、互相討論、
妥定章程矣，又以事關坤教，非大啟巾幗之會，不足以廣集益之
思。爰於去冬十一月十三日，假座張氏味蓴園之安塏第設筵暢敘。
是日到者，華官以蔡和甫觀察之夫人為主，而滬上各官紳瀛眷從
之，西國各領事及各狀師之夫人，並教會中各童貞女，亦罔不簪
環畢集，杯酒聯觀，共計到者一百二十有二人，而西女居其大半。
最奇者，京都同德堂孫敬和之私婦彭氏寄云女史亦與焉。而誠我
華二千年來絕無僅有之盛會也，何幸於今日見之！〔註59〕

　　舉《點石齋畫報》中一則經常被提出來討論的報導〈裙釵大會〉（圖四·
二十）為例。這則由朱儒賢所繪的報導刊登於西元 1898 年 1 月 13 日，內
容是敘述光緒 23 年 11 月 13 日（西元 1897 年 12 月 6 日）在張園安塏第舉
行的中西女學堂第四次籌備會議。〔註60〕王爾敏以為該場會議「是華洋婦
女共聚之盛會，亦為華人倡立女學之濫觴。《點石齋畫報》出圖一幅，彌足
珍貴。」〔註61〕肯定了《點石齋畫報》保存當時的珍貴場景之功。陳平原
從另外一個角度切入，將此則與《時務報》的報導作比較，指出《點石齋畫
報》在一百二十二名參與者名單中，獨獨挑出「彭氏寄雲女史」，並強調其
姘婦身分的處理手法，正突顯《點石齋畫報》對於市民趣味的投合，以及
《點石齋畫報》與關注國家大事的日報間的差異。〔註62〕然而，本文筆者
則是想將討論重點放在此則報導的圖像上面，將其與《點石齋畫報》的另外
一則報導圖像〈西商集議〉（圖四·二十一）進行對照：

〔註59〕朱儒賢繪：〈裙釵大會〉，《點石齋畫報·大可堂版》，第十五冊利集，圖 43。
　　　　陳平原、夏曉紅編著：《圖像晚清》，頁 315。
〔註60〕陳平原：《左圖右史與西學東漸──晚清畫報研究》，頁 80、81。
〔註61〕王爾敏：〈《點石齋畫報》所展現之近代歷史脈絡〉，頁 22。
〔註62〕陳平原：《左圖右史與西學東漸──晚清畫報研究》，頁 82、83。

（圖四・二十一）

七月十六日，海關道邵觀察奉曾爵督札飭照會各國領事「堵賽淞口」
一節，西人於二十七日集議於英國戲園中，人不下四五百。意見容
有差池，而大旨以塞口後慮商務之衰落者，十居其九。但聞其紛紛
議向華官阻止，而不聞有高才卓識、遠慮深思，為兩國策萬全，為
各國謀樂利，見解別開，令人欽佩者。不慮法人之擾害為有礙時局，
而慮華人之防禦為不便商人，仍是隔靴搔癢，卑之無甚高論，吾不
願聞之矣。〔註63〕

〈西商集議〉是《點石齋畫報》於光緒10年8月中澣（西元1884年）刊
登、吳友如繪製的報導圖文，主要是報導光緒10年7月27日西人聚集於英
國戲院，商議海關道邵觀察奉曾爵督札飭照會各國領事一事。很顯然的，從
圖像構圖來看，除了與會人員從男性改為女性、細部內容有所不同外，〈裙
釵大會〉與〈西商集議〉極為相近。從刊登時間上來說，〈西商集議〉遠早
於〈裙釵大會〉，可知是吳友如先繪製完成。而新聞發生地點，〈西商集議〉
是「英國戲院」，〈裙釵大會〉則是「張園安塏第」，兩者明顯不同，但是從

〔註63〕吳友如繪：〈西商集議〉，《點石齋畫報・大可堂版》，第一冊乙集，圖135。陳
　　　　平原、夏曉紅編著：《圖像晚清》，頁15。

圖像看來，除了後者的背景較為簡易，省去了燈飾、帽架等東西外，幾乎像是同一個地點。再進一步來看，如果我們將兩張圖像中的人物進行比較，就會發現裡面許多人物的神情姿態都極為相近（見圖四・二十二圈起處），再加上筆者在前文也曾提過《點石齋畫報》的繪者會參照其它圖像的習慣，我們綜合以上總總線索，可以大膽推測，〈裙釵大會〉極有可能是朱儒賢參考吳友如的〈西商集議〉所繪成的。

（圖四・二十二）

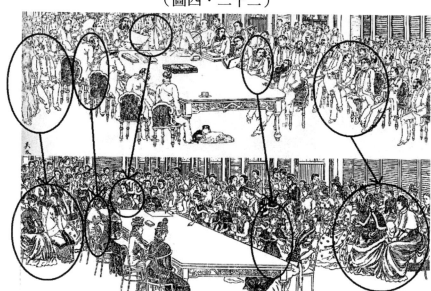

就新聞內容與畫面呈現來說，〈西商集議〉和〈裙釵大會〉的共通點在於「一群人聚集在一起商議事情」，而且這群人中全部／大多都是西方人。這樣的共通點被朱儒賢所掌握，透過自己對於新聞場景的想像，運用〈西商集議〉的構圖，加上平日對中西婦女神態的觀察（又或者是臨摹自其它圖像），改編成「一群召開會議的中西婦女們」的想像圖像。

這樣的報導圖像雖然乍看起來頗為寫實，但卻與前文所提、針對特定人物報導所繪製的報導圖像不同。運用參考圖像來繪製沒見過的人物，可以補足無法親眼所見的缺點，提升圖像的真實性與寫實度，可是如果是僅將參考圖像當作部分元素，重新進行改編繪製，就反過來變成繪者根據自己內心的想像來進行繪圖，並且運用寫實的元素來提升圖像的寫實度，以此完成的一幅混合著寫實與想像的報導圖像。

（圖四‧二十三）

（圖四‧二十四）

　　再進一步來說，《點石齋畫報》在運用參考圖像時，也可能將其運用在不相關的題材上。魯道夫‧G‧瓦格納就曾經將西方畫報的〈倚鋼琴的男人〉（圖四‧二十三）與《點石齋畫報》的〈西犬彈琴〉（圖四‧二十四）作比較，指出後者（見筆者圈起處）是運用前者的圖像，加以組合而成。〔註64〕從這兩

〔註64〕魯道夫‧G‧瓦格納：〈進入全球想像圖景：上海的《點石齋畫報》〉，頁 63～66。何明甫繪：〈西犬談琴〉，《點石齋畫報‧大可堂版》，第十一冊禮集，圖 65。

幅畫中，我們可以很明顯看出，《點石齋畫報》的繪者運用圖像拼貼的方式，將〈倚鋼琴的男人〉以及其它圖像組合成他想像中的新聞場景，完成了一幅看似寫實，實則又蘊含著繪者想像的報導圖像。

總結來說，因為手繪圖像的能動性，使得《點石齋畫報》在一開始就帶著繪者的主觀意識。另一方面，因為受限於新聞來源的限制，《點石齋畫報》的繪者們只能在沒有看過現場的情況下，運用自己平日所觀察的生活景象，以及可收集到的圖像資料，再加上個人的想像來完成報導圖像。於是，在《點石齋畫報》中經常可以看到這樣的圖像：充滿著繪者的想像，以及宣稱寫實的元素，形成了《點石齋畫報》混合著寫實與想像的報導圖像。

第三節　新聞訊息的改編與虛構

筆者在前文中從新聞來源的角度談起，說明《點石齋畫報》的繪者在受到新聞來源限制的情況下，如何運用參考資料，使圖像呈現寫實度，甚至透過對新聞報導場景的想像，加上圖像拼貼的方式，繪成一則則混合著寫實與想像的報導圖像。本節筆者將延續前文所談，將文字報導的部分納入，進一步來討論《點石齋畫報》對新聞訊息的改編，以及其所產生的圖文觀看。

一、「新聞真實性」的界定範圍

不論是文字抑或是圖像，新聞報紙講求的就是新聞訊息的真實性，因為報紙有別於小說等虛構故事，傳遞的是各地的時事與新知，讀者們自然希望獲得的是正確而真實的訊息。在前文中筆者曾經提過，《點石齋畫報》相當強調「真實性」，在文句裡經常透過說明新聞來源來強調新聞內容的真實性。如果要從品牌經營的角度來看，《點石齋畫報》就像是在藉由一次次地提醒，企圖建立起讀者（消費者）對於《點石齋畫報》的新聞真實性（品牌形象）的信心。

問題是，《點石齋畫報》對「新聞真實性」的界定是什麼？又或許該說，對《點石齋畫報》來講，何種程度的誇大（或虛構）是其允許的範圍呢？

從圖像上來看，《點石齋畫報》的繪者受限於新聞來源，能夠親眼看到（或透過照片資料）新聞場景的機會並不多，只能從他人轉述或文字記載來加以想像，再運用圖像資料繪製成圖。雖然繪出的圖像是包含著想像與圖像的拼貼，但《點石齋畫報》並不排斥而加以接受，可見對《點石齋畫報》

來說，這樣的圖像並未違反其對「新聞真實性」的要求。

　　《點石齋畫報》的創辦人美查在〈朝鮮亂略跋〉中便曾針對《點石齋畫報》的報導內容提到：

> 亂臣賊子，人人得而誅之，《春秋》之律也。畫報雖小道，而凡事之可喜可驚，足以備遺聞而昭法戒者，無不隨時采入。此次洪英植、金玉均輩以臣子而犯上作亂，君上因而播遷，臣民臨於水火。幸而蒼蒼厭亂，底定在數日間，不則干戈擾攘，波及三國，其禍示勝言哉。繪圖演說，懲首惡也。雖不必據以為定錄，而大署具備，於是閱者會其意而勿泥其詞也可。
>
> 光緒十一年乙酉正月，尊聞閣主人跋（美查）〔註65〕

美查在此篇一開始便引用中國人熟習的古籍《春秋》作為文章的切入點，先是說明畫報「雖小道，而凡事之可喜可驚，足以備遺聞而昭法戒者，無不隨時采入」的擇題標準，然後根據此次新聞事件作簡單敘述，最後再回歸到畫報上，以「繪圖演說，懲首惡也。雖不必據以為定錄，而大署具備，於是閱者會其意而勿泥其詞也可」作結。雖然是〈朝鮮亂略〉的跋，但美查所著重的依舊是在「畫報」這個新聞媒介上。尤其值得注意的是，相較於之前《點石齋畫報》強調報導內容的真實性，美查在這裡的語氣較為保留，稱「不必據以為定錄」。由此可知，《點石齋畫報》的報導圖文其實並非以真實還原事件的情況為最高原則，而是能讓「閱者會其意」即可，重點在於表達新聞事件的中心思想。從這個角度來思考，似乎就不難理解《點石齋畫報》為何可以接受由寫實與想像拼貼起來的報導圖像了。

　　如果要從新聞內容來討論《點石齋畫報》對「新聞真實性」的界定範圍，就必須先處理訊息錯誤的問題。晚清的新聞訊息傳遞不似現代發達，誤傳的情況十分常見，因此報導內容有誤，並不能以此為根據來進行討論。然而，筆者在前文曾經提過《點石齋畫報》和《申報》的關係，兩者所接觸到的新聞訊息理應相近，將兩者的報導加以比對，就可以看出《點石齋畫報》對新聞訊息所進行的改寫。

　　以前文曾經舉例過、《點石齋畫報》與《申報》各自刊登的〈吳淞形勢〉為例，不難發現前者在中國軍備方面有些許誇大，不僅船艦數量增多，文末更提到「俾知我國家武備之隆，卓越前代」告訴讀者中國軍備的完備，比起《申

〔註65〕尊聞閣主人：〈朝鮮亂略跋〉，《點石齋畫報‧大可堂版》，第一冊丙集，圖277。

報》的「惟法船橫扼沖要，不暇將華船封住，是亦可慮。想熟於水道者必當早為嚴備也」，《點石齋畫報》自誇中國的意味頗為濃厚。

陳平原在評論《點石齋畫報》與《申報》的差別時便提到：「《申報》的觀點比較尖銳，而《點石齋畫報》則委婉得多。」〔註66〕並且更進一步指出：

> 如果只是立說歧異，事件本身得到即時準確的報導，那問題不是很大。可實際上，《點石齋畫報》之介紹時事，常有嚴重的缺失。而且，這種缺失並非緣於技術手段。最明顯的例子，莫過於甲午中日海戰以及臺灣民眾抵抗日軍的敘述，從頭到尾「一路凱歌」。〔註67〕

由此可知，《點石齋畫報》對報導內容往往經過一番調整、誇張渲染，甚至是扭曲捏造。明明是不斷在強調新聞真實性的《點石齋畫報》，卻接受新聞訊息改寫、誇大的行為，可見對《點石齋畫報》來說，這些修改、偏離事實的程度都在其「新聞真實性」的接受範圍中，只要和其欲表達的中心思想相似即可。

然而，這不代表《點石齋畫報》就完全不顧新聞的真實性，對於過於誇張、錯誤的新聞報導，《點石齋畫報》也會公告更正：

（圖四・二十五）

〔註66〕陳平原、夏曉紅編著：《圖像晚清》，頁15。
〔註67〕陳平原、夏曉紅編著：《圖像晚清》，頁16。

> 本齋向有畫報係仿照西人成式，一切新聞皆採自中外各報。去年八
> 月間登有〈縮尸異術〉一節，十月間登有〈格致遺骸〉、〈戕尸類誌〉
> 各節，雖係各有所本，嗣經確探，始知事出子虛。本齋正在登報更
> 正間，適奉憲諭傳知，合亟登報聲名前誤，以譯群疑。〔註68〕

雖然《點石齋畫報》可能是因為受到「憲諭傳知」或洋人的抗議而不得不登這
篇〈畫報更正〉（圖四・二十五），加以更正報導內容，但由此我們也可以知道，
《點石齋畫報》雖然接受改寫、誇張化，但還是有限度的。〔註69〕

二、迎合讀者的想像報導圖文

　　《點石齋畫報》是份商業報紙，美查最初發行《點石齋畫報》的目的就
是為了營利，因此《點石齋畫報》向來非常關注讀者們的閱讀興趣。打從第
一號發行，《點石齋畫報》便以圖像與報導主題（戰爭報導）抓住了讀者們的
注意目光，獲得不錯的銷售成績。

　　《點石齋畫報》以「搜奇」作為其擇題標準，就是為了能夠吸引讀者閱
讀的好奇心，並進一步掏錢購買，因此銷售成績的好壞，與報導內容是否受
讀者的青睞息息相關。也就是說，《點石齋畫報》最根本的判斷標準，其實是
「讀者群」，而為了要迎合讀者群閱讀的興趣、口味，《點石齋畫報》才選擇
以「搜奇」為報導中心。可是問題來了，當讀者的閱讀欲望改變，不再以「真
實性」為要求時，《點石齋畫報》又該怎麼做，以因應讀者的需求呢？

　　就新聞真實性的角度來說，《點石齋畫報》深知讀者群對於新聞真實性
的要求，在文章中便時刻強調報導訊息的真實性，努力形塑出自身「報導真
實」的形象。但是，正如筆者在前文所說，《點石齋畫報》所展現的「新聞
真實性」，其實是混雜著真實與想像的改編結果。原本是彌補繪者無法親眼
目睹事件經過的權宜之計，卻演變成《點石齋畫報》運用寫實的圖像，去拼
貼出想像中的新聞場景，企圖營造出一種看似寫實，實則以想像作為基底
的觀看。可是，當讀者面對一則則混雜著真實與想像的報導圖文時，要怎麼

〔註68〕符艮心繪：〈畫報更正〉，《點石齋畫報・大可堂版》，第六冊巳集，圖8。
〔註69〕關於這則〈畫報更正〉，卓聖格認為「《點石齋畫報》畢竟仍是一個有擔當的
　　　　媒體，在得知所刊載的新聞受到質疑，並經查證屬實後，立刻登報更正。……
　　　　更正啟事，雖顯露了畫報疏失的一面，但同時也凸顯《點石齋畫報》嚴謹的
　　　　取材與負責的態度。」見卓聖格：《晚清通俗繪畫研究：以「點石齋畫報」為
　　　　主軸》，頁76、77。

去判斷出圖文中哪些是真實、哪些是想像？在前文中筆者曾經提過魯迅對於《點石齋畫報》的批評，其中魯迅直指吳友如在圖像上的錯誤，而魯迅之所以能夠如此判斷，是因為他知道真實的情況。問題是，大多數的讀者是透過《點石齋畫報》的圖文來瞭解這些新奇事物，在對於真實情況一無所知、《點石齋畫報》又不斷強調真實性的情況下，讀者群又如何判斷哪些元素是想像，而哪些是真實？

　　《點石齋畫報》結合真實與想像的報導圖文，使報導中充滿著許多想像的改編，卻因為寫實的元素而讓報導顯得真實，這樣的組合很容易混淆讀者們對於「事實」的判斷能力，分不清什麼是「想像」，什麼是「真實」。當讀者們願意相信《點石齋畫報》所形塑出的「報導真實」品牌形象，以及其報導圖文的真實性時，這些報導圖文就成了讀者們對於真實世界的「認識」：混雜藝妓與娼妓服裝特色的日本妓女、〔註70〕將屍體縮小或再利用的外國人等。

　　《點石齋畫報》這種混合真實與想像的報導圖文後來進一步被運用在對敵國的報導上，企圖透過這種手法去營造出敵國的負面形象以及戰勝敵國的消息，而其中又以中日甲午戰爭開打後，《點石齋畫報》中的日本相關報導尤為明顯，筆者下面就以《點石齋畫報》中的日本相關報導為例來進行論析。

　　根據筆者統計，《點石齋畫報》中與日本相關的圖像約一百六十張左右，自甲午戰爭爆發以來，《點石齋畫報》中關於日本的圖像忽然一下子增多了，從第一篇甲午戰爭的相關報導〈改頭換面〉到最後一篇關於乙未抗日的〈群志成城〉，總共大約有八十二幅與日本相關的圖像，約佔歷年來《點石齋畫報》中與日本相關圖像的一半。而在時間上，〈改頭換面〉的刊登時間是光緒 20 年，〈群志成城〉則是光緒 22 年底，時間僅短短三年，相較於《點石齋畫報》長達十多年的刊行時間，它只佔了約百分之二十。僅用歷年刊行時間的五分之一，卻有超過總數一半以上的數量，可見自甲午戰爭以來，《點石齋畫報》對於日本的報導急增速度有多快，而這無疑是因為戰爭的爆發，讀者有閱讀的需要，才促使如此的現象產生。

　　陳玉申在《晚清報業史》中曾經提到：

　　1894 年 7 月，中日甲午戰爭報發，向來被中國小視的東鄰日本，竟

〔註70〕關於《點石齋畫報》中日本妓女的服裝混淆情形，詳見拙著：〈《點石齋畫報》中的日本妓女圖像〉，頁 18～23。

悍然挑起戰火，由海及陸，屢創清軍。《申報》如實報導戰況，披露
清軍節節敗退之狀，許多讀者難以接受，指責《申報》「助敵」，有
人甚至付了錢以廣告形式要求《申報》刊出「勝倭確信」的文字。
〔註71〕

這段文字中所提及的讀者反應，其實正指出了當時讀者們對於報導內容的
期望：希望聽到戰勝消息的報導。然而，相較於難以在這方面配合讀者的
《申報》，以讀者閱讀欲望為擇題根本的《點石齋畫報》卻能夠大展身手，
運用自身混雜真實與想像的新聞報導圖像，對新聞訊息加以改編成看似真
實的報導，藉此迎合並滿足讀者的希望。

（圖四・二十六）

七月二十四日下午四點鐘，接天津來電，略云：十七日華軍至平壤
大勝倭兵，南追五十里，克復中和府城；十八、十久、二十等日，
我軍陸續調往中和府者，計有萬餘人，前後統計已有三萬四千人。
諸統領已定於二十二日進軍南征。目下倭兵駐繫山口約二萬五六千
人，相距二十餘里，已將輜重等物搬移上船──殆所謂未知勝負何
如，先辦一條去路也？倭人之可笑如此，而尚欲以蚍蜉之力而撼大
樹，奮螳螂之臂以當車轅，是真不度德、不量力、不征辭。此而不

〔註71〕陳玉申：《晚清報業史》，頁50。

已，更何待？一節之後迎刃而歸，此其時矣。（屢戰屢勝）〔註72〕

以〈破竹勢成〉（圖四·二十六）為例，文章中寫到：「十七日華軍至平壤大勝倭兵，南追五十里，克復中和府城」並以閒章「屢戰屢勝」作結，而圖中也見華軍勇猛作戰，逼得日軍節節敗退，讓中國讀者讀來無不欣然稱快。然而實際上，這場戰役中國是戰敗的，《清史稿·卷二十三·本紀二十三，德宗》中便清楚記錄：「戊辰，奉天援軍統領高州鎮總兵左寶貴及日人戰於平壤，敗績，死之。」〔註73〕黃遵憲〈悲平壤〉中也寫到：

> 黑雲草山山突兀，俯瞰一城炮齊發。火光所到雷硠礚，肉雨騰飛飛血紅。翠翎鶴頂城頭墮，一將倉皇馬革裹。天跳地踔哭聲悲，南城早已懸降旗。三十六計莫如走，人馬奔騰相踐蹂。驅之驅之速出城，尾追翻聞餓鷗聲。大東喜舞小東怨，每每倒戈飛暗箭。長矛短劍磨鐵槍，不堪狼藉委道旁。一夕狂馳三百里，敵軍便渡鴨綠水。一將囚拘一將誅，萬五千人作降奴。〔註74〕

生動地將該戰役的慘狀描寫了出來。又如〈鴨綠江戰勝圖〉報導：「倭奴肇釁，戰局已成。……倭奴兵勢分，我軍更奮勇百倍，直至傍晚五點中共擊沉倭船四艘，傷三艘，餘皆敗北而逃。倭奴死亡枕藉，傷者更不計其數，詎不足以伸天討而快人心也哉。」〔註75〕展現華軍的英勇與日軍戰敗的慘況，但事實上這場戰役中國不僅戰敗，甚至還讓日兵渡過了鴨綠江：「壬午，海軍副將鄧世昌及日人戰於大東溝，死之。……庚子，日兵渡鴨綠江」〔註76〕。

這類改寫戰爭勝敗結果的例子，在《點石齋畫報》中非常多，其它尚有例如〈戰倭三捷〉〔註77〕、〈大同江記戰一〉〔註78〕、〈大同江記戰二〉〔註79〕

〔註72〕金蟾香繪：〈破竹勢成〉，《點石齋畫報·大可堂版》，第十一冊樂集，圖209。
陳平原、夏曉紅編著：《圖像晚清》，頁35。

〔註73〕趙爾巽著、國史館校註：《清史稿校註》（臺北：臺灣商務，1999年），頁960。

〔註74〕（清）黃遵憲《人境廬詩草箋注（三）》（上海：古籍出版社，1981年），卷八，頁24。

〔註75〕金蟾香繪：〈鴨綠江戰勝圖〉，《點石齋畫報·大可堂版》，第十一冊射集，圖236。陳平原、夏曉紅編著：《圖像晚清》，頁37。

〔註76〕趙爾巽著、國史館校註：《清史稿校註》，頁962。

〔註77〕何明甫繪：〈戰倭三捷〉，《點石齋畫報·大可堂版》，第十一冊樂集，圖210。

〔註78〕何明甫繪：〈大同江記戰一〉，《點石齋畫報·大可堂版》，第十一冊射集，圖219。

〔註79〕金蟾香繪：〈大同江記戰二〉，《點石齋畫報·大可堂版》，第十一冊射集，圖220。

等等皆是如此，在在強調日兵接連敗仗。〈倭敗確情〉〔註 80〕中甚至開頭即道：「倭人自與臺兵接仗未勝一勝」，強烈傳達給讀者們日本的「戰敗國」形象，並搭配參雜寫實元素的圖像，讓報導訊息如真一般，大大滿足了希望獲得「勝倭確信」的讀者群們。

　　《點石齋畫報》發展到此，已不再以「新聞真實性」為重點，其所呈現的報導圖文，只是為滿足讀者夾帶強烈民族情感的閱讀欲望，而運用寫實元素與繪者想像，所拼貼出的一則則由繪者想像出來的虛構新聞報導而已。可是，正如筆者在前文中所說，《點石齋畫報》透過真實與想像的混雜，製造出難以辨別真偽的報導圖像，並讓讀者們相信其新聞內容的真實性。在這種情況下，讀者閱讀了《點石齋畫報》改寫、迎合讀者閱讀希望的虛假戰況報導，很有可能欣然接受，並相信這就是「現實情況」，而產生了與現實世界強烈落差的戰況認知，形成《點石齋畫報》與讀者們共同建構出的集體記憶。〔註 81〕

　　總結來說，《點石齋畫報》運用寫實元素與繪者想像所建構出的報導圖文，原本只是用來克服新聞來源限制的權宜之計，目的是提升已知新聞訊息的真實感。可是當這些圖像運用在刻意改寫、竄改的新聞訊息上，加上長期以來培養出的「品牌」形象，就反過來成為虛假新聞用來假造真實性的工具。然而，當讀者的閱讀期望改變，由新聞真實性轉向民族情感意識時，《點石齋畫報》這種混雜真實與想像的圖文報導卻一變成為最佳的報導手段，可以任憑繪者想像並繪出一則則「不存在」的戰勝新聞訊息，並透過寫實的元素提升真實感，打造出彷彿確有其事的新聞假象，滿足了讀者對於戰勝消息的渴望，構成一種符合讀者情感，卻違背新聞真實性的另類觀看。

第四節　結　語

　　晚清報刊的誕生，打破了原本言禁甚嚴的局面，使得大量的訊息流向社

〔註 80〕符艮心繪：〈倭敗確情〉，《點石齋畫報・大可堂版》，第十二冊書集，圖 213。
〔註 81〕康無為：〈「畫中有話」：點石齋畫報與大眾文化形成之前的歷史〉，頁 99：「我們所謂的新聞，往往包羅萬象，其中有奇人怪事，也有正經議題；題材有通俗事務，也有創新發明之物；有實事報導，更有虛構；有街談巷語，亦有官方公告。林林總總，這些消息，在我們的腦海裡，共同鋪設了一個我們所理解的世界。」

會大眾。這些訊息當中，往往夾雜了各種虛假、錯誤的訊息，因此對一份商業報紙來說，是否刊載準確而真實的新聞訊息，就成為相當重要的一環。《點石齋畫報》既是晚清重要的畫報之一，不論是圖像或是文字報導內容，新聞訊息的真實性與否都受到讀者的關注。有鑑於此，本章筆者便以《點石齋畫報》的「真實」與「想像」這兩大要素來展開討論。

首先筆者從《點石齋畫報》的新聞來源切入，分述「《申報》與其它報紙」、「友人／探事人」、「繪者本身的經驗」與「書籍、文獻資料」四類新聞來源，以及《點石齋畫報》不斷透過新聞來源強調自身新聞訊息真實性的情況，同時說明《點石齋畫報》的繪者／撰寫者因新聞來源所受到的限制。

其次筆者從圖像的角度著手，論述繪者如何運用其它參考圖像來提升報導圖像的寫實性（真實性），並依此繼續往下分析，指出《點石齋畫報》的繪者進一步以想像為基礎、寫實的圖像元素為手段，經由拼湊的方式完成一幅幅混雜寫實與想像的新聞圖像。

解析完《點石齋畫報》的報導圖像，筆者接著從文字報導的部分探討《點石齋畫報》對於新聞的改編情況，指出其對於新聞真實性的寬鬆界定，並且因為這樣寬鬆的界定，使得《點石齋畫報》容許自身對新聞訊息進行改編、誇大。最後筆者以戰爭報導為例，說明以讀者群為新聞內容選取標準的《點石齋畫報》，在面對讀者們的閱讀欲望改變時，如何運用混雜真實與想像的圖文報導，拼貼、改編出符合讀者民族情感，寫實卻不真實的想像報導圖像。

總的來說，本章筆者將討論重心放在「真實」與「想像」兩個面向，爬梳《點石齋畫報》所繪製出的真實與想像混雜的報導圖像，以及其所形成的觀看情形，以期對《點石齋畫報》的圖文觀看有更深一步的瞭解。

第五章 《點石齋畫報》的三層敘事方式

　　談到晚清畫報，很難避開《點石齋畫報》不談，除了其創刊時間在晚清畫報中稱得上是先鋒外，最重要的是《點石齋畫報》確立了晚清畫報的體制：一種以圖像為主、文字為輔的新式新聞傳播方式，王爾敏在〈中國近代知識普及化傳播之圖說形式──《點石齋畫報》例〉中甚至直言：「以畫報體制題裁而言，《點石齋畫報》應視為近代開新創始。於中國前代任何時期均無因襲」，〔註1〕而這也是《點石齋畫報》之所以能受晚清研究者青睞的原因之一。

　　隨著《點石齋畫報》在晚清的風行，許多畫報也陸續發行，根據前人統計，西元1887年到1919年，在中國境內總共發行了約一百一十八種畫報，〔註2〕數量驚人。然而，在這麼多晚清畫報之中，《點石齋畫報》的地位依舊獨特，理由除了其是晚清畫報的先驅外，在新聞敘事的手法上，《點石齋畫報》也有不同於其它晚清畫報的特點，那就是採用的圖像、文字和閒章三者所形成的三層敘事模式。

〔註1〕 王爾敏：〈中國近代知識普及化傳播之圖說形式──《點石齋畫報》例〉，頁231。

〔註2〕 彭永祥在〈中國近代畫報簡介〉統計並簡介西元1887到1919年底在中國刊行的畫報，總共有一百一十八種畫報，並在文後附錄幾種由西方傳教士與外國人在中國出版的中文畫報簡介。見彭永祥：〈中國近代畫報簡介〉，頁656～679。另外卓聖格也統計出到西元1912年民國成立前的三十餘年間，中國共出刊近九十種畫報，見卓聖格：〈晚清石印畫報的形成與發展研究〉，頁400。

（圖五・一）

圖像　閒章　　　文字

一般來說，畫報是由圖像（含照片）與文字兩者所構成，例如《益森畫報》、《北洋畫報》，但是《點石齋畫報》所採取的敘事模式，卻是以手繪圖像為主，在圖像上方配以一段報導文字，並在文字末端印上一個以上的閒章（如圖五・一）。這個小小的閒章，乍看之下很容易被忽略，但如果仔細閱讀，就會發現《點石齋畫報》的圖像、文字、閒章這三者間有時互相搭配，彼此補充、加強，提升讀者對於新聞事件的理解與感受；有時則存有落差、縫隙，各自表述不同的觀看角度，形成多重層次的觀看。換句話說，這樣三者合一的組合，讓《點石齋畫報》的新聞報導圖文內容顯得更為豐富而充實，同時也提供讀者不一樣的閱讀感受。

　　一般論者在討論《點石齋畫報》的報導模式，多著重在圖文關係上，較少提到閒章，即便觸及也通常以幾句話帶過，〔註3〕僅作簡單的介紹，並未深

────────────────

〔註3〕魯道夫・G・瓦格納：〈進入全球想像圖景：上海的《點石齋畫報》〉，頁61：「除了畫、文字、畫家最後的姓名和印章之外，《點石齋畫報》還增加了一個獨特的特徵：在配文之後印上一方刻有箴言或俗語的小章，內容是從此畫中引出的教訓。」陳平原：《左圖右史與西學東漸——晚清畫報研究》，頁101：「至於文字部分，雖有閒章，卻無關作者。根據文章內容，鐫刻言簡意賅的閒章，起畫龍點睛或借題發揮的作用。」黃孟紅：《從點石齋畫報看清末婦女的生活型態》，頁18：「除此之外，還有一個特點，就是每條文

入探討。因此筆者以為，在《點石齋畫報》圖像、文字與閒章這三者所構成的敘事模式，以及其所形成的觀看效果上，仍有深入研究的空間。

　　承接上一章對於《點石齋畫報》圖文構成的討論，本章筆者將從敘事模式的角度切入，討論《點石齋畫報》是如何敘事一則新聞報導，並呈現了怎麼樣的觀看效果。行文方面，筆者分別從圖像、文字和閒章這三方面著手，先爬梳《點石齋畫報》中的圖像所呈現的形式，以及其有別於照片的敘事方法，接著從「文字」的角度，討論《點石齋畫報》上的文字對圖像敘事產生了怎麼樣的觀看效果，最後加入「閒章」的議題，對「閒章」搭配圖文所構成的觀看效果加以論述。透過這樣的討論順序，逐一探討《點石齋畫報》的圖像、文字與閒章，最後統整出這三種敘事方式所形成的觀看方式。

第一節　以圖像為主的第一層敘事

一、圖像呈現的形式

　　石印印刷術的引入，為圖像複製提供了快速而廉價的生產方式，使圖像得以與報紙相結合。《點石齋畫報》便是運用了這種複製技術，在晚清新興的近代報刊中另闢出一條新聞敘事的道路，開啟有別於一般文字報紙的新聞閱讀習慣，成為晚清的新式新聞傳播媒介。

　　中國圖像的產生歷史悠久，最早可以追朔到陰山巨石石刻畫，至於圖文同時出現的圖說之制則創始於先秦，〔註4〕像是楚國的帛書、許多秦國竹簡以及西漢前期的馬王堆帛書，都結合了文字與插圖。早期的插圖只描繪靜態的圖像，從宋代開始也同時描繪動作，晚明以後，插圖被運用在小說之中，另外像是改進農業與技藝的圖解手冊，還有《古今圖書集成》、《聖諭像解》等也都採用配圖，只是上述這些書中，圖像都只是文字的補充，插圖作者也排

字說明後面，都有一個小小的總結性的結語，刻成圖章印在最後，像一般畫上的閒章，如〈忍心殺子〉刻的是『父不慈』，都表現出撰稿者對所述事件的態度和看法，很多都含有諷諭的意味。」卓聖格：《晚清通俗繪畫研究：以「點石齋畫報」為主軸》，頁82：「《點石齋畫報》的插畫，在基本形式上還有一個特點，就是篆印的使用。每圖說文字後面，用一個簡短的總結性結語，或與題旨配合的內容，刻成圖章，印在最後，就像一般中國畫常見的閒章一樣。」
〔註4〕王爾敏：〈中國近代知識普及化傳播之圖說形式〉，頁228、229。

於作者之後，處於第二位。〔註5〕

　　《點石齋畫報》打破了這種情況，它以圖像為主的特質，不僅有助於改變近代報刊以文字為主的閱讀方式，同時也提升了繪者的地位。實際上，美查對於圖像的注意，並不僅放在《點石齋畫報》上，在刊印其它書籍時，也有繪圖並複印的想法：

> 啟者：本齋新得奇書數種，均屬未刊行世者。其事可驚可喜，而筆墨之精妙，真所謂翩若驚鴻，矯若游龍，要非尋行數墨家所能望其項背。惟有說無圖，似欠全美。故特招請精於繪事者，照說繪圖，襄成是事。如有丹青妙手，願與此書並傳者，即照前報所登畫幅尺寸，繪成樣張，寄至上海點石齋帳房。一經合用，當即函請至本齋而議一切。此佈。〔註6〕

而在其所出版的許多書籍中，確實有不少附插圖或是以圖像為主的，例如《萬國輿圖》、《石印芥子園畫傳》等等皆是。〔註7〕

　　在前文中筆者曾經提過，美查在創辦《點石齋畫報》後不久，即刊登了〈請各處名手專畫新聞啟〉一文，徵求繪者投稿並強調支付稿費，這點在當時是很大的創舉。另一方面，《點石齋畫報》打從一開始就在報導內容中，附有繪者的署名／簽章，而非文字撰寫人的署名，這點不僅有別於以往以文字為重的報刊，也和日後盛行的攝影畫報中拍攝者大多不署名的情形不同，〔註8〕這些都可以看出《點石齋畫報》對於繪者的重視，其程度甚至超過文字撰寫人（如果兩者是不同人的話），〔註9〕進而有助於提升繪者們在晚清手繪畫報中的地位。

〔註5〕魯道夫·G·瓦格納：〈進入全球想像圖景：上海的《點石齋畫報》〉，頁12、13。

〔註6〕點石齋主人啟：〈招請名手繪圖啟〉，《申報》第4004號，頭版，光緒10年5月14日，西元1884年6月7日禮拜三，《申報：影印本》第二十四冊，頁897。

〔註7〕關於美查的旗下事業所出版的書籍，詳見徐載平、徐瑞芳：《清末四十年申報史料》，頁322～334，裡面整理有詳細的書目，並加以分類。

〔註8〕彭永祥：〈中國近代畫報簡介〉，頁656：「攝影的畫報雖不多，刊出的照片卻不少，其中以辛亥革命的照片為最多。關於武昌起義，李白貞拍了不少，其他的拍攝者大多不署名，多為照相館職工或運動參加者。」

〔註9〕關於《點石齋畫報》繪者和撰寫者的情形，詳見本論文第三章第一節。也因為《點石齋畫報》中的每張圖文上並未留下撰寫者的名字，才會造成現下對於繪者和撰寫者是否同人的爭論。

　　美查在創辦《點石齋畫報》之初，曾發表了〈點石齋畫報緣啟〉一文（全文請見本論文第三章第二節），對於創刊動機、擇題方向等均有所說明，並稱「次凡八幀」，就刊登數量給了詳細的數字。或許是因為如此，後世論者在討論《點石齋畫報》時，多稱其每次刊載八幅報導圖像。〔註10〕然而實際上，除了《點石齋畫報》有時會因某號涉有特定報導主題而彈性改變幅數外，〔註11〕《點石齋畫報》在刊登幅數上其實曾經有過多次的改變。〔註12〕雖然甲一到甲三都是刊登八幅圖像，但到了甲四開始就改成九幅，這種情況維持一段時間後，到了子七又變成了八幅，之後經歷數次變化，幅數在五到十幅間來回擺盪，直到巳三才恢復到九幅，並一直持續到《點石齋畫報》終刊。〔註13〕在這樣的變化中，《點石齋畫報》以每次刊登九幅的情況最多，因此嚴格說起來，陳平原、武田雅哉、石曉軍等人稱《點石齋畫報》主要／原則上是每號九幅圖的說法〔註14〕較切合實際。

〔註10〕吳學文：〈《點石齋畫報》研究論述〉，頁56。羅福惠、彭雷霆：〈形塑與變形：《點石齋畫報》中的日本圖像〉，頁79。王儷敏：〈中國近代知識普及化傳播之圖說形式——《點石齋畫報》例〉，頁229。王儷敏後來在〈《點石齋畫報》所展現之近代歷史脈絡〉中，改稱「八幅以上」，見王儷敏：〈《點石齋畫報》所展現之近代歷史脈絡〉，頁6。

〔註11〕例如巳六就以《番輿異製》為題，刊登了16幅顏永京於上海格致書院所展出的名勝畫片。

〔註12〕李景龍在其碩士論文中便曾針對《點石齋畫報》的圖頁圖數變化列表整理過，雖然該資料只整理《點石齋畫報》大可堂版四至六冊，但已幾乎將所有的變化收錄，僅缺最初甲三到甲四的變化。見李景龍：《以「點石齋畫報」論吳友如新聞風俗格致畫》，頁186、187。

〔註13〕天一版的《點石齋畫報》稱「六輯各輯各冊之頁數自四至七頁不等，諒係點石齋畫報末期所印行。」其中天一版六輯收錄的是丑到亥集（缺子集未收），正與此處筆者所言「子七到巳三」的部分重疊，見方師鐸主編：《點石齋畫報》第一輯，頁1。

〔註14〕陳平原：《左圖右史與西學東漸——晚清畫報研究》，頁6：「一般是八頁九圖」。武田雅哉在《世紀末中國のかわら版：繪入新聞『点石斎画報』の世界》，頁18，稱「原則として一冊八葉九図（原則上是一冊八頁九圖）」（但是武田雅哉在《飛翔吧！大清帝國：近代中國的幻想科學》中又直接稱「每期八大張（共十六頁）九幅圖」，見武田雅哉、任鈞華譯：《飛翔吧！大清帝國：近代中國的幻想科學》，頁16）。石曉軍也稱「原則として各号八葉九図で構成されていた（原則上各號是由八頁九圖所構成）」，見石曉軍：《「点石斎画報」にみる明治日本》，頁7。也有論者直接稱是九圖，見卓聖格：《晚清通俗繪畫研究：以「點石齋畫報」為主軸》，頁49：「畫報除固定每期出刊八頁九圖外」；方師鐸主編：《點石齋畫報》第一輯，頁1：「每本共九圖」。

圖和文的配置方面，王伯敏將中國傳統的圖文插圖形式大致分成四種：
（一）一頁之中，上圖下文。（二）一頁之中，左圖右文。（三）圖在書頁之
中，採圓式或方式，四圍則刊有文字。（四）不規則的插入文字中。〔註15〕
《點石齋畫報》所採用的方式卻和以上四種不同，是以圖像為主，一幅圖像
就占滿整個篇幅（一頁或跨兩頁），文字和閒章放在圖中上方的空白處，融
合成為圖像中的一部分。這種配置方式，與中國詩書畫印結合的獨特藝術
方式相近，在閱讀上讓讀者一眼就看到圖像，比文字更能吸引讀者的目光，
同時也提升報導的藝術性，更具收藏價值。

　　繪圖風格的部分，與《申報》之前經銷的《寰瀛畫報》相比，《點石齋畫
報》是由中國繪者吳友如等人繪製，主要以中國畫風為主，採用純粹黑白線
描的「白描」，並兼用傳統中國畫中的各種皴法與點法。另一方面，《點石齋
畫報》也吸收了西方的畫技，尤其是結合了西洋的鋼筆畫技法，強調了畫面
的現實感，形成一種新的繪畫風格與特色；還有加入了西方的描繪筆法，顯
出明暗層次與立體感，並運用西方的線透視與空間透視，使遠近空間更加立
體。〔註16〕

二、時空介入圖像的觀看

　　就圖像敘事手法來說，如果以圖像數量、報導篇幅來區分，《點石齋畫
報》的圖像敘事可簡單分為「單幅式敘事」和「系列式敘事」兩類。〔註17〕
所謂的「單幅式敘事」，即是僅用一幅圖像來完成敘述一件新聞事件的目的；
「系列式敘事」則是以兩幅以上的圖像，在同一號中針對一個新聞主題來進
行敘事。《點石齋畫報》雖然也有兩張以上的連環圖存在，例如〈紀蒲愛妮〉
〔註18〕、〈僧尼受戒〉〔註19〕、〈貪歡現報〉〔註20〕等等，但其在基本的作
畫原則方面，是一脈相承而難以分割的，且相較起來數量較少，因此《點石
齋畫報》所採取的模式，主要還是以單幅式敘事為主，故筆者將以單幅式敘

〔註15〕王伯敏：《中國版畫史》（臺北：蘭亭書局，1986 年 9 月），頁 17。
〔註16〕關於《點石齋畫報》的繪畫技法，卓聖格在《晚清通俗繪畫研究：以「點石
　　　　齋畫報」為主軸》有詳細論述，詳見卓聖格：《晚清通俗繪畫研究：以「點石
　　　　齋畫報」為主軸》，頁 80～91。
〔註17〕龍迪勇：〈圖像敘事：空間的時間化〉，頁 177。
〔註18〕田子琳繪：〈紀蒲愛妮〉，《點石齋畫報·大可堂版》，第四冊丑集，圖 212、213。
〔註19〕符艮心繪：〈僧尼受戒〉，《點石齋畫報·大可堂版》，第五冊寅集，圖 60、61。
〔註20〕金蟾香繪：〈貪歡現報〉，《點石齋畫報·大可堂版》，第六冊巳集，圖 50、51。

事為重心，輔以系列式敘事來進行討論。

　　採用單幅式敘事作為主要敘事模式，正意謂著《點石齋畫報》必須盡可能在一幅圖像之中，將新聞事件闡述出來。問題是，新聞事件是發生在現實世界的時間長流中，而圖像是空間中的一個靜止平面，是一種空間藝術，圖像要如何才能將流動的新聞時間給敘述出來呢？

　　趙毅衡在〈三種時間向度的敘述——以現象學與文化研究出發討論敘述體裁〉的開頭就提到：

> 敘述與被敘述的關係，是一種「拋出」：敘述把被敘述之物（構成整個被敘述世界的情節、空間、時間、人物等）拋出敘述人所在的世界之外。「拋出」形成的敘述世界與被敘述世界之不同一，是敘述的前提。〔註21〕

並且引述格雷馬斯的概念，說明敘事的最基本特徵就是「分離」。換句話說，當敘述人在敘述一件現實世界發生的事情時，該事情就被敘述人「拋出」、「分離」於現實世界之外，而進入一個與現實世界不同的敘事世界之中。因此當繪者想要敘述一件新聞時，他勢必得將新聞發生的時空點從漫長、廣大的時空中分離、切割出來，〔註22〕並且將這特定的時空情景加以凝結，以空間的形式來保存，也就是將其時間空間化——透過這樣的過程，才能使圖像空間包孕時間，讓圖像的時間性得以透過空間性表現出來，成為一種以空間的形式呈現的時空統一體。〔註23〕

　　對於時間的平面呈現方式，其最典型的莫過於新聞攝影圖像中的瞬間（moment）表現，韓叢耀在《圖像傳播學》中，將事件發生的典型瞬間分為五種：

　　（一）一般性瞬間：生活的斷面，事情並沒有太大的變化，或變化不夠，畫面上只具有平面的形象符號。

　　（二）黃金瞬間：高潮前的一瞬間，此瞬間可將過去的和將來要到來的

〔註21〕趙毅衡：〈三種時間向度的敘述——以現象學與文化研究出發討論敘述體裁〉，《敘事叢刊》第一輯（2008 年 7 月），頁 146。

〔註22〕就新聞圖像擷取生活時空場景這點來說，筆者以為使用照片或手繪圖像是有些許差別的。照片是從現實生活中擷取下來的影像，但是手繪圖像是經過繪者主觀篩選、建構而成，因此嚴格說起來，與其說手繪圖像是從現實生活中擷取出的圖像，筆者以為不如說是擷取自繪者心中依其對新聞事件的理解而建構出的主觀場景。

〔註23〕關於圖像時空的空間化，詳見龍迪勇：〈圖像敘事：空間的時間化〉，頁 171。

東西凝聚在畫面,想像空間最大,傳播效果最佳。

(三)高潮瞬間:事件的高潮點,產生的資訊最大、張力最強,但對想像力不利。

(四)高潮後瞬間:高潮過後的時間點,蘊含著事件內在意識的延伸,表現較含蓄、深沉和理性,觸動受眾對事情高潮過後的冷靜思考,類似評論。

(五)象徵性瞬間:屬於更能說明問題的畫面,並沒有明顯的特徵瞬間,而是呈現出一種象徵性。〔註24〕

而對於決定一幅圖像新聞成敗的關鍵時間,許多攝影家將之稱為「決定性瞬間(the decisive moment)」。〔註25〕所謂「決定性瞬間」,按照西方學者的解釋是:

> 生活中發生的每一個事件裡,都有一個決定性的時刻,這個時刻來臨時,環境中的元素會排列成最具意義的幾何形態,而這個形態也最能顯示該事件的完整面貌。〔註26〕

這裡的元素指的是空間和時間,其中空間代表事物存在的相互位置關係,時間則是事物的存在狀況,當這兩者達到最可以表達出新聞意義的狀態時,才能讓讀者從畫面上讀出圖像所指陳的意義。〔註27〕然而,因為現實世界是瞬息萬變的,新聞的「決定性瞬間」往往瞬間即逝,攝影師一旦錯過就再也無法挽回,而這就成了新聞攝影所要面對的困境。

相較之下,《點石齋畫報》採用的是手繪圖像,和照片這種強調復原物質現實的複製性圖像不同,手繪圖像屬於創作性圖像,具有主觀能動性。武越在〈畫報進步談〉曾言:「筆繪畫報,善能描寫新聞發生時之真景,有為攝影鏡頭所絕對不易攫得者。」〔註28〕陳平原以為這是因為對於突發事件來說,不在場的攝影記者無能為力,而同樣不在場的畫家則可以通過遙想、

〔註24〕韓叢耀:《圖像傳播學》,頁323〜329。
〔註25〕亦翻譯為「決定性時刻」。雖然 moment 一詞在法文和英文中的意思為「時刻」,但也包含了「瞬間」之意。唯在中文中,「時刻」和「瞬間」仍有區別,前者指被拍攝的物體在社會時間裡的刻度,而後者是攝影畫面中所呈現的時空狀態,詳見韓叢耀:《圖像傳播學》,頁316、317。因本文要討論的是《點石齋畫報》圖像中所呈現出的時空,故使用「瞬間」。
〔註26〕韓叢耀:《圖像傳播學》,頁318。
〔註27〕韓叢耀:《圖像傳播學》,頁319。
〔註28〕武越:〈畫報進步談〉,第六卷卷首號。

體味、構思而「虛擬現場」。〔註 29〕這樣的差別，決定了《點石齋畫報》的手繪圖像與僅能擷取一個時空點的照片間的不同，讓《點石齋畫報》的圖像既可以將圖像的時間凝聚在「最富於孕育性的頃刻（the pregnant moment）」的「單一場景敘述」，也可以採用時間並置的「綱要式敘述」。〔註 30〕

「最富於孕育性的頃刻（the pregnant moment）」是萊辛在其著作《拉奧孔》中所提出來的概念。萊辛認為藝術由於材料（摹仿媒介）的限制，只能把它的全部摹仿侷限於某一頃刻。既然繪畫在它同時並列的構圖裡，只能運用動作的某一個頃刻，就應該選擇發展頂點前的一頃刻，該頃刻既包含過去，也暗示未來，讓前前後後可以在這一頃刻中得到最清楚的理解。〔註 31〕所謂的「單一場景敘述」，便是要求藝術家將「最富於孕育性的頃刻」透過某個單一場景表現出來，以暗示出事件的前因後果，而這也是單幅圖像敘事中最普遍的一種類型。〔註 32〕也就是說，《點石齋畫報》想要透過圖像來敘述新聞世界，在時間的拿捏上就應該掌握住該事件中，各個元素——尤其是時間和空間——的安排最具意義性、最能彰顯該事件面貌的瞬間，如此才能讓讀者接收到《點石齋畫報》所欲表達的新聞訊息。

實際上，「單一場景敘述」在《點石齋畫報》中十分常見，舉〈易牙故轍〉為例（圖五‧二）：

〔註 29〕陳平原：《左圖右史與西學東漸——晚清畫報研究》，頁 96。然而，透過這樣的「虛擬現場」，《點石齋畫報》就產生了真實與想像的呈現問題，關於此議題的討論詳見本論文第四章。

〔註 30〕龍迪勇依據對時間的處理方式，將圖像的敘事模式大致分為「單一場景敘述」、「綱要式敘述」與「循環式敘述」三類。其中「循環式敘述」是把一系列情節融合在一起的敘事模式，沒有揭示時間順序，讓時間「退隱」到圖畫背後，由觀者來重建。見龍迪勇：〈圖像敘事：空間的時間化〉，頁 178～192。《點石齋畫報》所採取的敘事模式以前兩種為主，第三種幾乎沒有，故筆者的討論將集中在前兩項。

〔註 31〕萊辛：《拉奧孔》，《朱光潛全集》第十七卷（安徽：安徽教育出版社，1989 年），頁 23、94。

〔註 32〕龍迪勇：〈圖像敘事：空間的時間化〉，頁 178、179。

（圖五・二）

英京西報載有法國某城某婦將其親生之子無端縊斃，而置屍於大盒之中，嚴封盒口，簽書其上，持贈該處教堂之牧師。某牧師得書，知為頂上牛乳餅，大喜，啟而視之，則一孩屍。不敢隱匿，報捕往拘到案，婦亦直認不諱。昔者易牙殺子以媚齊桓，千古忍人歎為僅見，今則無獨而有偶矣。〔註33〕

　　文字敘述將事情的經過做了交代，如果我們把新聞事件的內容依發生順序畫成時間表，就成為下面的 A 至 E 點：

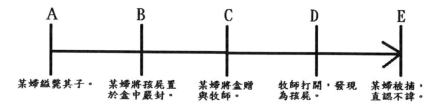

〔註33〕吳友如繪：〈易牙故轍〉，《點石齋畫報・大可堂版》，第二冊丁集，圖18。

從圖像中，我們可以清楚看到有一個洋婦正在拉緊繩子，繩子的另一端繫在右下角的樹上，而且繩子中途還纏繞在一個小孩的脖子上，很明顯地婦女是在企圖勒斃小孩。從這裡我們能夠知道，整張新聞圖像就停格在時間表中的A 點上，至於洋婦為什麼要勒小孩，圖像中並沒有加以敘事，而是把畫面停格在最具衝擊力的時間點上：婦人勒死小孩。這種圖像敘述方式，節省了前因後果，卻因為選擇了最具衝擊的瞬間，反而能夠吸引讀者的目光，並產生「為什麼婦人要勒小孩」的懸念，促使讀者們想像並閱讀文字內容，而這就是「單一場景敘述」的圖像敘事方式。

　　另一種圖像敘事方式「綱要式敘述」也時常被運用在《點石齋畫報》中。「綱要式敘述」又叫「綜合性敘述」，是把不同時間點上的場景或事件要素挑選重要者「並置」在同一個畫幅上。透過這種方式，圖像所表現的不僅僅是事件的一個場景，而是各個時間段一系列的事件。〔註34〕中國傳統的圖像中，「綱要式敘述」十分常見，因為中國畫家在觀察物體時，多採「邊走邊看」，隨著走動，細細觀察對象的各方面，然後離開對象，根據形象記憶進行創作。因此中國畫在畫面上不要求只有一個固定的觀點或一條明確的視平線，而是採用移動視點，而這種不固定視點的方法，就是所謂的「散點透視」，又稱「動視點透視」。這種散點透視的構圖方式，使中國畫在構圖方面有更大的完整性、敘述性和靈活性，得以不受限於固定視圈的限制，將不能出現在同一時間、空間，卻又互相聯繫著的事物處理在一幅畫裡；還可以表現複雜的情節內容，將事物發展過程的來龍去脈自頭到尾敘述出來；也能夠依據主題要求和藝術的規律，對各空間的距離作靈活的變化。〔註35〕

〔註34〕龍迪勇：〈圖像敘事：空間的時間化〉，頁 183、184。
〔註35〕關於本段所談中國傳統圖像的散點透視，詳見陳兆復：《中國畫研究》（臺北：丹青圖書有限公司，1988 年），頁 9～32。

（圖五‧三）

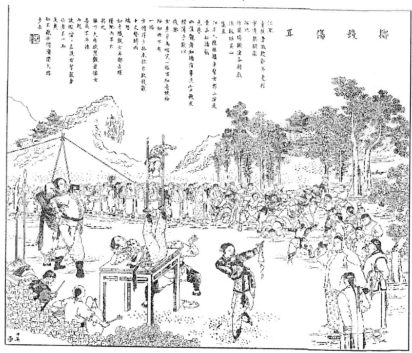

江湖賣技者流趁新年覓利市，逢熱鬧處拓地作圍場，搬演各種戲法。
杭垣吳山麓來江左人陳姓，攜垂髫女郎二演走索弄缸諸劇，色藝兩
佳，觀者如堵。演畢求賞錢文，輕薄子故以錢擲女身，爭為喧笑，
一倡百和，青蚨紛紛如雨下。有一游方僧得少林衣鉢，亦取錢數十
文，緊縛兩端，堅如寸鐵，覷女耳擲去，環墮地而耳亦與之俱下，
大痛欲哭。觀者憐女甚，咸不平，噪而起，欲毆僧。僧左提右挈，
顛者仆者不一而足。眾知不敵，任僧潰圍大踏步去。〔註36〕

　　例如〈擲錢傷耳〉（圖五‧三）一則中，圖左下方的賣技者正在表演，而
中右邊的人群則正在打架。乍看之下，似乎表演和打架是同時進行的，但文
中明確提到「演畢求賞」，可知表演和打架的發生，是分別落在兩個時間點，
而《點石齋畫報》透過構圖的方式，在一張圖像上分別呈現兩個時間點，使
得讀者在觀看同一幅畫時，隨著視點的移動，也進行了時間的移動。不僅增
強了敘事性，也產生了時間感。

〔註36〕田子琳繪：〈擲錢傷耳〉，《點石齋畫報‧大可堂版》，第二冊丙集，圖307。

（圖五・四）

《點石齋畫報》在繪製報導圖像時，經常會利用構圖產生空間與時間的轉換，進而達到特定的觀看效果。其中斜型就是《點石齋畫報》常用的一種分布方式，透過「對角線型」的斜型（以對角線分割圖面，把圖文配置在對角線兩側），可使圖面產生對稱及安定的感覺。〔註37〕像是〈野老閒談〉〔註38〕（圖五・四）一則中，鎮北與鎮南的空間距離不一定真的這麼短，但《點石齋畫報》巧妙地運用構圖來重新組合空間的分布，讓鎮北與鎮南兩者分別置於左上方和右下角，彼此對稱，形成強烈的對比，凸顯出該報導的主題。這種對比方式在《點石齋畫報》中經常被利用，例如〈得虎失馬〉〔註39〕也是同樣的情況。

〔註37〕管倖生：《廣告設計》（臺北：三民書局，2002 年），頁 317。

〔註38〕張志瀛繪：〈野老閒談〉，《點石齋畫報・大可堂版》，第一冊甲集，圖 46。

〔註39〕吳友如繪：〈得虎失馬〉，《點石齋畫報・大可堂版》，第一冊乙集，圖 130。

（圖五‧五）

（圖五‧六）

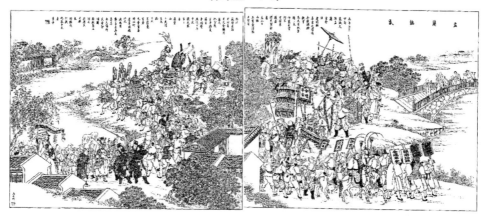

這些圖像敘事手法與觀看效果運用到連環圖上，顯得更為靈活，所能表達的訊息也更多。除了像〈迎神入廟〉〔註40〕（圖五‧五）、〈盂蘭志盛〉〔註41〕（圖五‧六）等是透過兩張以上的圖像，來連接成一幅長圖外，也能透過兩者的比較來形成對比效果。

〔註40〕吳友如繪：〈迎神入廟〉，《點石齋畫報‧大可堂版》，第一冊甲集，圖 55、56。

〔註41〕馬子明繪：〈盂蘭志盛〉，《點石齋畫報‧大可堂版》，第三冊辛集，圖 155、156。

（圖五・七）

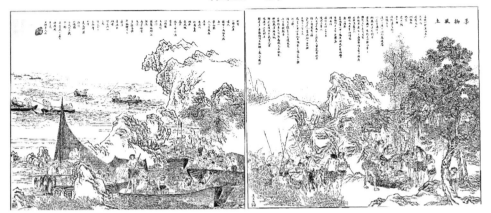

像〈柔物風土〉〔註42〕（圖五・七）一則，便運用兩張圖像，分別繪出山民
與海民的生活場景，產生對比。

（圖五・八）

再例如〈豐城劍晦〉〔註43〕（圖五・八）是運用倒敘手法，第一幅描述黃經
現下的事蹟，第二幅則繪製其年輕的情形，兩幅圖中的黃經動作相似，但時
間卻分別是黃經三十幾歲與年少時，藉此構成時間落差的情形。

除了上述藉由時空的構圖來達到視線流動與對比效果外，《點石齋畫報》
還會運用視角與切割的方式，打破空間對視線的限制，來進行圖像敘事。在
前文中筆者曾說過，《點石齋畫報》以「搜奇」作為報導中心，其實就是要滿
足讀者的觀看欲望，因此這種打破空間限制的敘事方法，便提供讀者對新聞

〔註42〕吳友如繪：〈柔物風土〉，《點石齋畫報・大可堂版》，第二冊丁集，圖 47、48。
〔註43〕符艮心繪：〈豐城劍晦〉，《點石齋畫報・大可堂版》，第三冊辛集，圖 168、
　　　　169。

事件的窺探管道。卓聖格在論述《點石齋畫報》的構圖時便指出：

> 在《點石齋畫報》插圖中，最常見的一種表現手法便是提高視點，
> 如此不但可以營造出極為寬廣的空間，並可將所有的景物盡收眼
> 底，而且景色層次分明。「基隆逞寇」便是此一方式的運用。由於
> 視點的提高，讀者宛若位在半空中觀戰，遠近交征的戰事均歷歷在
> 目，無所遁形。……。又如「美使抵漢」，由於視點的提高，畫家
> 輕易打破建築的藩籬，讀者可在同時間看到前後院所發生的不同
> 活動。〔註44〕

《點石齋畫報》經由視角的提高，將新聞事件的場景呈現在讀者的面前，讓讀者可以擺脫空間的限制，對新聞場景的每個角落一覽無遺，充分滿足了讀者的觀看欲望。

除了將視角提高外，《點石齋畫報》經常採用剖圖式的方式，例如處理屋室內的新聞事件時，在構圖與空間上有時會不惜拆卸牆壁，讓屋宇廳堂都是窗戶洞開，形成剖圖式的表現。〔註45〕這種表現方式進一步發展成「舞臺透視」，可以視需要把地層剖開，打破空間格局的限制，將新聞資訊更清楚地呈現在讀者面前，〔註46〕例如〈水底行車〉（圖五‧九）一則就是很明顯的例子：

（圖五‧九）

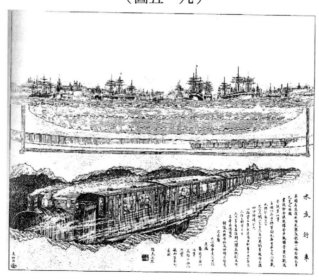

〔註44〕卓聖格：《晚清通俗繪畫研究：以「點石齋畫報」為主軸》，頁87。
〔註45〕卓聖格：《晚清通俗繪畫研究：以「點石齋畫報」為主軸》，頁89。
〔註46〕卓聖格：《晚清通俗繪畫研究：以「點石齋畫報」為主軸》，頁89、90。

英國在沒爾水底鑿成鐵路一條，行駛火車，已見之西國畫報，即由該報譯登《申報》，聞者莫不嘆為奇絕。按此事自始以迄乎終，有期也；在工之人，有數也。路計英尺二丈六尺闊，二丈三尺高。以其開車經行不過四分鐘時計之，此路當不甚長，然為日則有十五六年之久，做工則有三千人之多。生吞活剝以辟天地間未有之奇，由構思而創議而興作而成功，則其堅忍不畏難之心確乎不可拔，是為難能耳。若以此事為極乎西人之靈敏而蓋其所長，則恐未必然。〔註47〕

原本讀者們是不可能看到水底下火車的行駛情況，但是《點石齋畫報》經由巧妙的構圖，將地層切開，讓讀者的視線得以穿透空間限制，看清裡面的情況。另外像是〈紐約口岸總圖〉〔註48〕（圖五‧十），也是採用了同樣的構圖方式，將紐約口岸地下的工程情形以切割地層的方式呈現出來。

（圖五‧十）

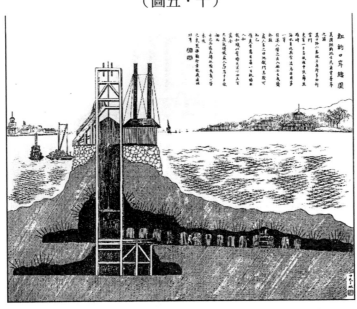

然而，值得注意的是，《點石齋畫報》藉由各種構圖方式與視角運用，所提供的這條打破空間限制的窺探管道，並不僅只限於公共空間的觀看。隨著《點石齋畫報》報導觸角的延伸，還從公共空間進一步延伸到私人空間之中，

〔註47〕吳友如繪：〈水底行車〉，《點石齋畫報‧大可堂版》，第三冊庚集，圖29。陳平原、夏曉紅編著：《圖像晚清》，頁187。
〔註48〕田子琳繪：〈紐約口岸總圖〉，《點石齋畫報‧大可堂版》，第二冊己集，圖236。

將許多讀者原本看不到的生活場景，生動地展現在畫面上，供讀者觀看。

《點石齋畫報》的報導圖像很多是取景自室內，而「室內」的範圍除了開放一般人進出的公共空間（例如戲院）外，還包含僅供特定人出入的室內場所（例如皇宮內院），甚至是個人的家庭內部。這些原本被阻隔在一般人觀看視線之外，充滿神秘而令人好奇的隱私，經由《點石齋畫報》的圖像，攤開在讀者的面前，成為了讀者大眾的觀看對象。

（圖五・十一）

滬上包探動用私刑，不論是賊非賊，一經軋入茶會，便百般凌虐，慘無人理。自通商開埠以來，受其害者指不勝屈，皆懾於捕房威勢，含冤負痛，飲恨吞聲，幾至人之側目，視包探如虎狼而不敢一發，其覆者以為此其事捕房未必不知之故，皆付之無可如何，而若輩之膽遂因此越大。虹口包探韋阿尤、任桂生、傅阿金等其尤著者也。前日因萃順昌船局夥陳元奎所接客人張禮堂失洋九十二元，報由該探等查緝。韋等茫無頭緒，即疑陳係竊賊，拘至萬陽樓茶會處，閉置一室，用銅箝軋其手指，復將兩足放在凳上，持木棍毒打，抱其頭、塞其口，不許聲張。自夜間十點鐘起至十一點，逼令招供，肆行慘酷。陳因受刑不過，遂誣指贓存周子祥處，始獲鬆放。韋等遂自為得計，次日又將周拘獲，刑逼如從前，致二人手足受傷，不能

行動。於是韋等之心大快，以為篝處之下，何求不得，吾挾此技以
獲破案之功多矣。彼如陳周者不知凡幾，於陳周又何惜哉。（無辜、
波累）〔註49〕

　　舉〈包探私刑〉（圖五‧十一）為例，圖中的包探感覺到了其他人好奇的
眼光，企圖掩上門扉來阻絕外來的觀看視線，可是這樣的舉動卻阻止不了《點
石齋畫報》的畫筆。《點石齋畫報》從室內觀看的角度，將包探施行私刑的行
為透過想像一一描繪下來，清楚而生動地將包探濫用私刑的嘴臉展露在讀者
面前。由此可知，在現實生活中，人們可以透過關閉門窗，斷絕與外界的接
觸，來拒絕窺探視線的入侵，藉此保護自己的隱私權，但是這些企圖切斷他
人觀看視線的方法，在《點石齋畫報》的圖像面前卻全部失效。《點石齋畫報》
經由猶如上帝般無所不知的觀看視角，將這些常人視線無法觸及的新聞場景
加以呈現，成為讀者群們的觀看對象。

　　更進一步來說，以營利為目的的《點石齋畫報》在描繪並呈現新聞場景
時，也將這些觀看空間商業化成為可購買的「商品」，再透過行銷手法吸引讀
者們購買。而讀者經由付出少許的金錢，在獲得報紙的同時，也得到了對這
些新聞場景的「觀看權」。就這樣，透過《點石齋畫報》的販賣與讀者的購買
行為，公私空間被切割成一幅幅商品化的圖像，經由金錢交易滿足了人們的
好奇心與窺探欲望，進而形成了一種商業化的觀看文化。

　　總的來說，基於手繪圖像的特性，《點石齋畫報》的圖像得以保有較彈性
的敘事方式。繪者在繪製圖像時，可以依照其對新聞事件的理解，加以減省、
去蕪存菁以凸顯新聞事件的重點。也可以透過對新聞場景的重新組合，產生
對比映襯，加深讀者們對於新聞事件的體會。另一方面，經由《點石齋畫報》
的圖像敘事，打破了空間對於視線的限制，進而與讀者們藉由商業行為的交
易，產生一種商業化的觀看文化，而這正是《點石齋畫報》作為商業報紙所
形成的觀看特色。

　　然而，不管是運用何種形式，想要光靠圖像來敘事新聞事件，效果上終
究有限，例如新聞的背景資訊或是抽象化概念都不是圖像能夠輕易呈現的東
西，必須仰賴文字的輔助。因此《點石齋畫報》在圖像之外，又設置了第二層
敘事，也就是《點石齋畫報》的報導文字。

〔註49〕周慕喬繪：〈包探私刑〉，《點石齋畫報‧大可堂版》，第十五冊利集，圖65。

第二節　以文字輔助的第二層敘事

一、文字呈現的形式

　　《點石齋畫報》所採取的報導形式，主要是一幅圖像搭配一篇兩、三百字的文字的方式。每幅圖原則上「除題頭空少許外」〔註 50〕，整幅圖都須畫滿，而這些題頭空白就是放文字報導的地方，所佔的空間大約是圖像的三分之一或四分之一。〔註 51〕每則文字報導都會訂定一個新聞標題，彼此甚少重複，視空間大小決定採直或橫式，排放位置主要是在文章之右或上方。〔註 52〕報導內文部分，一律採直式書寫，每行長短不一，字體比標題略小。如果遇到連環畫，則可能採兩幅（以上）共用一篇文字報導的方式，將文字分攤入多幅圖像之中（通常這種情況文章會比一般還長），例如〈見財起意〉、〈犬馬報主〉等等。〔註 53〕除了圖像內的報導文字外，《點石齋畫報》偶有在報導圖像前後另附說明文章的情況，諸如〈點石齋畫報緣啟〉〔註 54〕、〈朝鮮亂略跋〉〔註 55〕等。

　　談啟志在其碩士論文《再現的城市：「點石齋畫報」中的上海（1884～1898）》的第二章第二節討論《點石齋畫報》的文本性質時，將《點石齋畫報》的敘事方式分為「文言圖說」、「繪畫表現」、「圖文互涉」三部分來討論。

〔註 50〕點石齋主人啟：〈請各處名手專畫新聞啟〉，《申報》第 4001 號，頭版，光緒 10 年 5 月 11 日，西元 1884 年 6 月 4 日禮拜三，《申報：影印本》第二十四冊，頁 879。

〔註 51〕陳平原：《左圖右史與西學東漸──晚清畫報研究》，頁 100。

〔註 52〕中文報紙正式使用新聞標題始於西元 1870 年 3 月 4 日，《上海新報》開始用頭號活字排印的標題，如「種樹得語」，見王鳳超：《中國的報刊》，頁 43。曾慶香在《新聞敘事學》中也提到：「標題是新聞內容的形象化的高度概括，它追求『一語破的』」，見曾慶香：《新聞敘事學》（北京：中國廣播電視出版社，2005 年），頁 70。

〔註 53〕吳友如繪：〈見財起意〉，《點石齋畫報‧大可堂版》，第一冊甲集，圖 20、21。吳友如繪：〈犬馬報主〉，《點石齋畫報‧大可堂版》，第一冊甲集，圖 31、32。必須說明的是，連環圖中也有例外的，例如〈朝鮮亂略〉中的八幅連環圖報導，就是維持一幅圖一篇文字報導的形式。吳友如、田子琳、張志瀛、金蟾香等人繪：〈朝鮮亂略〉，《點石齋畫報‧大可堂版》，第一冊丙集，圖 268～277。

〔註 54〕尊聞閣主人：〈點石齋畫報緣啟〉，收入江蘇廣陵古籍刻印社：《點石齋畫報》上冊，甲一頁 1、2。

〔註 55〕尊聞閣主人：〈朝鮮亂略跋〉，《點石齋畫報‧大可堂版》，第一冊丙集，圖 277。

〔註56〕其中在「文言圖說」一段，談啟志爬梳了《點石齋畫報》的文章風格，認為：

> 《點石齋畫報》生成於鴉片戰爭之後，雖正屆報刊商業化起步階段，說教口吻、文言語法與價值判斷的立場乃顯而易見，處於古今交會之際的報刊，仍欲訴求達到「蓋寓果報於書畫，借書畫為勸懲」的動機，敘述者自詡教導姿態，企圖指正風氣，期望能與閱讀者親近並引起共鳴。〔註57〕

並且進一步指出《點石齋畫報》和《申報》同樣是採「淺近文言」的文字使用原則，但不同的是，「《點石齋畫報》在敘述風格上，顯得較為委婉，是介於『記者的報導』與『文人的文章』之間」，故《點石齋畫報》可說是「採用『淺近文言』的方式轉述社會新聞，達到通俗有趣的宣傳目的」。〔註58〕

另外在文字行文上，談啟志提出《點石齋畫報》有兩個原則：

> 首先，由於身為傳播媒介，秉持著報導新聞的原則，一般多會交代事件發生的背景，如人、事、時、地、物等客觀背景，此寫作形式類似中國傳統紀史類書籍，由於紀史必須掌握住對人類的描述與評論，最主要的是要表達事件的真確性，此與報刊追求真實之理念，以及重視事物所帶來啟示之功能性相合，訴求的是「鑑往知來」，具有客觀中立之理性成分；其次，檢視文末評論之話語，可清楚表達敘述者好惡之價值判斷，此手法於中國文學創作中亦有相類，敘述者往往有意識地在文本中透露其教化觀或評論宣言，以明其創作動機、創作意識、或敘述策略，使得畫報的文字解說中夾雜了說教與指導之內在理路，中國古典文學作品與畫報的相類之處正在於此。……這種敘事加上議論的散文，便是畫報對中

〔註56〕談啟志：《再現的城市：「點石齋畫報」中的上海（1884～1898）》，頁 52～67。
〔註57〕談啟志：《再現的城市：「點石齋畫報」中的上海（1884～1898）》，頁 53。
〔註58〕談啟志：《再現的城市：「點石齋畫報」中的上海（1884～1898）》，頁 53、54。談啟志此處的看法是依據陳平原的說法而來，陳平原在討論《點石齋畫報》與《申報》在文字上的差異時便曾言：「大致而言，畫報的文字部分，介於記者的報導與文人的文章之間：比前者多一點鋪陳，比後者又多一點事實。不只是敘事，往往還夾雜一點文化評論，正是這一點，使得《點石齋畫報》上的文字，類似日後報刊上的『隨筆』或『小品』，而並非純粹的新聞報導。」見陳平原、夏曉紅編著：《圖像晚清》，頁 15；陳平原：《左圖右史與西學東漸——晚清畫報研究》，頁 102、106。

國古典文學行文方式的承衍。〔註59〕

點明《點石齋畫報》在行文上與中國傳統紀史類書籍的類似，以及對中國古典文學的承衍。最後說明《點石齋畫報》在文字敘述上的特色，大約可分為「先議再敘再議」、「先議再敘」和「全為敘述」三種形式，並指出這三種形式都符合《點石齋畫報》作為一報刊媒體的表述功能，然而其中過多的主觀評論或敘述者的現身，某種程度上也反映出了當代報人在純粹敘事的極力鋪陳之下，也同時擁有強烈的個人意識與口吻。〔註60〕

　　總結談啟志的整理來看，《點石齋畫報》的文字報導是以淺近文言為基礎，採「先議再敘再議」、「先議再敘」和「全為敘述」三種形式撰寫，承襲中國古典文學與傳統紀史類書籍的行文方式，一方面交代客觀的新聞背景，一方面又帶著說教口吻與價值判斷的立場轉述社會新聞，並以此達到通俗有趣的宣傳目的。

　　另一方面，相較於不論識字與否皆可閱讀的圖像，《點石齋畫報》以淺近文言撰寫文字報導，其實也反映出其所針對的讀者群。李孝悌在〈走向世界，還是懷抱鄉野——觀看《點石齋畫報》的不同視野〉裡便提到：

> 《點石齋畫報》不是純粹的圖片，還需要靠文字來闡明其意涵與道德教訓，而這些文字多半是典雅或陳陳相因的文人文字寫成，一般不識之無的群眾，根本不可能靠著這些文字來理解畫報的內容。〔註61〕

這也是為什麼康無為對葉曉青所謂「女人、小孩與未受教育之人也能享受《點石齋畫報》的看法」不以為然，認為這些人不懂圖畫中的說明文字，如果能閱讀《點石齋畫報》，就只能假定他們是「經過一種神奇的解讀過程而

〔註59〕談啟志：《再現的城市：「點石齋畫報」中的上海（1884～1898）》，頁54、55。須特別說明的是，筆者對於談啟志所提《點石齋畫報》「秉持著報導新聞的原則，一般多會交代事件發生的背景，如人、事、時、地、物等客觀背景」一點，認為仍有可以進一步討論的空間。筆者以為《點石齋畫報》在交代這些客觀的背景訊息時，往往採用泛寫的方式，與清楚交代新聞資訊仍有一段距離（關於此論點，詳見本論文第六章之討論），這或許就是談啟志為何在陳述這個行文原則時，還特別註釋提醒「作為現代新聞報導發展的初試啼聲，對清末民初的報刊應更寬宥的對待」。

〔註60〕談啟志：《再現的城市：「點石齋畫報」中的上海（1884～1898）》，頁55～57。

〔註61〕李孝悌：〈走向世界，還是懷抱鄉野——觀看《點石齋畫報》的不同視野〉，頁288。

加以心領神會」，畢竟《點石齋畫報》的文字典雅難解，充滿成語、典故與地方俗語，且標點又偶而為之，不是未經教育的人能輕易讀懂的。〔註62〕

二、文字介入圖像的觀看

李孝悌在討論《點石齋畫報》時曾言：

> 雖然說《點石齋畫報》的主體是畫，但作為一份新聞或娛樂性刊物，畫作自身其實並不能完全滿足讀者對信息、時事和腥羶（sensational）課題的需求。在這個時候，原來是輔助性的文字，成為畫報構成中不可或缺的一部分。沒有了這些解說、敘事的文字，畫報原來設想的新聞、信息和娛樂功能勢將大幅削減。〔註63〕

李孝悌在這段話中指出《點石齋畫報》雖然以圖像為主、文字為輔，但文字對於《點石齋畫報》來說卻是不可或缺的存在，明確表示出文字對於《點石齋畫報》的重要程度。

《點石齋畫報》作為一份報紙，「新聞性」是其重要的成分，想要將一件新聞事件說明清楚，就是新聞敘事的範疇，而這就牽涉到圖像敘事以及其在敘事方面的侷限。在前文中筆者提過，新聞是發生在日常時間中的事件，《點石齋畫報》想用圖像來敘述新聞，就是將所要敘事的新聞自現實時間中擷取下來並繪入圖像裡，這樣才成為一幅新聞敘事圖像，因此《點石齋畫報》的圖像作為一種新聞敘事手段，勢必要經過與現實世界「分離」的過程。問題是，當敘事的圖像與現實世界分離，等於切斷了其與其它資訊乃至於時空背景的關係，與現實世界產生了斷裂感，更造成人們對解讀圖像的歧異性。〔註64〕

想要將這些歧異性排除，讓《點石齋畫報》的手繪圖像重新回歸到新聞事件當中，對讀者們產生意義，就必須讓圖像具備新聞的背景訊息。而要清楚交代諸如人、事、時、地、物這樣的新聞訊息，光靠圖像是很困難的，這時就必須仰賴文字部分的說明，方能對讀者傳達準確的新聞背景訊息。因此文字對於《點石齋畫報》來說，雖非主要的敘事手段，卻是必要的存在。透過文字的說明，《點石齋畫報》方能將圖像所難以表達的部分，仔細敘述出來。

〔註62〕康無為：〈「畫中有話」：點石齋畫報與大眾文化形成之前的歷史〉，頁98。

〔註63〕李孝悌：〈走向世界，還是懷抱鄉野──觀看《點石齋畫報》的不同視野〉，頁290。

〔註64〕關於圖像歧異性的討論，詳見本論文第六章。

　　《點石齋畫報》是以圖像作為主要的敘述方式，文字在《點石齋畫報》的報導中與圖像相搭配，讓讀者對於新聞事件有更深入的瞭解。《點石齋畫報》的文字除了說明新聞背景訊息、報導動機、新聞來源等等的作用外，就用字鋪陳上來說，《點石齋畫報》的文字經常引經據典，例如〈庸醫殺人〉〔註65〕一則便引《禮記》的「醫不三世，不服其藥」作為開頭，接著才進入新聞主題，陳述發生在上海南市的醫療糾紛，強調用藥行醫應謹慎的思想。

　　除此之外，《點石齋畫報》還經常捉住新聞事件內容與典故的相似之處，以「再世」、「再現」的說法加以呈現，例如〈夏姬再世〉〔註66〕、〈緹縈復見〉〔註67〕、〈陳平再世〉〔註68〕等報導，就是將新聞主角比喻為夏姬、緹縈和陳平，使得人物形象更為鮮明。透過文字的引經據典，《點石齋畫報》喚醒了讀者們所共同擁有的文化記憶，讓文字描述與圖像內容互文，使《點石齋畫報》在有限的文字篇幅內，發揮了最大的敘事效果。

（圖五‧十二）

〔註65〕吳友如繪：〈庸醫殺人〉，《點石齋畫報‧大可堂版》，第一冊甲集，圖17。
〔註66〕張志瀛繪：〈夏姬再世〉，《點石齋畫報‧大可堂版》，第一冊甲集，圖36。
〔註67〕金蟾香繪：〈緹縈復見〉，《點石齋畫報‧大可堂版》，第一冊乙集，圖154。
〔註68〕周慕喬繪：〈陳平再世〉，《點石齋畫報‧大可堂版》，第一冊丙集，圖321。

浙江嘉興府嘉善縣東鄉一代，溺女之風頗甚，相沿成習，殊不為怪，不知誰為作俑而流毒至於今日也。昔讀《勸戒錄》，有某翁年登大耋，其八十歲賀壽日，躋堂稱觥者，不下千數百人。不知者異而詢之，翁曰：「此亦吾始念不及料，而不覺孳生化育之如此其眾也。」翁故多子女，中年而後，相平之願已了，屬女與媳之有乳者，哺棄女各一二，視其力三年免懷，再取棄者哺之，終而復始，核計二十年中所活棄人七、八十，為擇婿為遣嫁。棄女知其身之所由生，咸願奉翁家法，遵循而勿替，由是而又二十年，則活人盈千。秦晉以迄於今，翁固具聖賢學問哉，惜乎里居、姓氏則遺忘之矣。（惡習）〔註69〕

　　除取相似點外，有時《點石齋畫報》的文字和圖像一樣，也會以對比的方式來加強敘事效果。例如〈溺女宜拯〉（圖五・十二）一則裡，圖像中繪一名婦女躺在床上，旁邊有人貌似在煎藥。戶外則有一名老婦手抱赤裸的嬰兒，一邊和身後的人說話，一邊似乎要走向水邊替嬰兒洗澡。從圖像中我們很難猜出這則報導在說什麼，但是讀了文字後我們就可以瞭解其在描述的是浙江嘉興府嘉善縣東鄉一代的溺女之風，而且閒章還用「惡習」兩字，批判意味十足。然而需要注意的是，通篇文字除了開頭「浙江嘉興府嘉善縣東鄉一代，溺女之風頗甚，相沿成習，殊不為怪，不知誰為作俑而流毒至於今日也。」說明新聞事件的主題外，後面全部都在陳述《勸戒錄》中的另一個故事。乍看之下這樣的文字內容與圖像、閒章有所落差，但是細細品味後就可以知道《點石齋畫報》是以《勸戒錄》中的故事來對比溺女之風，以正面例子來凸顯出溺女之風是「惡習」。這樣的圖文搭配方式，比起文字直接依照圖像描述溺女過程，更容易打動讀者並達到宣導之效。

　　陳平原在《左圖右史與西學東漸——晚清畫報研究》第二章「晚清人眼中的西學東漸——以《點石齋畫報》為中心」第四節「在圖文之間」中便提到：

　　　正因為並非純粹的新聞報導，繪畫者與撰文者均可根據自己的政治及文化立場來處理同一對象，因而常常出現有趣的局面：圖文之間存在著巨大的縫隙。這一耐人尋味的「隙縫」，很可能源於主觀願望與客觀效果、直覺感覺與理性判斷、媒介與技巧之間的差

〔註69〕周慕喬繪：〈溺女宜拯〉，《點石齋畫報・大可堂版》，第一冊乙集，圖150。

距。〔註 70〕

陳平原除了指出圖文之間存在著隙縫，同時也進一步肯定圖文之間的縫隙所造成的張力與互補，認為「作為新聞出版物，在晚清的同類作品中，《點石齋畫報》還是值得驕傲的——尤其是其圖文之間的配合默契」〔註 71〕。由此可知，雖然《點石齋畫報》會有看似文字與圖像、閒章之間有所落差、隙縫的情況，但這不一定會造成矛盾，有時反而是一種補足。

（圖五・十三）

前者遇寧波人，知其能入海底撈取百物，余故挾之以啜茗相與談藝事，不嫌煩瑣，屬耳而諦聽之。客曰：此藝習之自幼，由近而遠，由淺而深，不能閉氣者不足與語斯藝之精也。時則由一刻而二刻，最久者能歷半時而復出。腰圍以帶，刀斧筐莒咸寄於是，肩膊繫長繩，繩尾綴以巨鈴，手繩者全神貫注不少紛，以備在水者之應求焉。然而一往一回體憊甚，不可以數數試也。余韙其言，識之未嘗一日忘。今聆西人言，則布置更為周密也。自頂至踵以皮為裹，融上下為一片，無少隙漏。當目處嵌以玻璃以通外視，腰繫之物與華人相類，惟口鼻之際有氣管，管尾出水面，可以通呼吸焉。夫呼吸既通，

〔註 70〕陳平原：《左圖右史與西學東漸——晚清畫報研究》，頁 106。
〔註 71〕陳平原：《左圖右史與西學東漸——晚清畫報研究》，頁 110。

百體從令，勞逸之判，奚啻天淵。華人為其難，西人為其精，可以
類志，可以並存。（拾遺）〔註72〕

像是〈入海撈物〉（圖五・十三）一則，其在圖像上著重於一般人會覺得新奇
的西方潛水之法，讓讀者在第一眼就被吸引並產生好奇心。文字部分卻從中
式潛水方法切入，花了近一半的篇幅陳述中國方面的訓練方式與設備，後半
才描寫西式潛水的方法，最後得出「華人為其難，西人為其精」的結論，說明
兩者「可以類志，可以並存」。此則的標題與閒章比較偏向「撈物」，圖中也有
潛水者在水中取物的模樣，但是文字則是以入海撈物為背景，主要在說明中
西潛水方式與設備的不同，使讀者更瞭解兩者的差異，以及西式潛水的奇特
之處。這樣的圖文落差，將圖像沒有同時繪出中西潛水差異的缺塊加以補足，
讓整則報導更顯完整。

（圖五・十四）

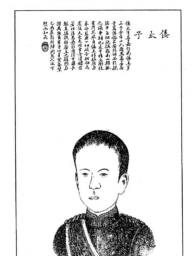

倭太子，名嘉仁，為倭主第三子。今年十六歲，其妻名房子，蓋倭
俗不娶外姓，必於親族中自相配偶，雖南山雄狐之議弗顧也。太子
性亦剛愎，有乃父風。自倭主移駐廣島，奉命監國，一切政令，相
助為虐。倭氏大失所望，僉謂：「儲君若此，後患無窮。安得中國長
驅直搗，代行廢立之權。」則島國其庶有豸乎！吁，青宮養望，己

〔註72〕馬子明繪：〈入海撈物〉，《點石齋畫報・大可堂版》，第一冊甲集，圖57。黃
　　　　友編著：《回眸晚清——《點石齋畫報》精選釋評》，頁48、49。

為眾怨所歸，則其人亦可想而知矣。（小君）〔註73〕

　　在人物肖像類的報導中，因為圖像主要是在呈現該人物的長相，所能提供的資訊甚少，沒什麼敘事功能，這時候文字便負起了新聞敘事的重責大任。以〈倭太子〉（圖五‧十四）作為舉例，首先文字部分在開頭交代了人物的姓名、身分：「倭太子，名嘉仁，為倭主第三子。」這裡所稱的倭太子「嘉仁」，即日後即位的大正天皇。〔註74〕接著《點石齋畫報》提到「其妻名房子，蓋倭俗不娶外姓，必於親族中自相配偶，雖南山雄狐之議弗顧也」介紹其妻與結婚制度，〔註75〕此處的「南山雄狐」乃出自《詩經‧齊風‧南山》中諷刺齊襄公淫亂其妹文姜的「南山崔崔，雄狐綏綏」一句，〔註76〕《點石齋畫報》說兩人有「南山雄狐」之譏，其實就是在暗指兩人的兄妹關係。〔註77〕接下來文字轉向對倭太子的個性進行描述，說「性亦剛愎」，並

〔註73〕金蟾香繪：〈倭太子〉，《點石齋畫報‧大可堂版》，第十一冊射集，圖289。

〔註74〕大正天皇出生於明治12年（西元1879年），此則報導刊登在西元1984年，推算起來大正天皇當時約十六歲，與《點石齋畫報》所述吻合。關於大正天皇的出生情形，見笠原英彥：《歷代天皇總覽》（東京：中央公論新社，2013年），頁249：「明治天皇の第三皇子として明治十二年（一八七九）に生誕した。母は權典侍柳原愛子。名を嘉仁、のちに明宮と稱した（明治12年〔1879〕明治天皇的第三皇子誕生。母親是權典侍柳原愛子，取名為嘉仁，宮號則被稱為明宮。）」。

〔註75〕日本皇室自古採取近親結婚的內婚制，因此《點石齋畫報》才有「蓋倭俗不娶外姓，必於親族中自相配偶」的說明，可見《點石齋畫報》對於日本皇室的婚姻關係有所瞭解。

〔註76〕滕志賢註譯、葉國良校閱：《新譯詩經讀本》上冊（臺北：三民書局，2007年），頁265～268。

〔註77〕大正天皇是明治天皇的第三子，而房子內親王則是第七女，和大正天皇是同父異母的兄妹，正如《點石齋畫報》所暗示的兄妹關係。但是在這裡必須特別釐清的是，大正天皇的妻子應該是諡號貞明的九條節子皇后，而非《點石齋畫報》所指的「房子」。再者，大正天皇迎娶九條皇后是在西元1900年，而房子亦於西元1909年與北白川宮成久王成婚，《點石齋畫報》刊登〈倭太子〉卻是在西元1894年，那時不論大正天皇還是房子都是未婚狀態，因此不太可能是因為《點石齋畫報》弄錯名字而造成的錯誤。見坂本猛豬：《大正天皇御治世史》，頁13：「明治三十三年，陛下の御年齡二十二歲の時，紀元節の吉辰を選び給ひて、從一位公爵九條道孝の三女節子姬と御成婚の御式を舉げさせられ。（明治33年，大正天皇在二十二歲的年紀時，選在紀元節的吉辰，與一位公爵九條道孝的三女節子公主舉行婚禮儀式。）」、頁671：「故成久王妃房子內親王殿下は明治大帝の第七皇女にましまし、明治二十三年一月二十八日の御生誕、明治四十二年五月二十九日を以て御婚嫁あらせられた。（成久王妃房子內親王殿下為明治天皇的第七皇女，出生於明治23年

以人們所言「儲君若此，後患無窮」顯出其不得民心的處境，生動地強調出倭太子的個性。雖然這篇報導文字在一些訊息上有些錯誤，但就敘事方面來看，文字除了交代倭太子的資料外，更是透過「南山雄狐」以及個性的描寫，展現其對倭太子的強烈批判，塑造出圖像所不能表達的負面形象，豐富了這則報導所呈現的新聞敘事內容，可看出圖像和文字配合的成果。

　　實際上，《點石齋畫報》在文字部分經常出現撰寫者的評論，甚至是感慨。例如〈盜馬被獲〉〔註78〕的標題與圖像內容都在偷馬者被捕獲一事上，但文字部分是先引韓昌黎的〈詠馬詩〉，再扣合新聞事件的經過，說明該馬得遇其主，被盜後又能回歸是「幸之又幸矣」，最後話鋒一轉，以「士不遇時能無哭然」作結，與〈詠馬詩〉相呼應，表達出對懷才不遇之人的感慨。文字這樣的陳述內容，很顯然地與圖像之間有明顯的落差（該篇尚無閒章），但就另一個角度來看，這樣的撰寫內容，又何嘗不是提供給讀者有別於圖像的另一種新聞解讀方式與觀看呢？

（圖五‧十五）

　　另外，《點石齋畫報》除了報導的文字內容，和交代地點的招牌、匾額以及春聯之類屬於背景物上的文字外，有時也會放入其它文字，以增加報

　　1月28日，並在明治42年5月29日結婚。）」

〔註78〕吳友如繪：〈盜馬被獲〉，《點石齋畫報‧大可堂版》，第一冊甲集，圖12。

導內容的豐富度或閱讀樂趣。這些額外加入的文字，大致可分為兩種類型，第一種是與新聞事件相關的文章，圖中會利用空白處將引文收錄，例如〈曾襲侯像〉（圖五·十五）〔註79〕收錄了曾劼剛寫給李鴻章的〈至李中堂書〉，讓讀者在閱讀新聞報導內容之餘，還可以經由引文更加瞭解曾劼剛這個人；再例如〈刺血請援〉〔註80〕的內容是描述兩江總督沈文肅的夫人林普晴過去寫血書求援的情形，並且收錄了血書底稿，方便想進一步瞭解的讀者，可以直接經由引文來閱讀血書的內容。

（圖五·十六）

小孩子未過種痘一關，為父母者恆惴惴多憂慮。其稀少者仍玩耍而無所苦，而堆朵繁重之孩，往往因而殞命。圈點目眉，猶屬幸事也。自泰西牛痘之法進中國，各省大吏知其有利無弊，飭屬籌費設局，如法施行，而每年保全幼赤無算。岑君春華向在體仁醫院為醫生，善種牛痘。出院後，求者頗眾。近因商之西醫哲君，於本埠英界大馬路另設一局，施種牛痘，不取分文，於前月開辦。仁哉！余引孟子之言而別解以頌之曰：「大人者，不失其赤子之心者也。」〔註81〕

〔註79〕吳友如繪：〈曾襲侯像〉，《點石齋畫報·大可堂版》，第一冊甲集，圖19。
〔註80〕吳友如繪：〈刺血請援〉，《點石齋畫報·大可堂版》，第一冊乙集，圖116。
〔註81〕周慕喬繪：〈誠求保赤〉，《點石齋畫報·大可堂版》，第一冊丙集，圖220。陳平原、夏曉紅編著：《圖像晚清》，頁279。

第二種是與新聞內容相呼應、產生互文的字句，例如〈誠求保赤〉（圖五‧十六）中所報導的是上海的岑春華醫生善種牛痘，遂在上海英界大馬路另設診所，替孩童免費種牛痘一事，背景的字聯上便寫「孩童到此」、「缺陷斯平」，與報導內容相呼應。

（圖五‧十七）

苦恨年年壓金線，為他人作嫁衣。士子讀書不得志，專恃管城子以
覓生活，傷矣。溫州參戎某，胸無點墨者也。今年接篆時，因未請
幕友，遂以前任某遊戎所延之某甲承其乏。一切詳文咨禮，既經委
之某甲之手，而又強作解事，胡亂改竄。某甲懼其誤事也，思為出
谷喬遷之計，向索薪水。翻攖其怒，竟以雞肋奉尊拳。噫！泛綠水，
依芙蓉，庾景行何其麗也。世有王仲賢，此君庶可吐氣呼。〔註82〕

還有〈斯文塗炭〉（圖五‧十七）中則是描述溫州參戎某的蠻橫行為，在其背
景的掛軸上，就寫著「欲罷不能」、「斯文將喪」，一方面形容他的行為，二方
面也對其行為進行了諷刺與批評。另外像是〈搜神小記〉〔註83〕中掛軸上的
「一夜夫妻」，也同樣是與新聞內容產生互文的效果。

這種隱藏在小地方的文字描述，即便讀者忽略了也不至於影響讀者對新

〔註82〕無名氏繪：〈斯文塗炭〉，《點石齋畫報‧大可堂版》，第一冊甲集，圖22。
〔註83〕張志瀛繪：〈搜神小記〉，《點石齋畫報‧大可堂版》，第二冊己集，圖240。

聞內容的理解，但如果讀者細心閱讀，便可發現《點石齋畫報》所安排的這些小設計，可說是提供給讀者的另一種觀看的樂趣。

　　總結來說，《點石齋畫報》的文字除了交代圖像所難以表達的新聞背景資訊，並補足《點石齋畫報》的圖像所無法呈現的細節外，透過圖像與文字間的配合、落差，讓《點石齋畫報》的報導內容呈現出加強、對比、延伸的效果，達到比單純圖像更為多元的圖文觀看。

第三節　以閒章點評的第三層敘事

一、閒章的定義

　　什麼是「閒章」？劉尚恒在《閒章釋義》曾針對「閒章」的特色如此提到：「閒章，不作為憑信符號，故無主人姓名、字號、別號，也無其室名齋館名稱。它主要反映主人家世、身世、功名、志趣、逸興、癖好、求願，以及對人世、人生的感嘆。」〔註84〕章用秀於《美石與印章》中則稱「閒章屬明心志印作，不僅具有深刻的人文內涵，又因其印文多為成語、佳言、詩句之類，後人仍可鈐蓋使用，故而更具特殊的珍藏意味。」〔註85〕由此可知，閒章和姓名號印、齋館印、年號印等不同，並且多以成語、佳言、詩句為內容，因此像是美查於〈點石齋畫報緣啟〉的文末所署的「尊聞閣主人」、「美查」兩章（圖五‧十八）就非屬於閒章的範疇。

（圖五‧十八）

　　《點石齋畫報》中文章末尾的印章，正符合了上述的「閒章」，除了最開始幾期是繪者的私印外，之後的印章都是與姓名號印無關，且多用成語佳言作為內容，為讀者閱讀《點石齋畫報》帶來趣味性，因此筆者以「閒章」稱

〔註84〕劉尚恒：《閒章釋義》（天津：百花文藝出版社，2007年），頁4。
〔註85〕章用秀：《美石與印章》（天津：百花文藝出版社，2008年），頁117。

之。然而，雖然歸屬於閒章的範疇，但《點石齋畫報》中的閒章，因為是使用在新聞圖文當中，與一般閒章有些許的不同，也產生了其特有的觀看效果。

　　本節筆者想透過討論《點石齋畫報》中的閒章，來瞭解其放置在新聞報導圖文中，如何構成《點石齋畫報》的第三層敘事，進而討論閒章在《點石齋畫報》所形成的觀看。

二、閒章呈現的形式

（圖五・十九）　　　　　　　　　　　　（圖五・二十）

　　《點石齋畫報》在創刊之初，於各篇文章尾末即附有一至二個篆刻印章，這些印章是繪者們用以標示自身姓名的「私印」，也就是「姓名別號印」。而且，即使是同一位繪者，《點石齋畫報》所附的私印形式、內容也往往有所不同，例如同樣是吳友如所繪，所附的私印就有「猷印」〔註86〕、「吳印」〔註87〕、「友如」〔註88〕、「吳猷印」〔註89〕等等各樣不同的款式（圖五・十九），有時一張圖像還有一個以上的私章並排，例如〈風流龜鑑〉就同時附有「友如」和「吳氏」兩印（圖五・二十）。〔註90〕

（圖五・二十一）

〔註86〕吳友如繪：〈力攻北寧〉，《點石齋畫報・大可堂版》，第一冊甲集，圖1。
〔註87〕吳友如繪：〈刲肝救父〉，《點石齋畫報・大可堂版》，第一冊甲集，圖8。
〔註88〕吳友如繪：〈火鼠焚居〉，《點石齋畫報・大可堂版》，第一冊甲集，圖9。
〔註89〕吳友如繪：〈盜馬被獲〉，《點石齋畫報・大可堂版》，第一冊甲集，圖12。
〔註90〕吳友如繪：〈風流龜鑑〉，《點石齋畫報・大可堂版》，第一冊甲集，圖7。

　　《點石齋畫報》在文末附繪者私印的模式到了第三號甲三有了變化，首先是將繪者私印移至報導圖像的左／右下方，並在私印旁加上繪者的文字署名。這些文字署名可能是姓名、別名或字號，各個繪者並沒有統一使用，因此同樣是金蟾香所繪的圖像，文字署名可能是「金蟾香」、「金桂」、「桂生」等。另外，文字署名有時會加上其它訊息，除了某某某「繪」、「畫」、「寫」、「作」等字外，還有籍貫、繪畫的地點及情況，如「子琳氏繪（田氏）」〔註91〕、「北平金鼎繪（耐青）」〔註92〕、「金桂作於滬上（桂、印）」〔註93〕、「許壽山先稿　周慕喬重摹（合辭）」〔註94〕（圖五‧二十一）等。再者，繪者的文字署名與私章，除落在報導圖像的左／右下方，如果報導圖像中另有別的圖像，有時繪者的文字署名與私章就會落在畫中畫裡，〈假傳虎節召倭兵，威逼鸞輿牽別院〉就是一例（圖五‧二十二，見圖中筆者所圈處）。〔註95〕

（圖五‧二十二）

〔註91〕田子琳繪：〈復見侏儒〉，《點石齋畫報‧大可堂版》，第二冊戊集，圖149。
〔註92〕金鼎卿繪：〈兩僧奪肉〉，《點石齋畫報‧大可堂版》，第三冊壬集，圖251。
〔註93〕金蟾香繪：〈匪寇婚媾〉，《點石齋畫報‧大可堂版》，第一冊丙集，圖226。
〔註94〕許壽山、周慕喬繪：〈衣食賴汝〉，《點石齋畫報‧大可堂版》，第二冊丁集，圖43。
〔註95〕吳友如繪：〈假傳虎節召倭兵，威逼鸞輿牽別院〉，《點石齋畫報‧大可堂版》，第一冊丙集，圖270。

　　自第三號甲三繪者的署名與私印改變位置開始，《點石齋畫報》在報導文章的文末都會附上一個或兩個的閒章。這些閒章並非真正的鐫刻印品，而是手書仿印章的作品，〔註96〕不僅數量多且樣式十分多變，方師鐸在〈點石齋畫報簡介〉一文中便曾經提到：

> 圖說作者不詳，每說之末均附篆印。印文內容配合題旨，如題為「乞丐遇仙」印文即為「奇人異士」，題為「昇平人瑞」印文即為「龍章寵錫」；題「老烏龜」，印文即為「三不朽」，題為「名賢聖蹟」，印文即為「流芳餘韻」。每圖或一印或二印，印形不一，或全陰，或全陽，或二陰，或二陽，或一陰一陽。圖約四千，印方六千以上，可成印譜數冊。〔註97〕

指出《點石齋畫報》的閒章印形並不統一，且陰陽皆有，「可成印譜數冊」。〔註98〕然而，這些閒章出自何人之手？《點石齋畫報》上並未有任何相關紀錄，《「點石齋畫報」通檢》中則稱：

> 圖畫完成後，畫師會在圖上署名和加上手書的仿印章，然後才交給畫報的執筆者，執筆者多會在另一張白紙上仿照原圖空白位置大小，先寫上多為四字的標題，然後再以文言文交代圖畫的內容，最後才在文字結尾加上手書仿印章式的閒章。這些都完成後，依原圖空白位置的大小剪下來，再貼上原圖。〔註99〕

指出閒章是繪者先行繪製出來，再由撰寫者寫完文章後加在文後，最後一併連同文字與閒章貼到圖像上。

　　在內容方面，這些閒章大多由兩個以上的字組合而成，〔註100〕且經常採用讀者耳熟能詳的典故、俗語、諺語或儒家書籍的字句，例如「再接再厲」〔註101〕、「鬼斧神工」〔註102〕等等。不過，雖然閒章的內容與報導圖文的新聞訊息相關，但其與報導圖文的新聞標題有所差別。《點石齋畫報》的標題原則上是四字句，每個標題少有重複，簡單而扼要地點出報導內容的主旨，藉

〔註96〕葉漢明、蔣英豪、黃永松編：《「點石齋畫報」通檢》，頁 xiv。

〔註97〕方師鐸主編：《點石齋畫報》第一輯，頁 7。

〔註98〕中國之前就有印譜的存在，例如《印藪》、《集古印譜》、《印存初集》等皆是。

〔註99〕葉漢明、蔣英豪、黃永松編：《「點石齋畫報」通檢》，頁 xv。

〔註100〕但是也有單字組合成的，例如「鼺」，見張志瀛繪：〈燒餅離奇〉，《點石齋畫報·大可堂版》，第六冊未集六冊，圖 306。

〔註101〕吳友如繪：〈基隆再捷〉，《點石齋畫報·大可堂版》，第一冊乙集，圖 128。

〔註102〕周慕喬繪：〈嶺陷奇聞〉，《點石齋畫報·大可堂版》，第十五冊利集，圖 51。

此引起讀者們的閱讀興趣。相較之下,閒章內容的指涉性較寬,同樣的內容可能也適用其它的報導,例如〈覓死甚奇〉〔註103〕、〈蟲生於瘤〉〔註104〕的報導內容雖南轅北轍,但所採用的閒章內容卻都是「費解」。〔註105〕

如果從《點石齋畫報》所採用的「閒章」加入「圖像」與「文字」這種組合來講,中國很早就有類似的形式,那就是詩書畫印的結合。中國傳統圖畫強調意境的呈現,但是意境往往是難畫的,特別是有些山水花鳥的作品,自然景物中的寓情寓意,深邃的思想和複雜的情感,是難以透過畫面充分表現。〔註106〕因此畫家就借助題詩、款識、書法、印章等藝術手段,作為畫面的補充、烘托、闡發和說明,以此傾露畫家的思想感情,就此構成以繪畫為主導的綜合藝術。〔註107〕《點石齋畫報》使用圖文與閒章的方式,其實也就是利用文字與閒章的內容,來補足圖像在新聞敘事上的限制,以達到《點石齋畫報》的新聞訊息傳遞目的。

只不過,雖說同樣是為圖像作補充,《點石齋畫報》的閒章在通俗性上卻與一般詩書畫印的印章有所不同。陳兆復在《中國畫研究》中針對詩書畫印的結合即提到:

> 既然題跋(還有印章的用語)都是畫面的補充與闡發,它打破繪畫的侷限,可以借助文字來表達繪畫不能表達或不必表達的東西。因此題跋和印章都要注意通俗易懂,便於一般民眾所能理解和接受,這樣才能更好地發揮藝術的擴散作用。〔註108〕

也就是說,印章為了達到替圖畫發聲、補充的效果,「通俗易懂」是很重要的,如果印章的內容不能被讀者所理解,就失去了補充的功用。然而,《點石齋畫報》的閒章卻不是如此,魯道夫在談到《點石齋畫報》中的閒章時,便提出了這樣的說法:

> 畫師原本在文字後用的印現在通常是在署名底下,而先前那個位置的印的內容則變為寥寥數字的關於所畫故事的評論或從中得到的教訓。這些印今天已經很難讀懂了,其實在當時也是這樣。它

〔註103〕吳有如繪:〈覓死甚奇〉,《點石齋畫報·大可堂版》,第一冊乙集,圖159。
〔註104〕田子琳繪:〈蟲生於瘤〉,《點石齋畫報·大可堂版》,第二冊戊集,圖129。
〔註105〕須注意的是,雖然文字的內容一樣,但閒章的樣式、字體並不相同。
〔註106〕陳兆復:《中國畫研究》,頁180。
〔註107〕陳兆復:《中國畫研究》,頁180。
〔註108〕陳兆復:《中國畫研究》,頁182。

們可能是僅限於高層次文人圈子裡的一些玩笑，這樣這些文人還
可以在這份為廣大的讀者發行的畫刊中找到一些專為他們設計的
內容。〔註109〕

魯道夫以為《點石齋畫報》中的閒章在當時對於一般民眾來說，就已經難以
讀懂，因此其所針對的讀者，僅限於《點石齋畫報》讀者群中的高層次文
人。其實就內容來看，正如筆者在前文中所說，《點石齋畫報》的閒章經常
是讀者耳熟能詳的典故、俗語、諺語，照理說內容的意思不難被讀者理解，
並不違背陳兆復所說的「通俗易懂」。但是因為牽涉到閒章的字體，加上《點
石齋畫報》的讀者群並非全然是文人，很難要求一般民眾去解讀閒章的內
容，因此原本應該用來補充圖像敘事功能的閒章，變成並不以全體讀者們
為閱讀對象，而是轉為提供給那些能夠讀懂這些閒章的文人讀者，專屬的
內容與閱讀樂趣。

三、閒章介入圖文的觀看

在上兩節中筆者已經就圖像與文字兩方面進行論析，說明《點石齋畫
報》透過圖文搭配所營造出的觀看效果。本節筆者將放入閒章，討論閒章作
為《點石齋畫報》的第三層敘事所形成的兩種觀看效果：「順向」和「輻射」，
最後將閒章這種圖文，與中國傳統的評點學相結合，說明《點石齋畫報》以
閒章來點評的特色，藉此對閒章在《點石齋畫報》中的敘事效果作個完整的
解析。

（一）順　向

本處筆者所稱的「順向」，是指閒章與《點石齋畫報》的圖文內容相映，
而依循其脈絡進行評點，達到加強或提出結論的情形。

《點石齋畫報》的閒章最常見且主要的功能就是對報導圖文的內容作簡
單而精準的結論，而這個結論可能是闡述對於新聞內容的閱讀總感想，或者
是讓讀者在閱讀完圖文內容後，經由閒章的結論有更深刻的體會。

〔註109〕魯道夫・G・瓦格納：〈進入全球想像圖景：上海的《點石齋畫報》〉，頁 69。

（圖五・二十三）

英商怡和洋行之高升輪船，為李傅相雇裝兵士一千餘名也。當中日未經開戰之先，按照萬國公法，本無不准之理，乃倭人悍然不顧，伺其駛近高麗海面，突出兵艦數號，叱令下碇。隨有倭弁上船查問，迫令船主偕至倭船。時中國兵將皆以死自誓，不肯降倭，且不准西人降倭，忠義之氣凜然勃然。船主不得已，請於倭弁謂：「我船從大沽出口，途中尚未開仗，今既不許前進，願即折回大沽可也。」倭弁悻悻回艦，遽放魚雷轟擊，並將船邊諸炮一齊開放，以致高升立時粉碎，沉入海心。華兵在水面浮沉，倭人更用機器炮逐一擊斃，致我軍千餘人同及於難，遇救獲生者僅二百餘人，傷心慘目，全無人理。乘我不備開炮先轟，又以數兵艦共擊一商輪，獨不知此船係掛英國旗號，英人以兩國未下戰書，例准裝兵，並無不是之處，是以英律師謂其與海盜無殊，吾恐海盜尚不至殘忍若此也。（橫行、無忌）〔註110〕

　　以〈形同海盜〉（圖五・二十三）為例，圖中可看到一艘傾倒半沉的輪船橫在其中，身處船上與落海的人們皆身陷危機，或是高舉雙臂求救，或已成為浮屍，狀況淒慘。而左邊的兩艘船正在對其進行攻擊，有的用大炮轟擊，

〔註110〕張志瀛繪：〈形同海盜〉，《點石齋畫報・大可堂版》，第十一冊樂集，圖193。
　　　　陳平原、夏曉紅編著：《圖像晚清》，頁33。

有的則拿長槍射擊，與右邊進行救援的船隻成為了強烈的對比。文章部分先以「英商怡和洋行之高升輪船，為李傅相雇裝兵士一千餘名也」點明事件的主角，並指出「按照萬國公法，本無不准之理」來證明高升輪船並「無不是之處」，日人卻「悍然不顧」，未下戰帖即襲擊高升輪船，且在船主拒降請回後，「遽放魚雷轟擊，並將船邊諸炮一齊開放」，並將落水華兵「用機器炮逐一擊斃，致我軍千餘人同及於難」。相較於高升輪船上華兵「以死自誓，不肯降倭，且不准西人降倭」的「忠義之氣」，《點石齋畫報》透過「傷心慘目，全無人理」、「英律師謂其與海盜無殊，吾恐海盜尚不至殘忍若此也」的描述，強烈對比出日人的蠻橫殘忍。這樣的文字配上圖像，不僅讓讀者對事發過程與是非對錯有所瞭解，圖像更抓準最淒慘激烈的一幕，讓新聞場景躍然紙上，發揮渲染力。而最後的閒章以「橫行無忌」四個字，簡潔卻強而有力地為日兵的行為下了結論，達到畫龍點睛之效。

（圖五·二十四）

粵東南海縣西樵鄉，一夜有二賊穴入某姓家竊取衣物數事而出，為更夫所見，獲住一人，其一正欲遁去，被更夫之子、年僅六齡之小孩揪賊辮髮，堅不釋手，仍為更夫所獲。孩亦知識過人者矣。昔司馬溫公業角時與群兒嬉遊，有一兒誤落水缸中，水泛溢，瀕危殆，群兒瞠目視，無援溺策，溫公力舉巨石擊缸沿，俾裂縫水漏出而人無恙。夫非急智之由於天授者乎？更夫之子詎敢望此？而其有膽

有識，已可概見將來克自振拔，或不至如農子恆為農與。（有膽）
〔註111〕

　　再看看〈小孩捕賊〉（圖五·二十四）這則，圖像中繪製的是六歲小孩
揪住賊人辮子的瞬間，強調出其「捕賊」的情形，文字敘述則交代了新聞事
件的經過，並且舉司馬光的典故作為對照，稱讚小孩「有膽有識」。在這裡
閒章以「有膽」二字，再次強調了對小孩的膽識的稱讚，作為整篇報導的結
論。其它還有像是〈西戲重來〉（恢眼界、珍禽異獸）〔註112〕、〈總統完婚〉
（嘉偶）〔註113〕、〈賭婦鬻夫〉（利令、智昏）〔註114〕〈僂鶴祝壽〉（奇人、
奇事）〔註115〕、〈為羊請命〉（惻隱之心）〔註116〕等等，也都是收加強、結
論之效。

（圖五·二十五）

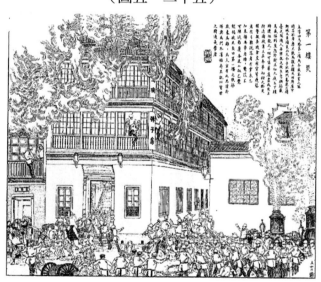

　　本埠四馬路第一樓，為各處茶室之冠。遊其地者，靡不歎為觀止。
樓凡四層，屋宇軒敞，几案精良，而又介乎枇杷門巷、花月樓臺之
間，遊人每樂就之，故生意稱極盛焉。盛極則衰，忽於新正初九夜

〔註111〕周慕喬繪：〈小孩捕賊〉，《點石齋畫報·大可堂版》，第一冊丙集，圖303。
　　　　黃友編著：《回眸晚清──《點石齋畫報》精選釋評》，頁126、127。
〔註112〕吳友如繪：〈西戲重來〉，《點石齋畫報·大可堂版》，第三冊庚集，圖47、48。
〔註113〕田子琳繪：〈總統完婚〉，《點石齋畫報·大可堂版》，第三冊庚集，圖101。
〔註114〕符艮心繪：〈賭婦鬻夫〉，《點石齋畫報·大可堂版》，第八冊石集，圖314。
〔註115〕符艮心繪：〈僂鶴祝壽〉，《點石齋畫報·大可堂版》，第八冊石集，圖317。
〔註116〕金蟾香繪：〈為羊請命〉，《點石齋畫報·大可堂版》，第九冊絲集，圖7。

三下鐘時，遭祖龍之一炬，可憐華屋盡成焦土。附近諸校書正在香夢初酣之際，突聞警報，奔避倉皇，有雲髻蓬鬆者，有弓鞋脫落者，有穿衣忘扣、束褲無帶者……種種驚慌，不可殫述。雖屬香花小劫，已覺憔悴欲死。或曰：第一樓之扶梯，厥象為「離」，「離」為火，宜有此厄。僕於堪輿為門外漢，姑存其說，以質世之精通是學者。

（不願上）〔註117〕

　　除了著重對報導對象的形象描述外，《點石齋畫報》的閒章還會採用新聞感想的描寫來達到加強敘事效果的功用。舉〈第一樓災〉（圖五·二十五）為例，〔註118〕此則報導中除可從圖像看到大樓焚燒的情況、消防人員努力搶救以及民眾倉皇逃生的模樣外，文字部分先是將背景資料諸如地點、時間以及遊客鼎盛的情況予以說明，接著描述火災突然到來，眾人的驚慌之情，最後用扶梯之象為「離」的迷信說法作結，兼錄人們對此次火災的傳言，藉此補足圖像所無法表達的其它新聞資訊。然而閒章的部分，卻沒有對火災的慘況作形容，而用「不敢上」三個字作為結論，經由敘述第三者（聽聞者）對於現場火災的恐懼，讓讀者們也能體會到該場火災的恐怖與震撼，用此提升對火災現場慘況的敘述效果。

（圖五·二十六）

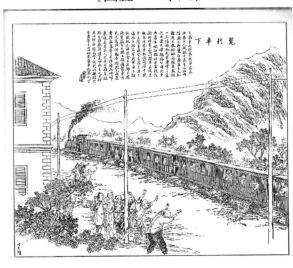

〔註117〕　吳友如繪：〈第一樓災〉，第二冊己集，圖288。陳平原、夏曉紅編著：《圖像晚清》，頁255。

〔註118〕　火災的報導在《點石齋畫報》中時有所見，例如〈妓館被焚〉、〈火災待賑〉等等都是。

火輪車之行，其疾若飛，其力甚大，人或觸之，未有不血肉橫飛，立即斃命者。宜乎，人知趨避，不敢輕蹈危機矣。然偶一不慎，因而失事者，常常有之。日者，天津鐵路公司火車由蘆臺開往塘沽，正當鼓汽開行時，有一客以附車不及，急起直追，見車行尚緩，遂手挽車上，聳身欲登，不虞足力已竭而手握不牢，致墜車下，僵臥鐵軌之間，迅雷不及掩耳，遽被雙輪在大腿上碾過。駕車者見之，急即停輪查驗，則已肉糜骨折氣息奄奄，不移時而魂歸泉壤矣。甚矣，人之不可履危蹈險之，雖僥倖獲免世或有之，然何忍以性命輕為嘗試哉。所願觸於目者驚於心，以此為前車之鑒也可。（慘不忍睹）〔註119〕

〈斃於車下〉（圖五・二十六）中的閒章，也是採用相同的方式。該則報導的圖像停格在火車輾過，而周圍人揚手欲衝、欲叫的狀態；文字部分則先描述火車事故時有所見的情況，之後再敘述新聞事件的經過，強調應以此為鑒，不可重蹈覆轍。至於閒章的部分，撰寫者以「慘不忍睹」四字，抒發出撰寫者不忍目睹事發現場的心情，簡單卻傳神地傳達了事發當下的悽慘狀況。

（圖五・二十七）

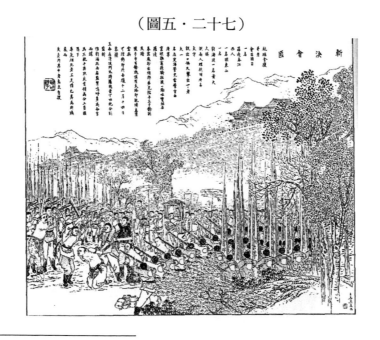

〔註119〕金蟾香繪：〈斃於車下〉，《點石齋畫報・大可堂版》，第九冊飽集，圖229。
陳平原、夏曉紅編著：《圖像晚清》，頁183。

杭垣拿獲哥老會匪頭目，一名羅逢春，江西人；一名胡冬山，一名
劉海廷，一名黃大久，俱湖南人。經杭州府吳太守訊出口供，又攀
出丁老大一名，在定海營充當營官，由府遵稟明撫憲，飛騎往提，
一鞫吐實。並在羅逢春寓處抄出結拜弟兄帖子三千餘副，及暗號手
巾百餘塊，俱有火烙印記。情真罪當，無可捏飾，即於去臘十二月
十四日恭請王命在清波門外將羅、胡、黃、丁四犯分別監斬。惟劉
海廷在監禁鳴呼，身為命官而謀為不軌，干典取戾，首領為分，上
負國恩，下辱祖先，死不足惜也。其為所煽惑而失身其中者，急求
自拔。（自作孽）〔註120〕

　　另一方面，閒章也能用來表達主觀批評的意見。相應於《點石齋畫報》
中經常出現以「果報」為主題的報導，〔註121〕《點石齋畫報》的閒章時常
採用蘊含道德批評的內容來作結。以〈斬決會匪〉（圖五‧二十七）為舉例，
《點石齋畫報》取死刑執行現場為圖像場景，再以文字說明新聞的詳細訊
息，指出所捕眾人「情真罪當，無可捏飾」、「死不足惜」。閒章則呼應圖文
內容，以「自作孽」三字為該篇報導做結論，批判的意味不言而喻，直指他
們會落到如此下場，乃是罪有應得。其它相似的報導例如〈奇財頓發〉（吉
人天相）〔註122〕、〈活葬喇嘛〉（戒之在色）〔註123〕等等，都是屬於這類型
的報導。這種闡述教訓的閒章在《點石齋畫報》中十分常見，無怪乎魯道夫
會說《點石齋畫報》的閒章「內容是從此畫中引出的教訓」。〔註124〕

（二）輻　射

　　此處所稱的「輻射」是相較於前面重視加強、結論效果的「順向」而言，

〔註120〕吳友如繪：〈斬決會匪〉，《點石齋畫報‧大可堂版》，第二冊己集，圖300。

〔註121〕《申報》於〈第六號畫報出售〉即寫到：「書畫，韻事也；果報，天理也；
　　　　勸懲，人力也。本館印行畫報，非徒以筆墨供人玩好。蓋寓果報於書畫，借
　　　　書畫為勸懲。」強調其「蓋寓果報於書畫，借書畫為勸懲」的特色，見申報
　　　　館主啟：〈第六號畫報出售〉，《申報》第4023號，光緒10年閏5月4日，
　　　　西元1884年6月26日禮拜四，頭版，《申報：影印本》第二十四冊，頁1011。
　　　　陳平原也指出「大致而言，『奇聞』、『果報』、『新知』、『時事』四者，共同
　　　　構成了《點石齋畫報》的主體」，見陳平原：《左圖右史與西學東漸──晚清
　　　　畫報研究》，頁73。

〔註122〕符艮心繪：〈奇財頓發〉，《點石齋畫報‧大可堂版》，第八冊石集，圖320。

〔註123〕何明甫繪：〈活葬喇嘛〉，《點石齋畫報‧大可堂版》，第十五冊利集，圖70。

〔註124〕魯道夫‧G‧瓦格納：〈進入全球想像圖景：上海的《點石齋畫報》〉，頁61。

這個類型中的閒章，並不對新聞內容進行加強，而是以一種嘻皮笑臉、不正經或是欲言又止的態度來評點新聞內容，娛樂性質較強，因此往往帶著戲謔、嘲諷的成分，朝「順向」以外的方向輻射出去。畢竟雖然同樣是商業報紙，《點石齋畫報》和《申報》的報導取向卻不太一樣，娛樂性質較為強烈，而閒章的存在，正提供繪者自由發揮其玩賞癖好的機會。因此除了提供上述的「順向」效果外，《點石齋畫報》的閒章也經常呈現出幽默、諷刺的戲謔語氣，提升了不少閱讀的趣味。

（圖五·二十八）

一、二年前，本埠之東洋茶館止有三、五家，雖人物鋪陳俱極陋劣，而物事見貴，鈔費無多，故人無論上下中，意在消閒遣興亦間一問津。今則望衡對宇，且百十家矣。日前一遊方僧往寶善街日昇日妓館，出佛餅三圓，欲結皆大歡喜緣。日妓不吝玉體，遽爾首肯。其傭華人也，以干冒禁令之說進。時則和尚已作大解脫事，慾中變，慾火未殺，憤火又縱而熾之。其不肯干休，務遂所欲之情景令人不堪注目。後經巡捕再三勸導，不聽挾之去。竊謂和尚亦人也，其不能無欲也，亦有生以來自然之氣機人之道也，亦天道也。講佛法者謂佛法為好生，極之一蟲一蟻，並令得所，毋相殘害。而於本體之生生不已，則又禁之、遏之、閉之、塞之。

如槁木，如絕弦。此何故耶？其義有不可通者矣。一陰一陽之謂

道，佛豈不從陰陽中來乎？於和尚乎何尤？（欲罷不能）〔註125〕

　　首先來看看〈和尚尋歡〉（圖五・二十八）這則報導。文字報導中所稱

的「東洋茶館」是當時上海的日本妓院，〔註126〕而「寶善街」則是上海有

名的妓院街，〔註127〕因此從文字中我們可知這個新聞事件是發生在上海妓

院街的日本妓院裡的。至於事件的三個主角：和尚、男僕、妓女，除了「和

尚」並未清楚說明是華人或日人外，從圖像中眾人的穿著與文字說明，可以

明確知道男傭是中國人，而妓女是日本妓女。接著文字描述和尚向日本妓

女「出佛餅三圓，欲結皆大歡喜緣」，日本妓女則是「不吝玉體，遽爾首肯」。

而日本妓女的中國男傭，照理說是不相干的第三者，卻「以干冒禁令之說

進」，認為和尚不該如此，而且態度堅決，即便圖中的和尚衣衫不整、「已作

大解脫事」，他依舊雙手叉腰，理直氣壯地與和尚爭論，鬧到巡捕到場關切，

結果便構成了這幅圖像所呈現「和尚與男傭互指爭吵，日本妓女在一旁要

為已褪去衣物的和尚披衣」的奇特場景。

　　從文字部分來看，《點石齋畫報》並未對和尚的行為加以苛責，甚至認

為「和尚亦人也，其不能無欲也，亦有生以來自然之氣機人之道也，亦天道

也。」然而，雖然文字已經表達《點石齋畫報》的解讀立場，但《點石齋畫

報》似乎仍嫌不夠，進一步用閒章「欲罷不能」作結，以一種略帶戲謔的口

吻，指出和尚之所以如此，完全是因為情非得已，「欲罷不能」啊！

〔註125〕金蟾香繪：〈和尚尋歡〉，《點石齋畫報・大可堂版》，第二冊丁集，圖51。石
　　　　晚軍：《「点石斎画報」にみる明治日本》，頁200。

〔註126〕陳祖恩：〈揭開封閉社會的神秘面紗——圖片中的上海日本人居留民〉，頁
　　　　31。

〔註127〕當時還有竹枝詞描述寶善街的盛況：「寶善街頭似海春，冶遊個個抖精神。
　　　　應稱第一銷金窟，辜負佳名愧楚人」。詳見邵雍：《中國近代妓女史》（上海：
　　　　上海人民，2005年），頁93。

（圖五‧二十九）

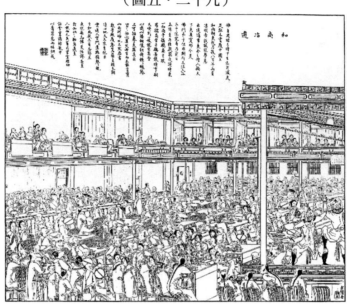

佛自周昭王時下生，迄於滅度，足跡未嘗履中國土，和尚胡來哉？
乃後八百年，而有漢明帝說謊說夢，惹出這場事來。今之僧人徧
天下矣，其實那個是佛門弟子，但非顯行不法，人亦不予深究耳。
乃前日本埠老丹桂戲園夜演時，來一和尚，手搖雕扇，身服羅襦，
高坐正廳，妄談時事。嗣又喚到一妓，就坐其旁，以遨以嬉，相偎
相倚，種種醜態，不可描摹。夫原其出家之始，必其父母生而
不能育，窮而無所歸也。不然，歷盡艱苦，厭履塵囂，薙去頭毛，
期清心地；又不然，身犯巨案，遁入空門，匿跡銷聲，視生如死。
從未有忘卻本來，絕無忌憚，荒淫謬妄，至於如此之極者，是直
人妖而已矣。有司官宜確切訪拿，置諸站籠中，以著罪惡而昭炯
戒。（極樂世界）〔註128〕

　　再接著看到〈和尚冶遊〉（圖五‧二十九）。這則報導先是簡單陳述了佛
與僧人的由來，之後進入主題，陳述在老丹桂戲園有一和尚「手搖雕扇，身
服羅襦，高坐正廳，妄談時事。嗣又喚到一妓，就坐其旁，以遨以嬉，相偎
相倚」的情況，接著指出一般人會出家當和尚的幾種原因、情況，並稱從未
有人像此和尚一般做出如此的舉動。《點石齋畫報》透過「種種醜態，不可

────────────

〔註128〕金蟾香繪：〈和尚冶遊〉，《點石齋畫報‧大可堂版》，第一冊乙集，圖129。
　　　　陳平原、夏曉紅編著：《圖像晚清》，頁263。

描摹」、「是直人妖而已矣」、「有司官宜確切訪拿，置諸站籠中，以著罪惡而昭炯戒」等文字敘述，對於和尚嫖妓玩樂的行為進行了嚴屬批判，其言詞之犀利，充分展現其對和尚嫖妓的不認同立場。圖像方面，雖然乍看之下不易找出身為主角的和尚，但是透過周遭人的伸頸觀看與手指方向，我們依然可以找到他們的視線關注的焦點：和尚。顯然，相較於戲臺上的表演，和尚更加引人注目，而透過圖像中周遭人的動作與觀看，更突顯出和尚的行為是多麼令人側目。

至於閒章的部分，有趣的是其既沒有對和尚的行為進行形容，也沒有陳述不滿之感，相反的，《點石齋畫報》選用了佛教用語「極樂世界」作閒章，除了與和尚身分對應外，更進一步將此和尚的荒淫生活與佛教的「極樂世界」相提並論，大大展現了《點石齋畫報》對和尚乃至於佛教的諷刺與挖苦，為《點石齋畫報》的圖文報導增添一層閱讀的趣味，讓讀者讀來不由得會心一笑。另外像是〈示人肺腑〉（大開門）〔註129〕、〈鼻之於臭〉（好滋味）〔註130〕等等，也都是這類戲謔諷刺的閒章類型。

從以上的討論中，我們可以看出《點石齋畫報》的閒章，主要呈現出「順向」與「輻射」兩種觀看效果。然而再進一步細細品察，不難發現《點石齋畫報》運用閒章，對於新聞報導進行評論、抒發自見的做法，其實正與中國傳統文學中的「評點」不謀而合。

「評點」簡單說就是對文學進行批評和評議的一種形式，用以表達自己的文學概念的一種方法，而且相較於一般的文學批評，它是與文學作品相依存的狀態。〔註131〕更進一步來說，「評點」一詞雖然為歷代所延用，但在最初「評」和「點」兩字還是有所區別的。其中「評」是評判、批評之意，至於「點」，在漢代是指用筆在不必要、多餘的、寫錯的或不適用的字旁加點去掉；到了魏晉南北朝，在「點」的基礎上又出現了「點竄」、「點定」諸詞，主要是點滅、修改、修訂之意；唐代在「點」的本意上進一步引申出諸如「點煩」、「點勘」等詞，除了保有原本的「點滅」之意，還可以加注說明，成為一種評改。到了宋代，有些人在詩、文的關鍵之處用筆抹劃或點出以作

〔註129〕符艮心繪：〈示人肺腑〉，《點石齋畫報・大可堂版》，第三冊壬集，圖271。
〔註130〕田子琳繪：〈鼻之於臭〉，《點石齋畫報・大可堂版》，第二冊戊集，圖133。
〔註131〕孫琴安：《中國評點文學史》（上海：上海社會科學院出版社，1999年6月），頁1。

提示，與簡短的評語結合，成為一種完整意義上的評點。〔註 132〕

　　孫琴安在《中國評點文學史》中指出評點文學概括來說有三個特點，其一是重直覺和主觀感受，其往往是評點者憑第一印象，即興發揮、隨閱隨批，有極大的隨意性；其二是短小精悍、生動活潑，不需像其它文學理論專論一樣複雜；其三是帶有較多的鑑賞性，與文學作品密切相連，經常是針對某點有感而批。〔註 133〕《點石齋畫報》的閒章內容，正符合了上述的特點。它因採用圖章的形式，所以精簡短小，而且帶著玩賞、遊戲的「閒」興致，既可以對新聞內容作一針見血的結語，也可以語帶戲謔地進行反諷，或提出不同的主見，完全不需要強大的理論支持，任憑繪者自由發揮，對新聞進行評賞。因此筆者以為，《點石齋畫報》透過運用閒章這個第三層敘事，其實對新聞內容進行了評點。也就是說，《點石齋畫報》雖然是份著重通俗的近代報紙，但它同時也結合中國雅文化中閒章的遺跡，再加上明代後期以後的評點文化，而用諧擬、高雅的方式來呈現在《點石齋畫報》的報導之中。

　　另一方面，筆者在前面也曾經提過，《點石齋畫報》中的閒章主要針對的閱讀對象是看得懂閒章的文人，於是經由閒章的存在，文人們自成一個閱讀群眾，不僅繪者對新聞內容進行點評，閱讀的文人也能享受專屬於文人的閱讀樂趣，形成了不同層次的觀看情形。簡單來說，當閒章隨著《點石齋畫報》的發售，與圖文一同出現，就像隱藏在圖文之中的密碼一般，讓看得懂的人增加閱讀樂趣，而看不懂的人也不影響閱讀與理解，以此提供給不同層次的讀者不同的閱讀體驗，提升了《點石齋畫報》圖文敘事的複雜性，成為《點石齋畫報》的一大特色。

　　總結來講，《點石齋畫報》透過以閒章進行圖章式點評的方式，為《點石齋畫報》的圖文增添了第三層敘事。而這個閒章雖然簡短，卻經由與圖文的配合、互文或產生隙縫，為讀者們提供更多的閱讀感受。因此閒章的存在，不僅讓《點石齋畫報》的報導內容更加豐富，更重要的是《點石齋畫報》經由圖像、文字、閒章這三者的搭配，形成了有別於其它畫報的多層次觀看。

〔註 132〕關於「點」的歷代流變，見孫琴安：《中國評點文學史》，頁 24～27。
〔註 133〕孫琴安：《中國評點文學史》，頁 9、10。

第四節　結　語

　　《點石齋畫報》作為晚清重要的畫報之一，除了開啟以圖像為主的新式新聞傳播媒介外，其結合圖像、文字、閒章的三層敘事方式，也是其有別於晚清其它報紙的特色之一。

　　本章筆者分別從圖像、文字、閒章三方面著手，第一節首先討論《點石齋畫報》作為主要敘事手段的「圖像」，釐清圖像在《點石齋畫報》中的呈現方式，並且從圖像敘事的角度切入，論述手繪圖像如何進行圖像敘事，並指出《點石齋畫報》運用圖像的構圖與視角，打破了公私空間的限制，將一般人無法輕易接觸到的生活空間，透過繪者的畫筆，一一商業化成為報導圖像。讓讀者們透過購買畫報，獲取了觀看這些空間的「觀看權」，形成一種蘊含商業氣息的窺探式觀看文化。

　　第二節筆者將討論延伸到《點石齋畫報》的文字，爬梳文字在《點石齋畫報》中的呈現形式以及風格特色，並針對圖像的「歧異性」指出文字對《點石齋畫報》的必要性。之後筆者進一步將文字與圖像結合，以實例說明圖像與文字間如何透過配合、隙縫，來形成有別於純圖像報導的觀看。

　　第三節筆者從「閒章」展開討論，先說明閒章的定義，以及《點石齋畫報》中閒章的呈現形式，以此建構對閒章的基本瞭解。然後經由實例分析，整理出閒章在《點石齋畫報》的報導中所產生的「順向」與「輻射」兩種情形，並結合中國評點文學的概念，指出《點石齋畫報》運用閒章這個第三層敘事，其實正是對於新聞內容進行了評點。

　　最後必須特別注意的是，因為考慮到行文論述的方便性，筆者只能將圖像、文字與閒章拆開論述、各自呈現，最後再結合並論析各自介入的情形，實屬不得已的做法。實際上，讀者閱讀《點石齋畫報》時所經歷的觀看情形是很複雜的，因為這三種敘事並非獨立分開存在，而是一同混合在《點石齋畫報》的畫面上，同時並進、互相介入，沒有固定的閱讀順序，任由讀者自由決定，有時甚至可以捨棄、忽略其中一樣。因此我們只能說，《點石齋畫報》的敘事是由圖像、文字、閒章這三者組合而成，彼此互文、補足，甚至產生落差，以此構成了《點石齋畫報》複雜的閱讀情況。

　　總之，本文筆者經過對圖像、文字、閒章三者的分開討論，先各自釐清它們的特色與形式，接著經由舉例實際論析它們之間所形成的觀看，藉此得出圖像、文字、閒章三者所構成的觀看情形。最後。筆者要特別提到的是，雖

然本文筆者只將討論重心放在《點石齋畫報》內的多層敘事方式與觀看，但作為主報的《申報》與《點石齋畫報》間的關係，其實也構成了《點石齋畫報》在本身以外的另一層觀看，姑且在此提及，作為日後討論的參考。

第六章 《點石齋畫報》中的訊息傳遞與看客[註1]

在前一章中筆者從三層敘事方式的角度，爬梳了《點石齋畫報》如何經由圖像、文字、閒章三者來進行新聞敘事，以及所形成的觀看效果。接下來在本章裡筆者要重新回到畫報的兩大支柱：「新聞性」和「圖像」的層面，來討論《點石齋畫報》的圖文觀看。

一則新聞報導中，往往涵蓋著各種不同的訊息，尤其是透過圖文的合作，所呈現的訊息更顯得多樣。筆者首先從新聞訊息的面向切入，探討《點石齋畫報》在「時」和「人」這兩個訊息上的傳遞情況，藉此梳理《點石齋畫報》在訊息傳遞上所採用的泛寫方式，以及其分別以「人」和「事件」兩個角度為中心所形成的敘事方式與觀看特色。

其次，筆者將引用魯迅所提出的「看客」觀念，把重點擺在《點石齋畫報》的圖像上，以隨時充斥在《點石齋畫報》圖文報導中的觀者／看客為討論對象，企圖分析出《點石齋畫報》如何運用看客來凸顯事件的中心。最後進一步從空間敘事的角度出發，將「看客」與「框」的運用相結合，分析《點石齋畫報》中看與被看的觀看情形。

透過本章的討論，將對《點石齋畫報》的「新聞性」與「圖文」這兩方面有所挖掘，以期能對《點石齋畫報》所展現出的圖文觀看有更深入的瞭解。

〔註1〕本章承蒙《東吳中文線上學術論文》的匿名審查委員以及兩位學位論文口考委員審閱並提供寶貴的意見，已通過《東吳中文線上學術論文》的初審，且依審查意見進行大幅修改，在此特表謝忱。

第一節　新聞訊息的泛寫

　　《點石齋畫報》既然是一種報紙，其功用自然是要傳遞新聞訊息給讀者們，讓讀者們可以藉由閱讀《點石齋畫報》來瞭解各處所發生的新聞。為了清楚呈現新聞的內容，通常一則新聞報導中，會涵蓋了關於「人」、「事」、「時」、「地」、「發生原因」和「發生經過」等的新聞資訊，〔註2〕這點《點石齋畫報》也不例外。然而，筆者歸納了《點石齋畫報》中的新聞訊息呈現情況，發現《點石齋畫報》的報導裡雖然大多會清楚交代「事」、「地」、「發生原因」和「發生經過」等內容，但在「人」和「時」這兩點上，《點石齋畫報》卻經常採用泛寫的書寫方式，進而呈現出一種模糊性。究竟這種新聞訊息的泛寫產生了怎麼樣的新聞觀看？以下，筆者將針對「時」和「人」這兩點，來討論《點石齋畫報》的訊息傳遞情形，唯因時間和空間兩者的關聯性較大，故筆者將一同比較「時間」和「地點」的呈現情況，以求討論能更全面。

一、「時」、「地」

　　在任何敘事中，時間和空間都是必不可少的因素，〔註3〕對於以新聞時事為主要敘事內容的報紙來說更是如此。《點石齋畫報》作為一種新聞畫報，著重的是事件的即時性，因此在內容的選擇上具備著濃厚的時間意識。〔註4〕另一方面，《點石齋畫報》以圖像為中心的報導方式，使得空間敘事的掌握顯得格外重要，因此不論是「時間」，或是說明空間的「地點」，對《點石齋畫報》來說都是重要的新聞訊息。

　　就所關注的時間面向來說，《點石齋畫報》因為具有報紙的性質，使得其

〔註2〕後來隨著新聞學的發展，更進一步將一篇新聞報導所應該具備、讓讀者知道的基本訊息歸納為六點：「何事（What）」、「何人（Who）」、「何時（When）」、「何地（Where）」、「為何（Why）」和「如何（How）」。這六點被通稱為「六何法」（又稱為「5W1H 分析法」），是在西元 1902 年由拉雅德‧吉普林在其詩〈跟鱷魚拔河的小象〉中所提出的概念，後來被運用在教育與新聞學上。見蘇鑰機、陳惜姿、翁愛明主編：《獨家新聞解碼》（香港：天地圖書，2011 年），281 頁；鄭貞銘：《新聞學與大眾傳播學》（臺北：三民書局，1990年），頁 172。

〔註3〕羅鋼：《敘事學導論》（昆明：雲南人民出版社，1994 年 5 月），頁 79。

〔註4〕陳平原、夏曉紅編著：《圖像晚清》，頁 57：「與新聞結盟，使得畫報的『時間意識』非常突出，文中常見『本月』、『上月』字樣。」

雖然在文字報導的部分偶而會有「願地方官明查暗訪，務絕根株，則造福無涯矣」〔註5〕之類對於未來期許的文字，但就整體報導來說，《點石齋畫報》的時間主要仍以發生事件的「過去」為主，故《點石齋畫報》應是屬於「過去向度敘述」。〔註6〕換句話說，受眾在閱讀《點石齋畫報》時，就像是在看史書一般，關注的是發生在「過去」的事件。只不過，《點石齋畫報》既然是時事畫報，所報導的內容自然比史書更具時效性，雖然中間也參雜了諸如科技、古書的介紹，但仍多以近期發生的「過去」事件為主。

　　《點石齋畫報》的報導方式，乃是採用手繪圖像搭配簡短的文字說明，來再現出曾經發生過的新聞場景。然而必須注意的是，這種將現實世界中的場景，透過媒介再現出來的方式，無法避免地會碰觸到「分離」的問題。以照片為例，在《另一種影像敘事》中，作者之一尚·摩爾曾經嘗試將自己拍攝的幾張照片在不提供其它額外說明的情況下，交給九個人去解讀，藉此瞭解自己拍攝的影像是如何被他人所觀看、閱讀、解讀，甚至是排拒。在這個實驗的結果中，九個人對於照片都進行了不同的解讀，而且這些解讀和該照片的實境也都相差甚遠。〔註7〕對此尚·摩爾提出「觀看者總是將他或她內在的一部分投射到被觀看的影像上」〔註8〕這樣的看法，也就是說當照片在沒有其它文字說明的情況下，觀看者就會根據自己部分的內在思想加以解讀，自然也就形成了解讀結果的歧異性。

　　該書另一位作者約翰·伯格則是在書中的另一篇文章〈外貌（Appearances）〉中進一步對照片的曖昧含混（The ambiguity of the photograph，或譯為「攝影的多義性」）以及照片中的共通性提出了一番分析。〔註9〕約翰·

〔註5〕金蟾香繪：〈幻術竊財〉，《點石齋畫報·大可堂版》，第一冊乙集，圖114。

〔註6〕趙毅衡在〈三種時間向度的敘述——以現象學與文化研究出發討論敘述體裁〉一文中將各類敘述體裁不同的內在時間向度，根據其敘述關注的時間方向，區分成「過去向度敘述」、「現代向度敘述」和「未來向度敘述」三種。見趙毅衡：〈三種時間向度的敘述——以現象學與文化研究出發討論敘述體裁〉，頁152～153。

〔註7〕關於這個實驗詳細的過程與結果，見約翰·伯格、尚·摩爾合著，張世倫譯：《另一種影像敘事》，頁50～65。筆者在這裡要特別說明的是，有論者直接將這個實驗歸為約翰·伯格所為，實際上根據文章的署名，實驗是尚·摩爾在進行的，並記錄在該書〈超出我相機之外（Beyond my camera）〉一文中，而在〈外貌（Appearances）〉一文中詳細論述「照片的曖昧含混」這個議題的，才是約翰·伯格。

〔註8〕約翰·伯格、尚·摩爾合著，張世倫譯：《另一種影像敘事》，頁50。

〔註9〕雖然約翰·伯格主要是針對攝影照片來論述，裡面分析了繪圖和照片的相異

伯格談到因為攝影在時間之流所造成的斷裂感（discontinuity），使得照片的意義充滿含混曖昧，因此人們雖然可以從照片看到曾經存在的事物，卻無法知道這些事物存在的意義為何。〔註10〕這樣的情況在《點石齋畫報》也有，雖然報導圖像是經過繪者的消化、再創造所繪製出的表象，但因其是以「畫報」的名義呈現，和一般圖畫比起來，更標榜著真實性、與實際發生的事件的指涉性以及時間性。正因為其所指的是現實發生的事件，事件前後的訊息就顯得重要，但是如果拿去了《點石齋畫報》的文字報導部分，純粹只閱讀圖像，讀者要精準地理解圖中所要表達的事件內容是有困難的。因為圖像作為一種敘事手段，當其被繪者從現實世界的時間中「分離」出來時，就成了一種斷裂的、去語境化的存在，也就是失去了和前後其它事情的關聯，處於時空鏈條中的斷裂之處，使圖像的意義變得漂浮起來，產生了人們對解讀圖像的歧異性。〔註11〕

　　《點石齋畫報》的圖像在面臨圖像歧異性的問題下，假如沒有文字的描述，我們僅看圖像是很難精確地猜出其所要表達的新聞內容，尤其是隨著時間的流逝，現代人要僅憑圖像來瞭解《點石齋畫報》的報導內容，更是困難。對於晚清《點石齋畫報》的讀者們來說，雖然面對舉國皆知的重大事件報導，他們較易僅憑看圖就猜出內容，某種程度上是減少了圖像曖昧含混的程度，但這只是極少數的狀況。報紙的功用主要是傳遞新的新聞訊息給讀者，因此大多數的讀者都是在不知情的狀態下閱讀，而不是讀者們知道新聞事件的始末後，再去看畫報的報導。再者，《點石齋畫報》雖然因其畫報性質而具有時效性，但受到技術、繪畫速度等因素的限制，報導的刊出有時會比事件發生的時間晚很多。即便讀者事先就知道某件新聞事件的發生經過，但在閱讀《點石齋畫報》時，對於報導中的圖像指的是事發到新聞刊登這段時間裡的哪件事情，不經由文字解說讀者也很難知道，況且這背後還牽涉到遺忘的問題。當事件的討論風潮過去，人們就容易遺忘，而被其它更新、更有吸引力的新聞覆蓋其記憶，因此即使是全國皆知的重大新聞事件，讀者對事件的記憶也會隨著時間而逐漸模糊，甚至是遺忘，此時如果沒有文字的解說，讀者回頭看到《點石齋畫報》的報導圖像，也不見得能夠理解其內容。因此想要瞭解

　　　　性，但照片終究是圖像的一種，即便和繪畫有許多決定性的相異之處，有些本質卻是相同的，因此筆者以為文中的一些概念運用到報導圖像上仍然適用。
〔註10〕約翰・伯格、尚・摩爾合著，張世倫譯：《另一種影像敘事》，頁93、94。
〔註11〕龍迪勇：〈圖像敘事：空間的時間化〉，頁174。

報導圖像的時間與空間的訊息，圖文間的搭配就顯得非常重要，透過文字的解說，以及圖像的呈現，讀者才能對於報導新聞確切的時空訊息有所瞭解。

當讀者透過圖文報導的內容掌握住報導中的「時間」與「空間」（地點）的訊息時，新聞報導的背景資料就會呼喚出人們對該歷史、地理背景的文化記憶，讓新聞報導重新回歸到現實世界的時間和空間之中，產生敘事上的意義。這樣一方面省略了描述旁支的篇幅，一方面讀者也將所讀的新聞，加入了原有的概念之中，形成對該歷史地理背景的新認識，達到宣傳新知的效果。

（圖六‧一）

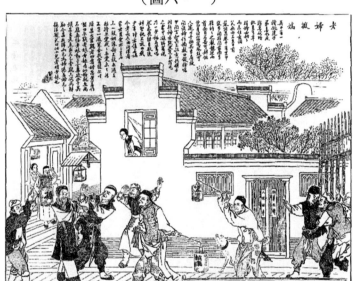

雖然時間訊息對於新聞報導來說是如此重要，但是《點石齋畫報》的圖像因為受限於媒介的特性，不易表現出時間的訊息。例如《點石齋畫報》的圖像背景都是以白色為底色，讀者無法藉由黑白來辨別事件是發生在白天或晚上，必須要靠圖像中所出現的燈籠等夜間使用的工具才能加以判斷（見圖六‧一中的燈籠）〔註12〕。除了燈籠這類的工具外，雖然因為西洋器具的輸入，讓《點石齋畫報》的圖像中偶有「時鐘」這種西洋計時工具出現，成為清楚標明時刻的存在，增加了圖像中的時間感，但時鐘主要標示的是時刻，仍無法表示出事件發生的日期。再者，因為時鐘在晚清上海是屬於有錢人方能

〔註12〕何明甫繪：〈老婦撒嬌〉，《點石齋畫報‧大可堂版》，第十五冊利集，圖16。

擁有的奢侈品，故出現的場合多為妓院、富貴人家中，一般民眾鮮少擁有，因此時鐘得以出現在《點石齋畫報》中的次數是相當有限的，難以成為各幅圖像判斷時間的主要依據。

　　既然《點石齋畫報》在圖像方面受到媒介特性的限制，那麼如果想要清楚呈現新聞報導的詳細時間，就必須依靠文字的表達。然而在文字的部分，《點石齋畫報》並非每則都詳細說明時間的訊息。在《點石齋畫報》四千多幅的圖文報導中，通常是特定節日或者重大事件的報導（例如講求即時性、準確性的戰爭類報導），《點石齋畫報》較會詳細告訴讀者確切的發生時間。在大多數的情況下，《點石齋畫報》的報導會採用泛寫的方式，以「前日」、「前月」、「日前」等籠統性的用詞帶過。

（圖六‧二）

　　王某不知何許人，捐有候選通判，僑寓京師宣武門外鐵廠內。在部投供有年，選期尚杳，欲加捐海防新班，又以阮囊羞澀，有願難償。王自是朝思暮想，陡患瘋狂。一日，忽衣冠濟楚，始作謁見上憲儀注，自言自語，歡笑異常；繼設公案作審判狀，並高唱京腔，聲音宏亮。觀者如堵，莫不嗤之以鼻。後經家人再三勸慰，覓醫調治，不知尚能痊癒否。或曰此殆由念切功名所致也，然觀其舉動，或者平日別有違心之事，致召此疾，亦未可知。顧吾見今之南面者矣，

姑勿論其出身微賤，令人鄙夷不屑道，迹其高坐堂皇，任意判斷，是非倒置，鞭撲橫施，非特貽笑中外，而自有識者觀之，真與瘋官無異。且其欺壓良懦，阿附權勢，不顧公論，罔恤人情，官之似瘋非瘋，反不如瘋官之似官非官也。噫嘻。（勢利薰心）〔註13〕

以〈瘋官可笑〉（圖六‧二）為例，文字報導交代了「人」（王某）、「地點」（京師宣武門外鐵廠）、「事」（王某發瘋）、「發生原因」（對當官朝思暮想）和「發生經過」（始作謁見上憲儀注，自言自語，歡笑異常；繼設公案作審判狀，並高唱京腔，聲音宏亮）這五樣訊息，而事件時間點的「何時」則用「一日」兩字簡單帶過。對於這「一日」，究竟是哪年哪月的哪一天？發生時間距離報導的時間有多久？《點石齋畫報》都未詳細說明，僅用不明確的語詞，告訴讀者是「過去某一天」。然而，雖然《點石齋畫報》在「時間」的訊息上採用泛寫的方式，但是這並不會影響到讀者在閱讀時對新聞的理解。就〈瘋官可笑〉一則的新聞來說，顯然「事」、「發生原因」、「發生經過」才是《點石齋畫報》想要強調的重點，因此《點石齋畫報》只須讓讀者知道「曾經有一天」發生過這樣的事情即可，確切的時間訊息即使省略也不會影響新聞內容的傳達。

《點石齋畫報》這種在時間上泛寫的方式，與其期許自身能夠被長期收藏、保存的設計正好互相配合。在本論文第三章第一節筆者曾經提過，《點石齋畫報》在編號上提供了讀者長期保存的方便性，而魯道夫在討論《點石齋畫報》的編號系統時，更進一步認為：

當時的中國，「期刊」的概念仍很新穎。實際上，當時大部分的西方期刊甚至報紙都把自己視為書的一部分，單獨的每一期最後都可以裝訂在一起。出於對最終長期加以保存的形式的預期，它們都有內部的編號系統，可以有助於最終的裝訂。《點石齋畫報》也與申報館以前出版的刊物一樣，宣稱讀者可以集齊每一號，最後裝訂成方便的卷冊。……這種編製安排印證了《點石齋畫報》的兩個提法，即在出版時是及時的新聞畫，而一旦新聞背景消失也能作為有趣和吸引人的觀賞、閱讀材料得以保存。這份畫報的老號在古籍書店中以及晚清、民國直到人民共和國時期的中國跳蚤市場上持續不斷的吸

〔註13〕符艮心繪：〈瘋官可笑〉，《點石齋畫報‧大可堂版》，第九冊竹集，圖174。陳平原、夏曉紅編著：《圖像晚清》，頁99。

引力證明了這是一種成功的策略。〔註14〕

根據魯道夫的看法，《點石齋畫報》不僅能在發售當下提供具新聞性的報導，即便時間背景消失，也依然可以憑著內容繼續吸引讀者們閱讀的興趣。因此《點石齋畫報》不論是在編號系統或報導內容上，都具備了讓讀者願意長期保存《點石齋畫報》的條件。而《點石齋畫報》中諸如〈瘋官可笑〉這類沒有時效性的報導內容，搭配採用泛寫的方式，讓新聞報導指涉的「時間」範圍拉大，使得讀者在進行閱讀時，即便已離刊登時間許久，也不會影響到閱讀的樂趣。因此除了非常重大且需清楚交代時間的新聞外（例如戰爭報導），這種在時間上採用泛寫的方式、沒有明顯時效性的新聞，不須靠著時效性作為吸引讀者的關鍵，而是以新聞事件的內容來引起讀者注意，也能獲得讀者們的長期保存。

　　相較於時間訊息的不確定性，《點石齋畫報》中關於「地」的訊息呈現就顯得明確得多了。除了圖像部分可透過服裝、建築、城市特徵等訊息供讀者作初步判斷外，大多數在文字的部分都會清楚說明事發地點，因此在《點石齋畫報》的文字報導中，我們經常可以看到諸如「滬」、「本埠」、「京師」、「寧坡老江橋」〔註15〕等說明地點的文字。透過這些「地點」訊息的傳達，讀者可以知道哪些是發生在中國境內，哪些又是外國的新聞報導。〔註16〕藉由清楚表達

〔註14〕魯道夫・G・瓦格納：〈進入全球想像圖景：上海的《點石齋畫報》〉，頁55～57。

〔註15〕張志瀛繪：〈路狹人稠〉，《點石齋畫報・大可堂版》，第二冊己集，圖233。

〔註16〕就比例上來說，雖然《點石齋畫報》中不乏諸如〈英國地震〉、〈公家書房〉等外國新聞，但報導最多的仍是晚清中國的社會消息，特別是上海的新聞。天一版《點石齋畫報》在簡介即提到：「就內容而言，點石齋畫報除繼承瀛寰畫報的傳統注意國際時事外，其重點顯然在反映清末社會概況」、「一般而言，點石齋畫報圖說最多的是國內奇聞異事，且範圍極廣」，見方師鐸主編：《點石齋畫報》第一輯，頁5、6。陳平原、夏曉紅在編著《圖像晚清》時，便以「中外紀聞」、「官場現形」、「格致匯編」、「海上繁華」四個主題來分類《點石齋畫報》的圖文報導，其中「中外紀聞」即收錄中外交流與發生在海外的新聞，而「海上繁華」則是以晚清上海的新聞為主。見陳平原、夏曉紅：《圖像晚清》，頁1～89、249～325。中野美代子、武田雅哉合力編譯的《世紀末中国のかわら版：繪入新聞『点石齋画報』の世界》便有「彼方の国人びとの風景（遠方國家與人民的風景）」一章收錄《點石齋畫報》與外國人相關的報導，石曉軍的《「点石齋画報」にみる明治日本》全書更是以《點石齋畫報》中中日戰爭以外的日本相關圖文報導為主題撰寫而成。見中野美代子、武田雅哉《世紀末中国のかわら版：繪入新聞『点石齋画報』の世界》，頁113～151、石曉軍：《「点石齋画報」にみる明治日本》，頁10。學位論文方面，談啟志的《再現的城市：「點

「地」的訊息，可以讓報導圖像回歸到現實世界中，與讀者腦中的地理概念將結合，讓讀者更容易進入新聞報導的情境之中。

　　總結來看，雖然《點石齋畫報》本身因為「報」的性質而具有時間意識，但在一些不需強調時間的報導上，經常採用泛寫的方式來帶過，反而是在「地」的訊息上，《點石齋畫報》所呈現的資訊會比「時」更為明確，展現出一種強烈的地理感。

二、「人」

　　王爾敏在〈中國近代知識普及化傳播之圖說形式——《點石齋畫報》例〉曾提到：

> 《點石齋畫報》頗具新聞使任，時事自多刊布大端，而於當代人物，尤廣加網羅，雖不作專報，而往往遇事列述。是以上自貴人達官，下至市井小民，乃至倡優盜寇，均不免提及。所出六集四十四冊畫報，引稱最多，繪畫介紹最多者為劉永福及李鴻章，……。其他文武將吏，道府州縣偶而提及者更多。不過除少數皇室人物外，所有中國大小官吏，凡有提及皆不直稱其名，往往必以字號爵秩代稱，勢須細心判明。
>
> 至畫報所報導外國人自佔少數，然亦為數可觀。……。均因時事所提及且多專稿介紹，凡此均足以增長國人見聞，影響深遠。
>
> 《點石齋畫報》為通俗大眾讀物，可深入低層社會。故於市井人士亦多所引稱。〔註17〕

由此可知，《點石齋畫報》對於重要或特別的人物往往多加報導，形成一種「以人為中心」的報導方式，例如〈方敏恪公逸事〉〔註 18〕一文，就花了

　　　石齋畫報」中的上海（1884～1898）》以及張晗的《「點石齋畫報」建構的外國人形象研究》，便是分別以「《點石齋畫報》中的上海報導」與「《點石齋畫報》的外國相關報導」為各自的主題來進行討論。見談啟志：《再現的城市：「點石齋畫報」中的上海（1884～1898）》（臺北：臺灣師範大學國文學系碩士論文，2012 年），張晗：《「點石齋畫報」建構的外國人形象研究》（黑龍江：黑龍江大學新聞學系碩士論文，2010 年）。

〔註17〕王爾敏：〈中國近代知識普及化傳播之圖說形式——《點石齋畫報》例〉，頁247。

〔註18〕符艮心繪：〈方敏恪公逸事〉，《點石齋畫報·大可堂版》，第十五冊利集，圖76～79。

四幅圖像的報導篇幅，將方敏恪的生平起落進行詳細的介紹；再如〈倭王小像〉〔註19〕、〈倭后〉〔註20〕等單幅報導，也是以肖像的方式來介紹特定人物。這些肖像報導成為《點石齋畫報》的顯著特色，王爾敏對此便指出：「點石齋人物介紹，常有特寫肖像之作，或揣情景而著筆，或據它本而摹繪，與《花圖新報》相較，決不同於西方版式。實為點石齋自有之風格。」〔註21〕肯定《點石齋畫報》寫真畫像的獨特性。

（圖六‧三）

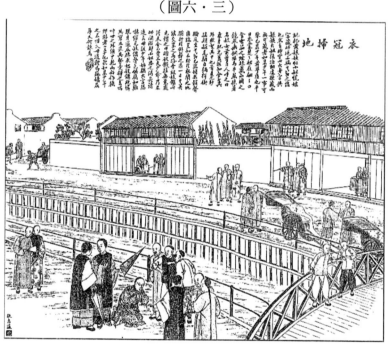

　　然而，雖然《點石齋畫報》中有許多「以人為中心」的圖文報導，但是如果要因此就斷定《點石齋畫報》的報導內容都是「以人為中心」，不免有以偏概全之嫌。實際上，對以圖像作為主要報導方式的《點石齋畫報》來說，要單純靠圖像來明確表達新聞事件的主角是何「人」，在施行上是有困難的。以〈衣冠掃地〉（圖六‧三）為例，雖然繪者在作畫上會透過外貌、服裝等特徵來區別圖中的人物，讓讀者知道新聞主角是一個「帶著墨鏡、衣冠楚楚的青年男子」，但放眼全上海／中國，有相似形象的人太多，這使得圖像中關於「人」

〔註19〕金蟾香繪：〈倭王小像〉，《點石齋畫報‧大可堂版》，第十一冊射集，圖271。
〔註20〕金蟾香繪：〈倭后〉，《點石齋畫報‧大可堂版》，第十一冊射集，圖280。
〔註21〕王爾敏：〈中國近代知識普及化傳播之圖說形式——《點石齋畫報》例〉，頁248。

的訊息顯得模糊不清，無法讓讀者準確瞭解這個男子是何人。即便是諸如前文所提的〈倭王小像〉、〈倭后〉等肖像報導，雖然分辨度極高，但對於從未看過他們本人或肖像的讀者來說，仍舊必須透過文字報導的部分才能明瞭他們的身分。

（圖六‧四）

日本藤田一郎者，士族也。近聞法人持蠻肆擾中國海疆，不覺怒從心起，乃修書一封，並具洋蚨五十圓，徑詣駐日欽使公館中投獻備訴來意。欽使以公出，某隨員出而見之，受書辭金，婉辭致謝。夫其胸懷不平，愛莫能助，如見於色，如聞其聲。而必藉饋遺以申其衷曲則失之陋矣。然而公論自在，直道猶行。西國公使之駐於我土者，如星羅、如碁布，而絕無一人出一言以折法人之兇暴，明中國之寬仁者，則對此藤田一郎能無愧死？（忠肝義膽）〔註22〕

要讓「人」的訊息明確，勢必要回歸到以文字來表達的「名字」上，因此文字報導在這裡就顯得重要。從〈存問鄰交〉（圖六‧四）這個例子來說，雖然單從圖像上我們可以看出新聞主角是個「身穿外掛與木屐的日本男子」，但

〔註22〕吳友如繪：〈存問鄰交〉，《點石齋畫報‧大可堂版》，第一冊乙集，圖 133。

他是哪一個日本男子？圖像中的其他人又是誰？這些我們都難以得知，必須
仰賴上面的文字報導，才能獲得更詳細的訊息。

　　文中一開頭就稱「日本藤田一郎者，士族也」，點明這個日本人的名字
為「藤田一郎」，而且還是個士族。知道了主角的姓名與身分，接下來看看
與藤田一郎有所互動的官員們。圖中一人雙手拿物，似乎是要交給藤田一
郎，而藤田一郎雙手舉起向外推，貌似在推辭。在旁邊還有一人手持信帖，
另一個站得較遠的人則是在觀看。對照文章的部分「近聞法人持蠻肆擾中
國海疆，不覺怒從心起，乃修書一封，並具洋蚨五十圓，徑詣駐日欽使公館
中投獻備訴來意。欽使以公出，某隨員出而見之，受書辭金，婉辭致謝」，
我們就能知道原來是藤田一郎帶著書帖與洋蚨來投獻，某隨員接受了書帖
而辭謝獻金。但這個隨員到底是誰？文中並沒有特別寫出其姓名，僅以其
身分「某隨員」簡單帶過。會有這樣的差別，可能是基於報導篇幅的限制與
敘事上的考量，依據主次要人物之分，優先交代主要人物的訊息，其他不重
要的人物就簡單帶過。

　　問題是，《點石齋畫報》對於新聞事件的主要人物就一定會交代姓名嗎？
顯然不是這樣。實際上這種僅寫出身分、官職，而不具體書寫姓名的方式，
不僅出現在不重要的人物上，就連新聞事件的主要人物，也都會採用泛寫的
方式。下面就舉〈緹縈復見〉（圖六‧五）為例：

（圖六‧五）

某甲者，秣陵人，居旱西門內，與某乙合本開浴堂。甲性懦弱，乙遇事恆魚肉之。嗣因虧本，甲求退股，另覓生計，乙堅不允，以致爭毆，甲因是抑鬱而死。其妻恨以所為，即就浴堂裝殮，遲遲不葬。乙本武弁，聲勢赫然，炙手可熱，乃控甲妻藉喪霸屋，官即限期押令出柩。甲妻冤不得申，亦仰阿芙蓉以殉，今年三月間事。甲夫妻死後，遺有子女各一，女年十七，子甫十三。乙心大喜，以為從此可以為所欲為，莫予毒矣，不意甲女歷赴府縣各署呈控，情詞哀惻，行路傷之。賈邑尊許斷洋一百二十元為甲夫婦安葬之費，女志在復仇，不肯應允。嗟呼！十七齡女子乃能誓報父仇，百折不回。以視緹縈之上書救父，雖有生前死後之不同，其深明大義則一也。世有魯莊公一流人，聞之能無愧死？（不共戴天）〔註23〕

文中僅以「某甲」、「某乙」、「甲妻」、「甲女」等稱呼代稱新聞中的人物，讀者除了知道地點以及從事的行業（開浴堂、本為武弁）外，能夠接收到的「人」詳細資訊其實相當有限（圖案上甚至看不到某甲），報導內容主要還是以事情的經過為重點。

仔細翻閱《點石齋畫報》的文字報導部分，不難發現除了上述所稱「以人為中心」的報導外，《點石齋畫報》經常以這類「甲某／某甲」、「姓氏＋某」、「某＋身分／職位／性別」等的形式來陳述「人」的訊息，即便是對於新聞中心人物的訊息也會採用泛寫的方式。當報導中關於「人」的訊息模糊，其實反映出《點石齋畫報》在篩選訊息、撰寫／繪製成圖文時，以為即便沒有「人」的詳細資訊也不會影響到該條新聞事件的報導，因為報導的重點在於整個事情的發生經過，也就是以「事件」為報導中心，而非以「何人發生了這件事」為重點，因此整件新聞事件的主角可以是事件地點的任何一個「某甲」、「某隨員」、「陳某」。

以新聞事件中「人」的訊息作為切入點，我們不難發現《點石齋畫報》雖然有詳細載明人名、以人的生平、事蹟為主的報導，但同時也有「人」的訊息模糊、著重在事件過程的報導，因此筆者認為《點石齋畫報》的報導除了「以人為中心」外，也有眾多「以事件為中心」的圖文報導。這類「以事件為中心」的圖文報導，以泛寫的方式將「人」的新聞訊息淡化，其實也透露出撰寫者以為「讀者不需知道」，或者是「讀者並不在意」。也就是說，這種類型的

〔註23〕 金蟾香繪：〈緹縈復見〉，《點石齋畫報・大可堂版》，第一冊乙集，圖 154。

報導，讀者想要知道的訊息並不著重在「人」，而是在「事件」本身上，因此「人」的訊息就顯得相對不重要了（反過來講，如果是讀者們想要知道的對象，《點石齋畫報》就會著重描寫在「人」的訊息上，而形成了「以人為主」的報導）。

更進一步來說，這類不以「人」為主，而以「事件」為重的圖文報導，其實正傳達出了《點石齋畫報》在「人」訊息上的不確定性，尤其是當「地」的訊息也不明確或所指地區範圍廣大時，新聞事件的主角便可能是整個中國（如果並未標明是在外國）或某一縣市、區域的任何一個人。因此除非是新聞事件的當事人、相關人或鄰居親友等，否則當讀者距離事件發生地點超過一定界線後，符合新聞訊息條件的人就會爆增許多，變成只要是符合條件，誰都可能是事件的主角（而這個條件的範圍往往相當廣泛）。

總結來說，《點石齋畫報》在新聞事件的「人」訊息上，雖然也有明確寫出全名的時候，但許多情況都是採「甲某／某甲」、「姓氏＋某」、「某＋身分／職位／性別」等的方式帶過。這種呈現方式使得新聞指設人物的精準度降低，符合主角條件的人增多，變成只是泛指任何一個符合條件的群體，只要是在該群體內的人，人人都可能是新聞事件的主角，甚至連《點石齋畫報》中所畫出的其他人物，也可能就是讀者中的任何一個人。

從上文的討論中，我們可以知道《點石齋畫報》在「時」和「人」的訊息上經常採用泛寫的方式。而這樣的書寫方式，使得「時」和「人」的指涉範圍擴大，只要符合條件，新聞事件可以是發生在任何一個時間，主角也可以是任何一個人，當然也包括了正在閱讀的讀者們的未來。

《申報》刊登於 1884 年 6 月 26 日的〈第六號畫報出售〉即寫到：

> 書畫，韻事也；果報，天理也；勸懲，人力也。本館印行畫報，非徒
> 以筆墨供人玩好。蓋寓果報於書畫，借書畫為勸懲。其事信而有徵，
> 其文淺而易曉，故士夫可讀也。下而販夫牧豎，亦可助科頭跣足之傾
> 談。男子可觀也，內而蠶首峨眉，自必添妝罷針餘之雅謔。可以陶情
> 淑性，可以觸目驚心，事必新奇，意歸忠厚。而且外洋新出一器，乍
> 創一物，凡有利於國計民生者，立即繪圖譯說，以備官商採用。既擴
> 見聞，亦資利益，故自開印以至今日，銷售日盛一日。〔註24〕

〔註24〕申報館主啟：〈第六號畫報出售〉，《申報》第 4023 號，光緒 10 年閏 5 月 4 日，
西元 1884 年 6 月 26 日禮拜四，頭版，《申報：影印本》第二十四冊，頁 1011。

由此可知，「寓果報於書畫，借書畫為勸懲」是《點石齋畫報》想要產生的功效之一，藉由新聞報導的內容，來勸誡讀者們不要做哪些事情，才不會落得跟如報導中的主角一樣的報應（又或者是應該做什麼事情，才能和主角一樣獲得好的結果）。

這種勸戒的功能，主要著重的是在未來的時間面向上。在前文中筆者曾經提過，《點石齋畫報》的時間是以指涉過去曾經發生的新聞事件為主，但是如果考慮到《點石齋畫報》中所蘊含的「勸誡」意味的話，那麼報導所關注的時間向度，就可能進一步包括了讀者們的未來。

「時」和「人」訊息上的泛寫，對於這樣的勸誡目的也起了一些效果，既然「時」和「人」指涉的範圍擴大，那麼如果讀者們符合了報導中的指涉條件，未來是不是可能成為下一個新聞事件的主角，遭遇和報導中一樣的事情呢？換句話說，透過「時」和「人」訊息上的泛寫，讓新聞事件的指涉範圍擴大，使讀者們也成為了被泛指的群體，藉此警惕讀者不要重蹈覆轍，否則未來就會和報導的主角一樣，落得同樣的下場。

第二節　看客與事件中心

從報導題材來看，《點石齋畫報》的內容可說包羅萬象，其報導的觸角伸及各種空間領域，從一般人皆可接觸到的公領域，例如戲院、茶樓等，跨足到隱密而不易看到的私領域，包括家庭情景、房中景象等。《點石齋畫報》打破了現實中的空間限制，以一種窺探的視線，入侵到各個空間之中，提供讀者機會去觀看平常無法輕易得知的他人私生活狀況，形成一種窺探式的視覺觀看。

除了在空間上帶有窺探視線外，相較於晚清的其它畫報，《點石齋畫報》的報導中，不論是圖像還是文字內容上，都經常呈現一個特殊元素。這個特殊元素以正大光明的姿態存在在《點石齋畫報》的圖文上，直接而毫不掩飾地將視線投向新聞中心，觀看著事件的發生，而這個代表視線群體的特殊元素，就是《點石齋畫報》中經常出現的「觀者」。

（圖六·六）

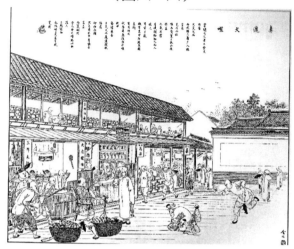

　　在《點石齋畫報》的圖像中，經常可以看到如〈鼻遭犬噬〉（圖六·六）〔註25〕一般，在事件中心周圍圍繞著一群正在觀看事件發生的觀眾。他們可能是三三兩兩，也可能是成群結夥，但不論他們是用什麼姿態出現在《點石齋畫報》的畫面上，他們共同不變的特點就是都在「觀看」事件的發生經過。同樣的情況也出現在文字報導的部分，《點石齋畫報》的文字中，不時出現關於「觀者」的描述，諸如「觀者如堵」等字句。簡單來說，不論是圖像抑或是文字，《點石齋畫報》的報導中隨時都充斥著這樣一群「觀者」。

（圖六·七）

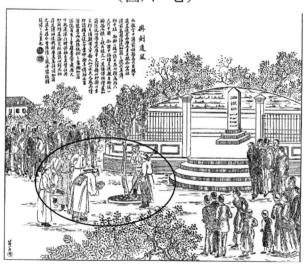

〔註25〕金蟾香繪：〈鼻遭犬噬〉，《點石齋畫報·大可堂版》，第二冊戊集，圖123。

西報言，中國前任駐美大臣楊子通星使於西曆五月七號命駕往謁前
美國總統加蘭之陵，代李傅相手植御柳一株，以志不忘。此樹高約
六尺，乃中國御園中物。楊星使親自撿泥一掬播而植之，旋出誄文
一道，係傅相讚慕加蘭總統功德，並述歷年交誼，借此柳數以書不
朽，在場觀者三千餘人。加蘭夫人感其情，即請楊星使寄意伸謝李
傅相，亦有愴懷舊雨無限低迴之意。溯加蘭總統有生之年，攜妻及
子遊歷天下，取道津門時，傅相在直督任，與加蘭傾概論交、杯酒
談心，頗為相得。及傅相使俄遊歷至美，往謁加蘭之陵，不勝今昔
殊情之感，老懷悵觸，故惓惓不置也。（故人、情重）〔註26〕

　　只要有新聞事件發生，這群觀者就會自然地聚集起來，形成一群群的圍
觀群眾。有時候觀者的數量眾多，《點石齋畫報》難以將所有的「觀者群」
都詳細繪下，便會採取以部分代全體的方式來繪製，再搭配文字報導進行說
明。以〈掛劍遺風〉（圖六·七）為例，筆者圈出的部分是新聞報導的主要
人物，也就是掬泥以植樹的楊子通星使，以及一旁協助植樹的人員。而在圈
框以外、圍繞在周圍觀看儀式進行的其他人，則是這整件事情的「觀者」。
雖然圖像上畫出的觀者約三十多人，但依據文字中所寫「在場觀者三千餘
人」，可知人數應該更為驚人，圖像上僅只以少數幾十人來表現「觀者」這
個群體罷了。

　　有時候新聞事件的觀者太多，不僅在新聞事件的周圍築起一道道人牆，
甚至還釀成災禍。《點石齋畫報》第二號即有〈觀火罹災〉（圖六·八）報導
一則：

〔註26〕符艮心繪：〈掛劍遺風〉，《點石齋畫報·大可堂版》，第十四冊元集，圖182。
　　　　陳平原、夏曉紅編著：《圖像晚清》，頁65。

（圖六・八）

諺有之曰：「三場不到」，良以無妄之災猝然波及，無益而有損也。日前滬上老閘西首失慎，觀火者駐足橋上，愈聚愈多，竟有寔不能容之勢，而巡捕持棍驅人，哄然思竄，橋欄擠折，落河者不下數十人。是不獨失冠遺履之紛紛也。城門失火，殃及池魚，古人豈欺我哉。（繪者私印：友如）〔註27〕

照常理來說，火災事件的發生應該才是新聞的事件中心，但很顯然的，在這則報導中，「觀者」一躍成為了新聞事件的主角。從文字報導中「愈聚愈多，竟有寔不能容之勢」、「橋欄擠折，落河者不下數十人」的描述，可知觀者的數量是很驚人的，多到無法容納，甚至造成擠斷橋的意外發生。假設觀者們沒有聚集過去觀看火災現場，就不會受到這種「無妄之災」的波及，難怪《點石齋畫報》要說這樣的行為是「無益而有損」了。

〔註27〕吳友如繪：〈觀火罹災〉，《點石齋畫報・大可堂版》，第一冊甲集，圖6。

（圖六·九）

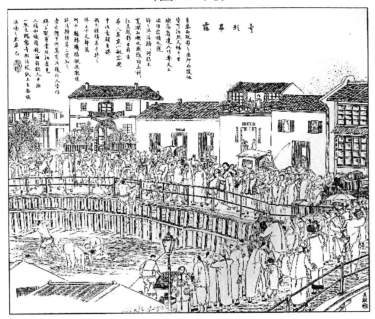

自泰西脫影之法行，而隨地皆可拍照。尺幅千里，纖悉靡遺，人巧
奪天工，洵非虛語也。滬埠之洋涇橋，橋河雖不寬闊，而潮水盛漲
時，舟楫往來頗夥。日前有華人某乘小船容與中流，意頗自得，偶
不謹慎，其手持之洋三十元掉落河中，輾轉躊躇，儗俟潮退，設法
撈摸。岸上有知之者，赤體下河，冀有所獲，行人皆作壁上觀。有
業照相者見人頭如蟻，攜鏡箱雜稠人中，拍一照去。醜態奇形，活
現紙上，正無俟溫嶠之然犀已。（異形）〔註28〕

如果說觀者的聚集是人們對於新聞事件的好奇心的表現，那麼在〈奇形
畢露〉（圖六·九）中，文字報導的部分則是表現出觀者在觀看行為下所蘊含
的另一種心態。在這則報導圖像中我們可以看到河邊、橋上都站滿了觀看的
人群，文字也用「人頭如蟻」來加以形容，可見圍觀的觀者數量之多。除了幾
個也想脫去衣服，跨越欄杆加入撈錢活動的人外，其他圍繞在周圍的觀者們，
或是搖扇，或是撐傘，不論男女老幼都對河中撈錢的人們投以觀看的眼光。
《點石齋畫報》對於這些觀者的觀看態度，以「行人皆作壁上觀」來形容，一
方面既點出他們觀看的舉動，另一方面也將觀者們在觀看的行為背後那種事
不關己、袖手旁觀的心態呈現了出來。這種觀看心態反映出這些觀者雖然表

〔註28〕吳友如繪：〈奇形畢露〉，《點石齋畫報·大可堂版》，第一冊甲集，圖37。

面上像是新聞事件的見證者，但實則是以置身事外的態度在觀看著事件經過的「觀者」們。他們不痛不癢地看著新聞事件的發展，既不伸手幫助，也不參與其中，純粹是抱著看熱鬧的心態在觀看著。這些透過《點石齋畫報》的圖文報導而被記錄下來的觀者們，實際上正反映了晚清社會文化中，總是以事不關己、看熱鬧的好奇心態度在觀看著各種社會事件的觀者們，而這也就是魯迅所提出來的「看客」。

　　魯迅在《吶喊》一書的自序曾經提過：

> 因為這些幼稚的知識，後來便使我的學籍列在日本一個鄉間的醫學專門學校裡了。我的夢很美滿，預備卒業回來，救治像我父親似的被誤的病人的疾苦，戰爭時候便去當軍醫，一面又促進了國人對於維新的信仰。我已不知道教授微生物學的方法，現在又有了怎樣的進步了，總之那時是用了電影，來顯示微生物的形狀的，因此有時講義的一段落已完，而時間還沒有到，教師便映些風景或時事的畫片給學生看，以用去這多餘的光陰。其時正當日俄戰爭的時候，關於戰事的畫片自然也就比較的多了，我在這一個講堂中，便須常常隨喜我那同學們的拍手和喝采。有一回，我竟在畫片上忽然會見我久違的許多中國人了，一個綁在中間，許多站在左右，一樣是強壯的體格，而顯出麻木的神情。據解說，則綁著的是替俄國做了軍事上的偵探，正要被日軍砍下頭顱來示眾，而圍著的便是來賞鑒這示眾的盛舉的人們。

> 這一學年沒有完畢，我已經到了東京了，因為從那一回以後，我便覺得醫學並非一件緊要事，凡是愚弱的國民，即使體格如何健全，如何茁壯，也只能做毫無意義的示眾的材料和看客，病死多少是不必以為不幸的。〔註29〕

魯迅在這段經歷中，感受到了廣大中國人民所蘊含著的「看客」民族性，而這也成為魯迅筆下帶有特定含意的一種「社會相」或社會典型：〔註30〕一群連事件見證者都稱不上的看客，事不關己地環繞在事件周圍，只是以好奇而

〔註29〕魯迅：《吶喊》（臺北：風雲時代出版，1996年），頁3。
〔註30〕雖然《點石齋畫報》刊行時，魯迅尚且年幼，但許綺玲指出《點石齋畫報》刊行的時間，也是魯迅在〈論照相之類〉第一部分「材料之類」裡所追溯的年代，故可以將《點石齋畫報》納入「看客」的討論範疇之中，見許綺玲：〈魯迅寫攝影〉，頁403、404。

又麻木無感的態度觀看著事件的發生經過。

　　《點石齋畫報》的圖像，生動而精確地將魯迅口中所指的這群「看客」呈現出來，他們將好奇的目光投注向事件中心，卻不進一步參與其中。不論新聞事件的過程如何激烈混亂，他們都保持著淡然而事不關己的樣子，看著事件的發生。另一方面，這群無所不在的「看客」，他們四散在《點石齋畫報》各個報導裡，組成了《點石齋畫報》的圖像背景。他們凝固在畫面中，成為一種靜態狀態，在《點石齋畫報》有限的圖像報導框架內，不斷強調著自我的存在性，讓讀者不得不直視他們。〔註 31〕因此經由《點石齋畫報》的圖像報導，我們便時時看到這群「看客」環繞在事件中心的周圍觀看著，提醒著我們晚清社會中所存有的看客文化。

　　從圖像的構成內容來看，《點石齋畫報》在畫報創刊後沒多久，為了徵求稿件，曾經在《申報》上刊登過這麼一段文字：

> 本本齋印售畫報，月凡數次，業已盛行。惟外埠所有奇怪之事，除已登《申報》外，能繪入畫圖者，尚復指不勝屈。故本齋特請海內大畫家，如遇本處有可驚可喜之事，以潔白紙、新鮮濃墨繪成畫幅，另紙署明事之原委，函寄本齋。如果惟妙惟肖，足以列入畫報者，每幅酬筆資洋兩元。其原稿不論用與不用，概不寄還。畫幅直裏須中尺一尺三寸四分，橫裏中尺一尺六寸。除題頭空少許外，必須盡行畫足，里居姓氏亦須示知。其書收到後當付收條一張，一俟印入畫報，即憑本齋原條取洋。如不入報，收條作為廢紙，以免兩誤。諸君子諒不吝教也。特布。〔註 32〕

由此可以知道，《點石齋畫報》對於畫者的要求是除了留作文字報導的空間外，其它畫面空間都應該畫滿，而《點石齋畫報》大多數的報導圖像也確實做到此要求。然而，既然畫面被畫滿，一張報導圖像中自然就涵蓋著許多訊息，例如事件場景周圍的建築物、擺設等等。想要讓讀者在閱讀《點石齋畫報》的新聞報導圖像時，能夠清楚掌握住新聞事件的主旨所在，「看客」的存在成為了可以運用的構成元素。這群「看客」雖然占據在圖像中可以清楚

〔註31〕許綺玲：〈魯迅寫攝影〉，頁 406。
〔註32〕點石齋主人啟：《請各處名手專畫新聞啟》，《申報》第 4001 號，頭版，光緒 10 年 5 月 11 日，西元 1884 年 6 月 4 日禮拜三，《申報：影印本》第二十四冊，頁 879。

看到事情經過的位置，但往往也同時和事件的人物保持著一定的距離。「看客」們所形成的這層宛如真空的「距離」，搭配上他們的眼光所指，就構成了聚焦的效果，呈現出圖像報導上的「事件中心」。

以先前提過的〈掛劍遺風〉（圖六・七）為例，筆者所圈出的界線，其實就是看客們與事件中心所拉出的距離。這樣的距離以及看客們的目光，讓讀者可以輕易找出新聞報導的主要人物：楊子通星使以及協助的人員，將注意力擺放在主要人物的動作上。就敘事學上來說，視角講的是「誰在看」，聚焦講的是「什麼被看」，〔註33〕因此經由看客的聚焦效果，《點石齋畫報》明確地將所欲給讀者觀看的「事件中心」呈現出來，如此讀者們才能從《點石齋畫報》圖像中眾多的訊息裡，區分這些訊息的主客關係，辨別出哪些人是新聞的主角，快速而準確地找出「事件中心」的位置，進而掌握圖像報導所欲呈現的主題。

第三節　看與被看

筆者在前文中曾經提到，《點石齋畫報》中所記錄下的看客，往往和事件中心保持著一段距離。這樣的距離，對於「看客」來說相當重要，因為距離除了形成前文所說的聚焦外，對看客來說同時也是一種保護，旨在確保「看客」不會被牽扯進事件中、變成事件的成員之一，而能自始至終都作為一個純粹的「看客」而存在。

「看客」和新聞事件的主角形成距離的方式有很多種，除了上述在主角身邊圍成一個有如真空的無形圈界外，在《點石齋畫報》中經常使用的方式是「框」的運用。這個「框」可能是門，也可能是窗，它一方面將畫面的空間進行了切割，另一方面也提供「看客」一個安全無虞的觀看位置。以下我們就以〈貞魂不泯〉（圖六・十）這則報導為例，來看看裡面的「看客」是如何分布的：

〔註33〕楊義：《中國敘事學》（北京：人民出版社，2009年），頁254。

（圖六‧十）

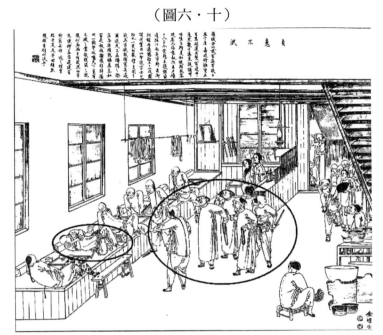

揚城西山談家集有談二麻子者，嘉道時擁貲五百萬，嗣遭兵燹，家
道中衰，然數十萬朱提，猶可咄嗟立辦。夏初被綠林客破扉入，恣
意劫掠，且刀傷二人，至今案懸未獲。該盜遁跡江南，在常郡某街
烟館內過癮，指手上戒圈謂同黨曰：「此即談家女兒物也。」一笑而
罷。館主聞之疑為盜，欲報捕憲，其遽爾遁走。正在躊躇之際，盜
忽垂頭熟睡，鼻息如雷。遂報縣擒獲，移解揚州，一鞫即伏。噫！
天下豈有不破之案哉？該盜之就獲，似為漏言所致，然必有鬼使神
差者，遲速有時，萬無倖逃之理。曾經失足，及早回頭，庶獲保首
領以沒乎。〔註34〕

　　對照文字報導的部分，我們大概可以推測出圖中幾個人物的身分。除了
圖六‧十中筆者所標註出來的人物外，其他觀看著事情發展的人們就是「看
客」。其中左邊四位看客因為和盜同躺在榻上，故靠事件中心人物較近，而
室內其他的看客們則都保持著一段距離在觀看。〔註35〕至於戶外的看客們，

〔註34〕金蟾香繪：〈貞魂不泯〉，《點石齋畫報‧大可堂版》，第一冊甲集，圖85。
〔註35〕有個必須注意的地方是，圖右側單腳站立、口中咬著劍的男子，從其服裝打
　　　　扮與劍的形狀來推測，有可能並非看客，而是前來逮人的官府人員，他只是
　　　　因為正在處理褲腳或鞋子的問題而暫時落後了。此處繪者擷取了他靠近前的
　　　　瞬間，生動地表現了事發當下的細節。

其中一部分是隔著窗戶伸長脖子觀看著室內，這個窗戶隔離了他們與室內的接觸，但是同時也讓他們的視線得以穿過玻璃觀看到原本在戶外無法窺視到的室內情況。他們站在窗外觀看，也許在聽覺上無法比在室內的看客們聽得清楚，但如室內發生扭打等危險場面時，他們不需擔心會遭到波及而能繼續觀看著，因此窗戶一方面隔絕他們，一方面又為他們開啟一道相對安全的窺視管道。另一部分的戶外看客則是在門外撩起簾子，站在簾後觀看。和站在窗外觀看的看客相比，這群看客與室內的連結性更強烈了一些，他們依舊因門框而和室內區隔開來，但是透過他們一個撩簾的動作，為裡外兩個空間開啟了相通的管道，讓他們可以往前一步踏入室內（事件現場），也可以放下簾，澈底與現場隔絕。因此比起窗戶，站在門口的看客們除了可以獲得較多的事件訊息（例如聲音）外，他們更多了進退的選擇。整體來說，不論是門還是窗，這些「框」都為看客和事件中心人物起了隔離與相連的作用，讓看客們因為「框」而和事件隔離，也因為「框」而和事件有所連結。〔註36〕

　　這種「框」的運用，在《點石齋畫報》中時有所見，諸如〈六根未淨〉〔註37〕、〈主翁虐婢〉〔註38〕等都是。《點石齋畫報》藉由「框」的切割，為事件周圍的看客進行了巧妙的距離安排，同時也呈現出來自各個生活空間的觀看視線。然而，除了《點石齋畫報》圖像中繪者所畫的「框」外，如果我們進一步將討論範圍放大，把讀者也拉入觀看的討論之中，就會發現當讀者經由《點石齋畫報》圖像報導的畫框觀看新聞事件的報導時，何嘗不也是處在「看客」的狀態？

　　在上一節中筆者曾經提過，在「以事件為中心」的報導裡，對讀者來說，「人」的訊息較不重要，重要的是「事情」的訊息。換句話說，讀者對於新聞事件的主角是誰，並不在意，他們只是想觀看事件發生的經過、情形，來獲得包括娛樂感、新知奇聞，或者是窺探欲的滿足。《點石齋畫報》的讀者之所以購買、閱讀《點石齋畫報》，就是為了要從中窺探新奇的事物。誠如

〔註36〕實際上，門、窗的運用在中國小說中十分常見，例如張世君便曾從空間敘事的角度，討論過《紅樓夢》中的門與窗，見張世君：《紅樓夢的空間敘事》（北京：中國社會科學出版社，1999年），頁128～162。

〔註37〕金蟾香：〈六根未淨〉，《點石齋畫報‧大可堂版》，第一冊乙集，圖141。

〔註38〕金蟾香：〈主翁虐婢〉，《點石齋畫報‧大可堂版》，第二冊丁集，圖49。

　　《點石齋畫報》在創刊之初所發表的序文中所說：「爰倩精於繪事者，擇新奇可喜之事摹而為圖」〔註39〕，《點石齋畫報》就是以「搜奇」作為題材的選擇標準，讓讀者得以透過觀看《點石齋畫報》的圖像來窺探新奇的事物，甚至是不為外人所知的私密空間。因此這些尋求新奇感的讀者們，其實就像事件現場的其他「看客」一般，帶著看熱鬧的心態，在觀看著事件的場景，而畫報的圖像將事件鎖進畫框之中，區隔出讀者與事件的安全距離，使讀者可以躲在安全的畫框之外，以事不關己的好奇心態，觀看《點石齋畫報》所回溯出的「過去事件」——這樣的觀看形式，其實就是一種「看客」。

　　這樣不同的兩群「看客」，形成了《點石齋畫報》看與被看的關係。在前文也說過，《點石齋畫報》圖像中的「看客」是無所不在的，其四散在《點石齋畫報》各個報導裡，組成《點石齋畫報》的圖像背景。雖然讀者們在觀看事件時，都是有個觀看的焦點存在，但是焦點周圍的其它事物，同樣也會進入讀者們的眼中，被讀者們所觀看到。因此當報導圖像中的「看客」們在觀看著事件發展的同時，他們除了是觀看他人的看客，同時也不可避免地經由圖像的畫框，展現出他們一次又一次伸頭探出窗外，或是倚門撩簾的觀看身影，成為被《點石齋畫報》的讀者們觀看的一員。更進一步來說，畫框還提供了讀者更為安全而不易被察覺的觀看位置：新聞中的事件主角也許知道自己正被周圍的看客們所觀看，可以採用關窗、關門的方式阻絕看客的視線，但對於畫框外的讀者們（看客）卻是無能為力，甚至未曾察覺到他們的存在。《點石齋畫報》的繪者運用上帝視角般的角度，將讀者們在生活中可能看不到的場景也呈現在讀者面前，讀者既不用害怕被波及，也不用受限於現實空間的限制，得以以更安全而不易察覺的狀態，觀看事件的發生情況。

〔註39〕尊聞閣主人：〈點石齋畫報緣啟〉，收入江蘇廣陵古籍刻印社：《點石齋畫報》上冊，甲一頁 1、2。

（圖六・十一）

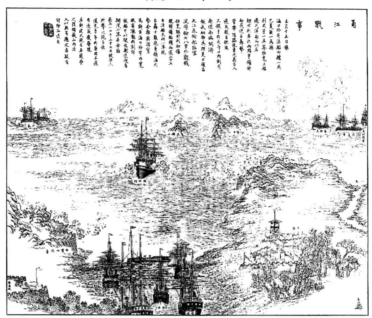

正月十五日，鎮海口外有法船四艘，一為巴夏爾，一為德利用芳，一為答拉克，三船遊弋洋面；而以名紐回利者，於兩點半鐘時，向我炮台轟擊。管帶陸路炮勇之吳吉人遊戎親自燃放，不假手於兵弁。口內則有南琛、南瑞、開濟、超武相助為理。是日，旗昌之江表輪船往寧波停輪，七、八里外觀戰，但見紐回利初傷桅，繼傷船頭而退。二十七日，法船又向小港炮台轟十數炮。查鎮海形勢：金雞與招寶為犄角，海口外窄內寬，祇有漲潮兩刻許敵船可以駛近，潮退便易擱淺。小港在金雞南，亦一口子。二十七日被法人所擊之炮台，係道光季年所築，因不適用，遂成廢壘。現在新建之炮台，在廢壘之後，暗藏山內。法人以無有應之者，疑有計，即亦退去。〔註40〕

　　除了形成圖內與圖外兩種看客的「看與被看」關係外，《點石齋畫報》繪者在繪圖時，還經常將新聞事件的來源者／敘事者也繪入圖像之中。以〈甬江戰事〉（圖六・十一）為例，《點石齋畫報》是經由江表輪船在現場的觀看記憶為基礎，繪製出這麼一幅軍艦佈置圖。照理說圖像的觀看視角，應該是從新聞來源者／敘事者的角度出發，但是在繪者經過消化、理解後所繪出的圖像裡，卻包含了新聞來源者／敘事者的身影（見圖六・十一左上的

<hr>

〔註40〕吳友如繪：〈甬江戰事〉，《點石齋畫報・大可堂版》，第一冊丙集，圖288。

江表輪船）。於是，《點石齋畫報》在這裡就產生另一種雙重觀看的現象：讀者一方面是透過新聞來源者／敘事者的眼睛在觀看新聞事件，但另一方面卻又跳脫出新聞來源者／敘事者的視線，觀看到新聞來源者／敘事者自身，使得原本是觀者的新聞來源者／敘事者，轉變成為被觀者，成為另一種看與被看的關係。

總的來說，《點石齋畫報》不論是圖像或是文字上，經常呈現出魯迅所說的「看客」，而這些看客透過其與事件中心間的距離，或者是「框」的區隔，得以處在安全的位置，觀看著事件的發生經過。另一方面，這些「看客」經由《點石齋畫報》的紀錄，成為圖文報導上的背景，變成被讀者們觀看的對象之一。而《點石齋畫報》的讀者們，一方面可能透過《點石齋畫報》全知的視角，安全地躲在畫框外觀看事件的發生，而不被新聞中的主角、看客們感受到他們的存在；另一方面，讀者們又可能隨著《點石齋畫報》的敘事視角，看到了事件敘事者本身，形成既是觀看者，同時也是被觀者的另一種觀看關係。

第四節　結　語

光緒十年四月（西元 1884 年 5 月），英國在華商人美查（Ernest Major）於上海創辦了《點石齋畫報》，正式開啟晚清手繪畫報的巔峰時期。在長達十多年的發行期間裡，《點石齋畫報》將新聞時事透過圖文報導，再現在讀者的面前，為原本無緣接觸這些訊息的普通民眾們打開一道觀看管道，讓讀者們得以藉由圖文報導的內容，瞭解中國本地乃至於海外他國所發生的種種時事。

《點石齋畫報》作為一種手繪畫報，「新聞性」與「圖像」是其有別於一般報紙與畫冊的關鍵特色。因為具有「新聞性」，所以《點石齋畫報》有濃厚的時間意識；又因為《點石齋畫報》是以「圖像」為敘事重心，在探討《點石齋畫報》的報導內容時，就不能只著重在文字報導的部分，必須把圖像也一併納入討論範疇裡。因此有鑑於《點石齋畫報》這兩項特點，筆者在本文中便以「新聞」與「圖文」這兩方面為討論的基石。

首先筆者回歸到新聞訊息上，先探討《點石齋畫報》在「時」、「地」的訊息傳遞情況，並以此作為基礎，梳理出《點石齋畫報》對於「時」訊息的泛

寫，以及著重「地」訊息的地理感。接著從「人」訊息在《點石齋畫報》中的呈現情況來進行分析，指出《點石齋畫報》雖然有許多以「人」為重心的報導，但同時也經常採用「甲某／某甲」、「姓氏＋某」、「某＋身分／職位／性別」這樣泛寫的方式來陳述新聞事件的主、次要人物，將敘事重點擺放在事情的經過上，形成了以「事件」為中心的另一種報導模式。然而，「時」和「人」的訊息泛寫，使得新聞內容的指涉範圍擴大，可能也包括了讀者自身以及讀者尚未知的未來，而這種寫法與勸戒類的新聞結合，便達到了「勸戒讀者不要重蹈覆轍，否則這樣的報導內容，可能就是讀者未來的寫照」的勸戒效果。

另一方面，筆者以魯迅所提出的「看客」觀念為基礎，指出《點石齋畫報》的圖文報導中處處充斥著這種以事不關己的態度觀看著新聞事件發展的看客們。這些看客在觀看的同時，與新聞事件的中心保持著適當的距離，而這個距離再現在《點石齋畫報》的圖像上，就達到了敘事上的聚焦效果，讓讀者在閱讀時可以準確掌握住圖像上的「事件中心」。除此之外，筆者進一步指出《點石齋畫報》在圖像上藉著「框」的運用，不僅讓看客與新聞事件產生連結性與隔離效果，同時也透過這些框形成了「看與被看」的多重觀看關係。

總結來說，筆者以「新聞性」與「圖文」這兩方面為經緯，爬梳《點石齋畫報》的多重觀看情形，或許探討面向仍不夠全面，但希望經由這樣的分析，能夠對晚清的圖文觀看文化有更深入的瞭解。

第七章　結　論

　　《點石齋畫報》是晚清重要的畫報之一，除了它發刊時間長久而穩定外，它在中國晚清眾多的畫報之中所佔有的先驅地位，使得其為「畫報」這個新式新聞傳播媒介的確立奠定了許多基礎，有些甚至成為日後許多晚清畫報遵循的模式。因此對於《點石齋畫報》的圖文報導進行研究，將有助於瞭解晚清畫報的發展脈絡。

　　本論文以《點石齋畫報》作為主要研究對象及範疇，針對裡面四千多幅的報導圖文進行討論。研究議題主要放在「圖文構成」上，並從「敘事」與「觀看」兩個概念來展開論述，試圖從中爬梳出《點石齋畫報》的圖文構成情形。

　　章節部分，總共分為七章，第一章緒論首先界定問題方向，接著整理前人的研究概況，以對《點石齋畫報》目前的研究成果與方向進行瞭解，最後對於《點石齋畫報》的印本，以及本論文的研究徑路、章次的安排進行說明。

　　第二章到第三章是《點石齋畫報》的環境背景與基本資料的討論。其中第二章從「經濟與娛樂業」、「華洋文化共處」與「石印印刷術的引進」三方面作論述，目的是建構出《點石齋畫報》的生成環境。第三章就《點石齋畫報》本身的情況切入，釐清《點石齋畫報》是出自於何人之手以及其刊行的方式，接著對於《點石齋畫報》的辦報策略加以論述，藉此探索《點石齋畫報》能夠長期刊行的原因。最後就中國手繪畫報的形成過程進行爬梳，為《點石齋畫報》在晚清畫報中的先驅地位進行界定。

　　第四章到第六章是本論文的核心部分，以「敘事」和「觀看」作為主要概念加以論述。首先是討論《點石齋畫報》的繪者如何編造出新聞事件，接

著對《點石齋畫報》如何清楚將新聞事件敘述出來的議題探索，最後探討出《點石齋畫報》經由圖文構成的新聞敘述，呈現出了怎麼樣的觀看。

透過以上章節的討論，本論文對於《點石齋畫報》的圖文構成有了些許的瞭解，並得出了一些研究成果，茲歸納如下：

壹、作為晚清新式傳播媒介的開創性

一、一部以圖文記錄晚清新聞的畫史

鄭振鐸在〈近百年來中國繪畫的發展〉中曾經這麼說到：

> 吳猷是在中國畫的傳統基礎上吸收了西洋畫技法的畫家，他的成就在人物畫與社會生活畫方面。從來沒有一個畫家有像他那麼努力於繪寫社會生活的形形式式的。他是一個新聞畫家，且住在上海，故其生活畫裡也經常地出現著兇狠狠的帝國主義者們及其幫兇們的醜惡面目。他的《吳友如畫寶》和他在《點石齋畫報》和《飛影閣畫報》裡繪畫的許多生活畫，乃是中國近百年很好的「畫史」；也就是說，中國近百年來半封建、半殖民地社會前期的歷史，從他的新聞畫裡可以看得很清楚。〔註1〕

雖然這段文字主要是針對吳友如在《吳友如畫寶》、《點石齋畫報》和《飛影閣畫報》中的生活畫，但也同時反映出了《點石齋畫報》的重要價值：以圖文記錄晚清的生活場景。

在《點石齋畫報》眾多的圖像中，以上海相關的報導最多。晚清上海的社會背景，一方面為《點石齋畫報》的生成提供了良好的環境，使《點石齋畫報》得以發展出屬於自己的銷售市場與閱讀群眾，另一方面上海所發生的種種新聞事件，也成為《點石齋畫報》源源不絕的新聞題材。《點石齋畫報》運用圖像與文字，將這些新聞事件一一記錄下來，為後代重新回顧晚清上海的場景提供了珍貴的資料。但是，如果只是以圖文來記錄晚清上海的場景，吳友如在同一時期所繪的《申江勝景圖》也有同樣的效果，為什麼《點石齋畫報》會顯得獨特？這兩者最主要的差別，就在於《點石齋畫報》本身所具備的「新聞性」特性。《申江勝景圖》所繪入的是以「景」為主的圖像，記錄的是晚清上海重要的生活景象，而《點石齋畫報》則是以「人」、「事件」為重心，來敘述發生過的新聞事件，並且給予各種評論或結語。

〔註1〕鄭振鐸：〈近百年來中國繪畫的發展〉，頁193。

　　《點石齋畫報》的這種評寫方式，帶著一些中國傳統史書的影子，只不過《點石齋畫報》是運用了圖文來進行敘事，讓讀者們能透過對圖像的觀看來瞭解新聞事件的場景罷了。晚清上海乃至於中國內外的種種社會場景，都因為《點石齋畫報》的流傳與保存，留下了許多圖文紀錄，讓後世的讀者得以藉由《點石齋畫報》來窺探一絲晚清上海的面貌，因此我們可以說，《點石齋畫報》就像一本以圖文記錄晚清新聞的畫史，為晚清保留了彌足珍貴的紀錄。

二、以讀者為重的發展方向

　　美查創辦《點石齋畫報》最主要的目的就是營利，故對於銷售量自然重視。而影響銷售量高低的關鍵，主要取決於讀者們的購買意願，因此如何刺激購買意願、滿足讀者的需求，就成為了《點石齋畫報》重要的發展指標。

　　《點石齋畫報》的各項規劃，往往是環繞著「讀者」而來。首先美查洞悉讀者們對於圖像的渴望以及畫報在中國所具有的市場潛力，遂創辦出以圖像為主的《點石齋畫報》。其次在刊行方式上，不論是紀曆、裝訂、畫風、文化取向等等，《點石齋畫報》都加以中國化，在開創新媒介的同時不忘配合讀者的閱讀習慣，以提升讀者對畫報的接受程度。還有在內容的選擇上，《點石齋畫報》掌握了讀者們的閱讀需求，將重心放在「搜奇」之上，大量報導了諸如科技新知、奇聞異事等的新聞，提供讀者可以「展卷玩賞」的娛樂性。另外，讀者這種對於新奇事物的好奇心，也關注在生活周遭的人事物上，尤其是對他人不為人知的隱私。《點石齋畫報》透過報導新聞事件以及構圖的安排，讓讀者可以經由閱讀《點石齋畫報》，打破空間的限制，窺探到他人的私人領域，進而滿足了讀者的窺探欲望。除此之外，讀者們對於新聞的真實性、寫實性的要求，也反映在《點石齋畫報》的圖文內容之中。《點石齋畫報》一方面透過對新聞來源的說明等方式，強調新聞內容的正確無誤；另一方面，為了提升圖像的寫實性，《點石齋畫報》運用了當時可取得的各種照片、圖像資料，克服新聞來源的限制，繪製出了一張張混合著寫實與想像的報導圖像，藉此滿足讀者對圖像寫實性的要求。

　　在當時的晚清，尚未形成完整的新聞學概念，在報業的自我要求上也仍未形成共識，還處在摸索的階段，因此各種新聞改編、誇大，甚至是捏造的情形時有所見。作為晚清眾多報紙之一的《點石齋畫報》，也有同樣的情況發生，尤其是當讀者們的需求有所改變，以讀者為重的《點石齋畫報》勢必要

調整自己的發展方向，以符合讀者們的要求，而這個變動的範圍，包括了擇題標準與虛實性的判斷。例如隨著戰爭的開打，讀者們的民族情感高漲，渴望著獲得戰勝的消息，《點石齋畫報》在面對讀者的閱讀欲望改變的情況下，對於新聞內容進行了改編，再搭配寫實的圖像，完成了一則則迎合讀者的民族情感，寫實卻不真實的圖文報導。

　　總結來說，《點石齋畫報》這種以讀者為重的發展策略，讓《點石齋畫報》成功建立了自己的銷售市場，並得以長期而穩定地銷售。而當讀者的閱讀欲望有所改變，《點石齋畫報》也會做出調整，以求符合讀者們的需求。

貳、《點石齋畫報》的圖文構成所展示的意涵

一、從編造、敘事到觀看

　　《點石齋畫報》的製作方式，是先從各個新聞來源的管道獲得新聞訊息、參考資料，再經由繪者和撰寫者加以繪製出圖像與文字，最後印刷成冊，運送至各販售地點進行販售。而在從新聞訊息轉換成報導內容的過程中，考慮到篇幅限制、報導策略等等的因素，往往需要加以刪減、修改，或者是重新編造，這點比較《點石齋畫報》和《申報》的文字內容就可以看出。除了文字部分外，《點石齋畫報》的圖像也同樣是經由繪者的編造而成。手繪圖像和照片不同，照片一經拍攝，場景就固定在照片之上，無法再行變動（這裡暫且不將後來的修片技術納入討論），但是手繪圖像卻能夠隨著繪者的主觀判斷，加以編造，因此《點石齋畫報》的圖像，其實是繪者在閱讀過新聞訊息後，經過消化、理解後，自己構圖、繪製出的新聞圖像。因此不論是文字或圖像，《點石齋畫報》在製作的過程中，都經過了人為的編造程序。

　　既然可以自行編造，那麼如何透過編造清楚陳述出新聞事件，讓讀者能夠理解新聞事件的內容，就是《點石齋畫報》的繪者與撰寫者所要處理的重點。《點石齋畫報》在敘事方法上，採用了圖像、文字和閒章三層並存的手法：圖像經過畫面的構圖，或是凝聚在「最富於孕育性的頃刻」，或是採用時間並置的綱要式敘述，甚至藉由剖圖示的畫面，將原本不易看到的空間繪出，藉此呈現出新聞事件的場景。文字以淺近文言為基礎，經由「先議再敘再議」、「先議再敘」、「全為敘述」等方式，對新聞訊息進行陳述，補足圖像所無法表達的新聞訊息，並消除了單靠圖像容易形成的歧異性問題。放在文末的閒章，則多運用典故、俗語或諺語，對報導內容作出了評點，產生「順向」和

「輻射」的觀看效果。透過圖像、文字和閒章這三層的敘事方式，彼此互相補足、加強，使得每則新聞報導的訊息比單純的文字或圖像更為豐富，進而增加了閱讀的層次，並形成了多元的觀看效果，呈現在讀者面前。

　　經由研究《點石齋畫報》的圖文構成，我們可以看出《點石齋畫報》的繪者、撰寫者如何透過編造畫面、文字的方式，對新聞事件進行敘事，並達到各種觀看的效果，而這就是《點石齋畫報》的圖文構成所展現出的意涵之一。

二、結合商業行為的觀看視線

　　人們因為好奇心的作用，對於新奇的事物，往往以一種窺探的視線在觀看著，而這種觀看的視線，同樣也被《點石齋畫報》的圖文報導記錄了下來。在《點石齋畫報》中，我們隨時可以看到各種觀看的視線充斥在其中，毫不掩飾地觀看著新聞事件。

　　「看客」的存在，正是這種觀看視線的具體表現。透過「看客」觀看新聞事件的視線與動作，讓讀者們可以輕易找到圖像中的事件中心，形成了一種聚焦的效果。但另一方面，「看客」以事不關己、看熱鬧的態度，環繞在事件的周圍觀看著新聞事件，表面上是事件的見證者，實際上不過是好奇而又麻木地看著事件的發生。這些看客往往藉由「框」的運用，一邊與新聞事件保持著安全的距離，一邊又維持著與新聞事件的連結，安全地觀看著事件而不至於被波及。然而，這群觀看著新聞事件的看客們，被繪入《點石齋畫報》的圖像之中，成為《點石齋畫報》圖文背景的一部分，反過來被畫框外的讀者們所觀看，構成另一種看與被看的觀看關係。

　　除了看與被看的關係外，《點石齋畫報》透過題材的選擇，以及剖圖式的構圖方式，打破空間限制，將報導的觸角自公共領域延伸入私領域之中，也連帶將讀者們的觀看視線帶入了原本讀者看不到的私領域，滿足了讀者對於他人隱私的窺探欲望。值得注意的是，《點石齋畫報》是一份商業報紙，讀者對於《點石齋畫報》的觀看，其實是結合了商業的買賣行為。經由金錢往來，《點石齋畫報》和讀者們形成了觀看權的交易，因此當讀者購買了《點石齋畫報》，也就獲得了打破空間限制、觀看各種新聞事件，乃至於他人隱私空間的權利。換句話說，讀者的觀看視線，透過購買、觀看《點石齋畫報》，遍佈到生活的各個角落，包括公共與私密這兩種空間。

　　由此可知，《點石齋畫報》的圖文構成，其實呈現出了一種與商業結合的

觀看視線，不僅打破了一般報刊以文字為主的報導模式，更提供讀者新的圖文閱讀體驗。

參、研究展望

本論文以「圖文構成」為主題，從「敘事」與「觀看」兩個角度進行討論，透過分析《點石齋畫報》的圖文，試圖對於《點石齋畫報》的圖文構成有所瞭解。然而，因為《點石齋畫報》的報導數量龐大，難以一一進行分析，筆者只能整理出共同特點，並舉例子來作說明，不免顯得有不足、侷限之處。實際上，《點石齋畫報》的圖文內容十分豐富，仍有許多可以挖掘的地方。

從報刊的角度來看，《點石齋畫報》和《申報》之間的互文關係，一直是許多學者們關注的議題。然而，考慮到《點石齋畫報》的新聞來源，還包括晚清國內外的其它報紙，因此筆者認為還可以再多方收集當時所留下來的各類報紙，加以比較，相信能得到更多的討論成果。

另外，在圖像方面，《點石齋畫報》刊行之後陸續有許多畫報誕生，這些畫報在圖文構成上有什麼特色？是否沿襲自《點石齋畫報》？諸如此類的問題都是可以深入討論的議題，因此如果能夠將其它的晚清畫報一同納入討論、比較，相信能更凸顯出《點石齋畫報》的獨特性，以及晚清畫報在圖文構成上的發展脈絡。

以上是筆者以為尚可再發揮的討論方向，在此暫且提出，以作為《點石齋畫報》後續研究的參考。

參考書目

一、古　籍

1. （清）王先慎：《韓非子集解》（臺北：藝文印書館，2007 年）。

2. （清）陳其元：《庸閑齋筆記》第十卷，見顧廷龍主編：《續修四庫全書》（上海：上海古籍出版社，2002 年），第一一四二冊，第 151～169 頁。

3. （清）尊聞閣主人編、吳友如繪圖：《申江勝景圖》（臺北：廣文書局，1981 年）。

4. （清）黃協壎：《淞南夢影錄》，見江畲經編：《歷代小說筆記選（清）》（臺北：臺灣商務印書館，1980 年），五冊，頁 1335～1357。

5. （清）黃遵憲：《人境盧詩草箋注（三）》（上海：古籍出版社，1981 年），卷八。

6. （清）葛沖：《青浦縣鄉土志》，見黃葦、夏林根編：《近代上海地區方志經濟史料選輯 1840～1949》（上海：上海人民出版社，1984 年），頁 336。

二、近人專書

（一）中文專書

1. N. Gregory Mankiw 著，饒秀華、林修葳、傅冶天譯：《經濟學原理》（臺北：臺灣東華，1998 年）。

2. 戈公振：《中國報學史》（臺北：臺灣學生書局，1984 年）。

3. 毛文芳：《卷中小立亦百年：明清女性畫像文本探論》（臺北：臺灣學生

書局，2013 年）。

4. 毛文芳：《物‧性別‧觀看——明末清初文化書寫新探》（臺北：臺灣學生書局，2001 年）。

5. 毛文芳：《晚明閒賞美學》（臺北：臺灣學生書局，2000 年）。

6. 毛文芳：《圖成行樂：明清文人畫像題詠析論》（臺北：臺灣學生書局，2008 年）。

7. 水木茂作、蔡阿亮譯：《中國妖怪事典》（臺中市：晨星出版社，2007 年）。

8. 方師鐸主編：《點石齋畫報》第一輯（臺北：天一出版社，1978 年）。

9. 方漢奇：《中國近代報刊史》（太原市：山西人民出版社，1981 年）。

10. 王伯敏：《中國版畫史》（臺北：蘭亭書局，1986 年）。

11. 王鳳超：《中國的報刊》（北京：人民出版社，1988 年）。

12. 王稼句編：《晚清民風百俗》（南京：江蘇人民出版社，2006 年）。

13. 江畬經編：《歷代小說筆記選（清）》（臺北：臺灣商務印書館，1980 年）。

14. 江蘇廣陵古籍刻印社：《點石齋畫報》（揚州：江蘇廣陵古籍刻印社，1990 年）。

15. 衣若芬、劉苑如主編：《世變與創化：漢唐、唐宋轉換期之文藝現象》（臺北：中央研究院中國文史研究所籌辦處，2000 年）。

16. 衣若芬：《遊目騁懷：文學與美術的互文與再生》（臺北：里仁書局，2011 年）。

17. 衣若芬：《觀看‧敘述‧審美：唐宋題畫文學論集》（臺北：中央研究院中國文哲研究所，2004 年）。

18. 吳友如等：《清末浮世繪：「點石齋畫報」精選集》（臺北：遠流出版社，2008 年）。

19. 吳庠鑄編：《點石齋畫報的時事風俗畫》（北京：人民美術出版社，1958 年）。

20. 李仁淵：《晚清的新式傳播媒體與知識份子：以報刊出版為中心的討論》（臺北縣：稻鄉出版社，2005 年）。

21. 李長莉：《晚清上海社會的變遷——生活與倫理的近代化》（天津：天津

人民，2002 年）。

22. 李振宇：《圖像敘事：「富春江畫報」視覺文本研究》（成都：四川美術出版社，2012 年）。

23. 李潤波主編：《晚清新聞畫報收藏》（杭州：浙江大學出版社，2008 年）。

24. 李瞻：《新聞學》（臺北：三民書局，1987 年）。

25. 卓南生：《中國近代報業史 1815～1874》（臺北：正中書局，1998 年）。

26. 卓聖格：《晚清通俗繪畫研究：以「點石齋畫報」為主軸》（臺中：弘祥出版社，2000 年）。

27. 卓聖格：《點石齋畫報的插圖繪畫研究》（臺中：弘祥出版社，1998 年）。

28. 武田雅哉作、任鈞華譯：《飛翔吧！大清帝國：近代中國的幻想科學》（臺北：遠流出版社，2008 年）。

29. 邵雍：《中國近代妓女史》（上海：上海人民，2005 年）。

30. 俞小紅編：《晚清官場百態》（南京：江蘇人民出版社，2006 年）。

31. 胡亞敏：《敘事學》（武漢：華中師範大學出版社，2004 年）。

32. 約翰・伯格（John Berger）、尚・摩爾（Jean Mohr）合著，張世倫譯：《另一種影像敘事（Another Way of Telling）》（臺北：三言社，2007 年）。

33. 約翰・伯格（John Berger）著、吳莉君譯：《觀看的方式（Way of Seeing）》（臺北：麥田出版社，2005 年）。

34. 夏曉虹：《晚清上海片影》（上海：上海古籍出版社，2009 年）。

35. 孫琴安：《中國評點文學史》（上海：上海社會科學院出版社，1999 年）。

36. 孫繼林編：《晚清社會風俗百圖》（上海市：學林出版，1996 年）。

37. 徐昶：《新聞編輯學》（臺北：三民書局，1984 年）。

38. 徐載平、徐瑞芳：《清末四十年申報史料》（北京：新華出版社，1988 年）。

39. 祝均宙：《圖鑑百年文獻：晚清民國年間畫報源流特點探究》（新北市：華藝學術，2012 年）。

40. 張世君：《紅樓夢的空間敘事》（北京：中國社會科學出版社，1999 年）。

41. 張偉：《滬瀆舊影》（上海：上海辭書出版社，2002 年）。

42. 張鳴、袁賀編：《土眼洋事之外國聊齋》（北京：中國大百科全書出版社，

2005 年）。

43. 張鳴、袁賀編：《土眼洋事之華洋眾生》（北京：中國大百科全書出版社，2005 年）。

44. 張鳴、袁賀編：《土眼洋事之總理衙門》（北京：中國大百科全書出版社，2005 年）。

45. 張靜廬：《中國近代出版史料初編》（上海：群聯出版社，1953 年）。

46. 章用秀：《美石與印章》（天津：百花文藝出版社，2008 年）。

47. 陳平原、夏曉紅編著：《圖像晚清》（天津：百花文藝出版社，2001 年）。

48. 陳平原：《左圖右史與西學東漸──晚清畫報研究》（香港：香港三聯書店，2008 年）。

49. 陳永國主編：《視覺文化研究讀本》（北京：北京大學出版社，2009 年）。

50. 陳玉申：《晚清報業史》（濟南：山東畫報出版社，2003 年）。

51. 陳兆復：《中國畫研究》（臺北：丹青圖書有限公司，1988 年）。

52. 陳真：《公共管理精論》（臺北：志光教育文化出版社，2012 年）。

53. 陳懷恩：《圖像學：視覺藝術的意義與解釋》（臺北：如果出版社，2008 年）。

54. 曾慶香：《新聞敘事學》（北京：中國廣播電視出版社，2005 年）。

55. 萊辛：《拉奧孔》，《朱光潛全集》第十七卷（安徽：安徽教育出版社，1989 年）。

56. 黃友編著：《回眸晚清──《點石齋畫報》精選釋評》（天津：京華出版社，2006 年）。

57. 黃光雄、蔡清田著：《課程發展與設計》（臺中：五南圖書出版社，2009 年）。

58. 黃克武主編：《畫中有話：近代中國的視覺表述與文化構圖》（臺北：中央研究院近代史研究所，2003 年）。

59. 黃蒙田：《魯迅與美術二集》（香港：大光出版有限公司，1977 年）。

60. 楊化選輯：《中國古代怪異圖：山海經插圖選》（天津：天津楊柳青畫社，1989 年）。

61. 楊光輝：《中國近代報刊發展概況》（北京：新華出版社，1986 年）。

62. 楊琴：《新聞敘事與文化記憶：史態類新聞研究》（北京：華夏出版社，2008 年）。

63. 楊義：《中國敘事學》（北京：人民出版社，2009 年）。

64. 葉漢明、蔣英豪、黃永松編：《「點石齋畫報」通檢》（香港：商務印書館，2007 年）。

65. 廖修平：《版畫藝術》（臺北：雄獅，1991 年）。

66. 熊月之、馬學強、晏可佳選編：《上海的外國人（1842～1949）》（上海：上海古籍出版社，2003 年）。

67. 熊月之：《西學東漸與晚清社會》（上海：上海人民出版社，1994 年）。

68. 熊月之主編：《上海通史第六卷‧晚清文化》（上海：上海人民出版社，1999 年）。

69. 管倖生：《廣告設計》（臺北：三民書局，2002 年）。

70. 趙建國：《分解與重構：清季民初的報界團體》（北京：生活‧讀書‧新知三聯書店，2008 年）。

71. 趙爾巽著、國史館校註：《清史稿校註》（臺北：臺灣商務，1999 年）。

72. 劉尚恒：《閒章釋義》（天津：百花文藝出版社，2007 年）。

73. 劉蘭肖：《晚清報刊與近代史學》（北京：中國人民大學，2007 年）。

74. 廣州述報館編輯：《述報》（臺北：臺灣學生書局，1965 年）。

75. 滕志賢註譯、葉國良校閱：《新譯詩經讀本》上冊（臺北：三民書局，2007 年）。

76. 鄭文惠：《文學與圖像的文化美學：想像共同體的樂園論述》（臺北：里仁書局，2005 年）。

77. 鄭文惠：《詩情畫意：明代題畫詩的詩畫對應內涵》（臺北：三民書局，1995 年）。

78. 鄭為編：《點石齋畫報時事畫選》（北京：中國古典藝術出版社，1958 年）。

79. 鄭貞銘：《新聞學與大眾傳播學》（臺北：三民書局，1990 年）。

80. 魯迅：《魯迅全集》卷四（臺北：唐山影本，1989 年）。

81. 黎明潔：《新聞寫作與新聞敘述：視角・主體・結構》（上海：復旦大學出版社，2007 年 9 月）。

82. 盧群編：《晚清奇案百變》（南京：江蘇人民出版社，2006 年）。

83. 蕭國亮：《中國娼妓史》（臺北：文津出版社，1996 年）。

84. 賴玉釵：《圖像敘事與美感傳播：從虛構繪本到紀實照片》（臺北：五南出版社，2013 年）。

85. 薛冰編：《晚清洋相百出》（南京：江蘇人民出版社，2006 年）。

86. 韓叢耀：《圖像傳播學》（臺北：威士曼文化，2005 年）。

87. 羅鋼：《敘事學導論》（昆明：雲南人民出版社，1994 年）。

（二）外文專書

1. Don J. Cohn, *Vignettes from the Chinese : lithographs from Shanghai in the late nineteenth century* （The University of Hong Kong, 1987）

2. Ye Xiaoqing, *The Dianshizhai Pictorial—Shanghai Urban Life,1884-1898* （Ann Arbor: Center of Chinese Studies, the University of Michigan, 2003）

3. 川手晴雄編：《日本の近現代史》（臺北縣：尚昂文化，2010 年）。

4. 中野美代子、武田雅哉：《世紀末中國のかわら版：繪入新聞『点石斎画報』の世界》（東京：中央公論社，1999 年）。

5. 水木しげる：《水木しげるの中国妖怪事典》（東京：東京堂出版社，1990 年）。

6. 石暁軍：《「点石斎画報」にみる明治日本》（東京：東方書局，2004 年）。

7. 坂本猛豬：《大正天皇御治世史》（東京：出版社不詳，1927 年）。

8. 笠原英彥：《歷代天皇総覽》（東京：中央公論新社，2013 年）。

9. 富田昭次：《絵はがきで見る日本近代》（東京：青弓社，2005 年）。

三、單篇論文

1. 王爾敏：〈《點石齋畫報》所展現之近代歷史脈絡〉，《畫中有話：近代中國的視覺表述與文化構圖》（臺北：中央研究院近代史研究所，2003 年），頁 1～25。

2. 王爾敏：〈中國近代知識普及化傳播之圖說形式——《點石齋畫報》例〉，《明清社會文化生態》（臺北：臺灣商務，1997 年），頁 227～295。

3. 包華石（Martin J. Powers）著，黃咨玄譯：〈早期中國藝術中的精靈與載體〉，《鬼魅神魔：中國通俗文化側寫》（臺北：麥田出版，2005 年），頁 83～108。

4. 吳美鳳：〈從《點石齋畫報》看晚清時期的民間信仰意識〉，《國立歷史博物館館刊》11 卷 2 期（2001 年 2 月），頁 33～57。

5. 吳學文：〈《點石齋畫報》研究論述〉，《文山師範高等專科學校學報》第 20 卷第 3 期（2007 年 9 月），頁 56～59。

6. 李孝悌：〈走向世界，還是擁抱鄉野——觀看《點石齋畫報》的不同視野〉，《中國學術》第十一輯（2002 年），頁 287～293。

7. 李艷平：〈圖像閱讀時代的開啟：《點石齋畫報》〉，《安徽文學》第一期（2009 年），頁 343～345。

8. 卓聖格：〈晚清石印畫報的形成與發展研究〉，《台中商專學報》第 31 期（1999 年 6 月），頁 394～408。

9. 俞瑋婭：〈從《點石齋畫報》看視覺文化的融合與延續〉，《吉林藝術學院學報》第 83 期（2008 年），頁 32～34。

10. 張婕：〈明代小說、戲曲插圖的敘事功能〉，《藝術百家》第 6 期（2009 年），頁 275～277。

11. 康無為：〈「畫中有話」：點石齋畫報與大眾文化形成之前的歷史〉，《讀史偶得：學術演講三篇》（臺北：中央研究院近代史研究所，1993 年），頁 73～100。

12. 許文堂：〈清法戰爭中淡水、基隆之役的文學、史實與集體記憶〉，《臺灣史研究》第十三卷第一期（2006 年 6 月），頁 1～50。

13. 許綺玲：〈魯迅寫攝影〉，《畫中有話：近代中國的視覺表述與文化構圖》（臺北：中央研究院近代史研究所，2003 年 12 月），頁 395～419。

14. 陳祖恩：〈揭開封閉社會的神秘面紗——圖片中的上海日本人居留民〉，《畫中有話——近代中國的視覺表述與文化構圖》（臺北：中央研究院近代史研究所，2003 年），頁 27～61。

15. 陳雅琳：〈《點石齋畫報》對「中法戰爭」新聞的圖像建構〉，《東方人文學誌》第 8 卷第 1 期（2009 年 3 月），頁 157～178。

16. 彭永祥：〈中國近代畫報簡介〉，《辛亥革命時期期刊介紹》第四集（北京：人民出版社，1986 年），頁 656～679。

17. 華可思：〈上海工部局樂隊與工共樂隊的歷史與政治〉，《上海的外國人（1842～1949）》（上海：上海古籍出版社，2003 年），頁 40～63。

18. 葉青：〈中國繪畫敘事傳統的形成〉，《敘事叢刊》第一輯（2008 年 7 月），頁 255～270。

19. 葉曉青：〈點石齋畫報中的上海平民文化〉，《二十一世紀》創刊號（1990 年 10 月），頁 36～47。

20. 廖紀雁：〈《點石齋畫報》中的日本妓女圖像〉，《國立中正大學中國文學研究所研究生論文集刊》第 14 期（2012 年 6 月），頁 1～28。

21. 趙毅衡：〈三種時間向度的敘述——以現象學與文化研究出發討論敘述體裁〉，《敘事叢刊》第一輯（2008 年 7 月），頁 146～163。

22. 蔡秀美：〈評介葉曉青著《點石齋畫報——上海城市生活，1884～1898》〉，《臺灣師大歷史學報》第 39 期（2008 年 6 月），頁 111～122。

23. 鄭振鐸：〈中國古代版畫史略〉，《鄭振鐸藝術考古文集》（北京：文物出版社，1988 年），頁 346～431。

24. 鄭振鐸：〈近百年來中國繪畫的發展〉，《鄭振鐸藝術考古文集》（北京：文物出版社，1988 年），頁 187～198。

25. 魯道夫・G・瓦格納：〈進入全球想像圖景：上海的《點石齋畫報》〉，《中國學術》第八輯（2001 年 11 月），頁 1～96。

26. 龍迪勇：〈圖像敘事：空間的時間化〉，《敘事叢刊》第一輯（2008 年 7 月），頁 167～196。

27. 顏彥：〈明清小說插圖敘事的時空表現圖式〉，《中國文化研究》2011 年 1 期（2011 年），頁 81～90。

28. 羅福惠、彭雷霆：〈形塑與變形：《點石齋畫報》中的日本圖像〉，《華中師範大學學報》第 47 卷第 3 期（2008 年 5 月），頁 79～83。

29. 羅蘇文：〈晚清上海租界公共娛樂區的興起〉，《租界裡的上海》（上海：

上海社會科學院出版社，2003 年 10 月），頁 71～92。

30. 羅蘇文：〈論清末上海都市女裝的演變（1880～1910）〉，《無聲之聲 II.近代中國的婦女與社會（1600～1950）》（臺北：中央研究院近代史研究所，2003 年），頁 109～140。

四、會議論文

1. 鄭文惠：〈視覺奇觀與感官敘事──《點石齋畫報》中妓女形象再現的文化地理學〉，「『文本・觀看』學術研討會」論文（嘉義：國立中正大學中國文學系，2009 年 9 月 19 日）。

五、學位論文

1. 宋育泰：《初探漫畫中的圖像敘事：社會符號學的觀點》（臺北：世新大學口語傳播學研究所碩士論文，2009 年）。

2. 李佩芬：《「點石齋畫報」中的秩序觀（1884～1898）》（臺北：臺灣師範大學歷史學系在職進修碩士班碩士論文，2007 年）。

3. 李倩：《影視作品中植入式廣告「圖像敘事」研究》（陝西：陝西師範大學新聞學系碩士論文，2011 年）。

4. 李景龍：《以「點石齋畫報」論吳友如新聞風俗格致畫》（臺北：臺灣師範大學美術研究所碩士學位美術理論組碩士論文，2004 年）。

5. 俞瑋婭：《我看「點石齋畫報」》（上海：上海戲劇學院藝術學系碩士論文，2006 年）。

6. 張卉珺：《「點石齋畫報」畫面藝術特色探究──中西繪畫的交融》（江蘇：江南大學美術學系碩士論文，2011 年）。

7. 張美玲：《「點石齋畫報」視野下晚清女性生活形態探究》（福建：福建師範大學專門史系碩士論文，2011 年）。

8. 張婉瑛：《從「點石齋叢畫」看日本浮世繪對晚清畫壇的影響》（臺北：臺灣師範大學美術學系碩士論文，2007 年）。

9. 張晗：《「點石齋畫報」建構的外國人形象研究》（黑龍江：黑龍江大學新聞學系碩士論文，2010 年）。

10. 陳彥育：《晚清的法律、社會與國家──以「點石齋畫報」的法律事件為

中心》（臺北：臺灣師範大學歷史學系在職進修碩士班碩士論文，2011年）。

11. 黃孟紅：《從點石齋畫報看清末婦女的生活型態》（南投：暨南國際大學歷史學研究所碩士論文，2001年）。

12. 裴丹青：《從「點石齋畫報」看晚清社會文化的變遷》（河南：河南大學中國近代史系碩士論文，2005年）。

13. 蔡孟宸：《明清閒章美學研究》（嘉義：國立中正大學中國文學研究所碩士論文，2009年）。

14. 談啟志：《再現的城市：「點石齋畫報」中的上海（1884～1898）》（臺北：臺灣師範大學國文學系碩士論文，2012年）。

15. 謝菁菁：《西畫東漸與「點石齋畫報」》（浙江：中國美術學院美術系碩士論文，2010年）。

六、報　紙

1. 申報館主人啟：〈三十號畫報出售〉，《申報》第4255號，光緒11年1月7日，西元1885年2月21日禮拜六，頭版。

2. 申報館主人啟：〈畫報出售〉，《申報》第3974號，光緒10年4月14日，西元1884年5月8日禮拜四，頭版。

3. 申報館主啟：〈第二號畫報出售〉，《申報》第3983號，光緒10年4月23日，西元1884年5月17日禮拜六，頭版。

4. 申報館主啟：〈第三號畫報出售〉，《申報》第3994號，光緒10年5月4日，西元1884年5月28日禮拜三，頭版。

5. 申報館主啟：〈第四號畫報出售〉，《申報》第4004號，光緒10年5月14日，西元1884年6月7日禮拜六，頭版。

6. 申報館主啟：〈第六號畫報出售〉，《申報》第4023號，光緒10年閏5月4日，西元1884年6月26日禮拜四，頭版。

7. 申報館啟：〈招人代售新報〉，《申報》第1201號，光緒2年3月3日，西元1876年3月28日禮拜二，頭版。

8. 申報館啟：〈點石齋印售書籍圖畫碑帖楹聯書目〉，《申報》第2177號，

光緒 5 年 4 月 5 日，西元 1879 年 5 月 25 日禮拜日，頭版。

9. 見所見齋：〈閱畫報書後〉，《申報》第 4016 號，光緒 10 年 5 月 26 日，西元 1884 年 6 月 19 日禮拜四，頭版。

10. 武越：〈畫報進步談〉，《北洋畫報》第 251 期，西元 1928 年 12 月 1 日星期六，頁 7。

11. 尊聞閣主人：〈點石齋畫報緣啟〉，收入於江蘇廣陵古籍刻印社：《點石齋畫報》上冊（揚州：江蘇廣陵古籍刻印社，1990 年 11 月），甲一頁 1、2。

12. 無名氏：〈日本皇帝睦仁〉，《東方雜誌》第一期，光緒 30 年 1 月 25 日，頁 21。

13. 無名氏：〈天皇崩御〉，《朝日新聞》第 9338 號，明治 45 年 7 月 30 日，第二版。

14. 無名氏：〈外埠售報處〉，《申報》第 3974 號，光緒 10 年 4 月 14 日，西元 1884 年 5 月 8 日禮拜四，頭版。

15. 無名氏：〈吳淞形勢〉，《申報》第 4070 號，光緒 10 年 6 月 22 日，西元 1884 年 8 月 12 日禮拜二，頭版。

16. 無名氏：〈第五號畫報出售〉，《申報》第 4014 號，光緒 10 年 5 月 24 日，西元 1884 年 6 月 17 日禮拜二，頭版。

17. 無名氏：〈馳馬角勝〉，《申報》第 1 號，同治 11 年 3 月 23 日，西元 1872 年 4 月 30 日禮拜二，第 2、3 張。

18. 無名氏：〈點石齋各省分莊售書告白〉，收入於方師鐸主編：《點石齋畫報》第六輯，午三，頁 17。

19. 點石齋主人啟：〈招請名手繪圖啟〉，《申報》第 4004 號，光緒 10 年 5 月 14 日，西元 1884 年 6 月 7 日禮拜三，頭版。

20. 點石齋主人啟：〈請各處名手專畫新聞啟〉，《申報》第 4001 號，光緒 10 年 5 月 11 日，西元 1884 年 6 月 4 日禮拜三，頭版。

21. 淳達利洋行啟：〈新造華文時辰鐘出售〉，《申報》第 2346 號，光緒 5 年 9 月 27 日，西元 1879 年 11 月 10 日禮拜一，第 8 頁。

七、網路資源

1. 《中華讀書報》1999 年 12 月 22 日：

   http://www.gmw.cn/01ds/1999-12/22/GB/DS%5E280%5E0%5EDS601.HTM。

2. 國家圖書館特藏線上展覽館：

   http://rarebook.ncl.edu.tw/rbookod/exhibition/ebook2011/00000012/web/flipviewerxpress.html。

3. 維基百科昭憲皇太后條：

   http://zh.wikipedia.org/zh-tw/%E6%98%AD%E6%86%B2%E7%9A%87%E5%A4%AA%E5%90%8E。

附　錄

◎本論文引用之《點石齋畫報‧大可堂版》圖像一欄表（依繪者姓名筆劃排列）

繪　者	標　題	原集數	大可堂版收錄冊數、圖數
田子琳	收腸入腹	子集	第四冊，圖 120
田子琳	紀蒲愛妮	丑集	第四冊，圖 212、213
田子琳	飛鸞新語	丙集	第一冊，圖 237
田子琳	紐約口岸總圖	己集	第二冊，圖 236
田子琳	乾綱不振	丙集	第一冊，圖 221
田子琳	救人奇法	己集	第二冊，圖 297、298
田子琳	復見侏儒	戊集	第二冊，圖 149
田子琳	痛定思痛	戊集	第二冊，圖 214
田子琳	遇人不淑	甲集	第一冊，圖 64
田子琳	鼻之於臭	戊集	第二冊，圖 133
田子琳	總統完婚	庚集	第三冊，圖 101
田子琳	擲錢傷耳	丙集	第二冊，圖 307
田子琳	蟲生於瘤	戊集	第二冊，圖 129
朱儒賢	裙釵大會	利集	第十五冊，圖 43
何明甫	大同江記戰一	射集	第十一冊，圖 219
何明甫	老婦撒嬌	利集	第十五冊，圖 16
何明甫	西犬談琴	禮集	第十一冊，圖 65
何明甫	妙手割瘤	御集	第十二冊，圖 6
何明甫	活葬喇嘛	利集	第十五冊，圖 70

何明甫	捲逃可惡	亥集	第八冊，頁 61
何明甫	傅相逸事	元集	第十四冊，圖 146
何明甫	戰倭三捷	樂集	第十一冊，圖 210
吳子美	興辦鐵路	甲集	第一冊，圖 103
吳友如	力攻北寧	甲集	第一冊，圖 1
吳友如	水底行車	庚集	第三冊，圖 29
吳友如	天鑒不遠	甲集	第一冊，圖 82
吳友如	犬馬報主	甲集	第一冊，圖 31、32
吳友如	火鼠焚居	甲集	第一冊，圖 9
吳友如	刑天之流	己集	第二冊，圖 299
吳友如	圭玷須磨	甲集	第一冊，圖 16
吳友如	自取撓敗	甲集	第一冊，圖 53
吳友如	西商集議	乙集	第一冊，圖 135
吳友如	西戲重來	庚集	第三冊，圖 47、48
吳友如	吳淞形勢	甲集	第一冊，圖 98
吳友如	見財起意	甲集	第一冊，圖 20、21
吳友如	刺血請援	乙集	第一冊，圖 116
吳友如	刲肝救父	甲集	第一冊，圖 8
吳友如	奇形畢露	甲集	第一冊，圖 37
吳友如	易牙故轍	丁集	第二冊，圖 18
吳友如	柔物風土	丁集	第二冊，圖 47、48
吳友如	風流龜鑑	甲集	第一冊，圖 7
吳友如	飛龍在天	戊集	第二冊，圖 119
吳友如	假傳虎節召倭兵威逼鸞輿牽別院	丙集	第一冊，圖 270
吳友如	基隆再捷	乙集	第一冊，圖 128
吳友如	得虎失馬	乙集	第一冊，圖 130
吳友如	庸醫殺人	甲集	第一冊，圖 17
吳友如	斬決會匪	己集	第二冊，圖 300
吳友如	覓死甚奇	乙集	第一冊，圖 159
吳友如	曾襲侯像	甲集	第一冊，圖 19
吳友如	盜馬被獲	甲集	第一冊，圖 12
吳友如	新樣汽球	甲集	第一冊，圖 4

吳友如	銀行倒閉	甲集	第一冊，圖 63
吳友如	斷案奇聞	乙集	第一冊，圖 205
吳友如	鞭責女堂	丁集	第二冊，圖 74
吳友如	觀西戲述略·直上千霄	巳集	第六冊，圖 91
吳友如、田子琳 張志瀛、金蟾香	朝鮮亂略	丙集	第一冊，圖 268～277
李煥垚	離婚奇斷	甲集	第一冊，圖 102
周慕喬	小孩捕賊	丙集	第一冊，圖 303
周慕喬	包探私刑	利集	第十五冊，圖 65
周慕喬	陳平再世	丙集	第一冊，圖 321
周慕喬	溺女宜拯	乙集	第一冊，圖 150
周慕喬	誠求保赤	丙集	第一冊，圖 220
周慕喬	豬胎志異	丙集	第一冊，圖 246
周慕喬	嶺陷奇聞	利集	第十五冊，圖 51
周慕喬	寶鏡新奇	利集	第十五冊，圖 21
金鼎卿	兩僧奪肉	壬集	第三冊，圖 251
金蟾香	大同江記戰二	射集	第十一冊，圖 220
金蟾香	六根未淨	乙集	第一冊，圖 141
金蟾香	主翁虐婢	丁集	第二冊，圖 49
金蟾香	和尚冶遊	乙集	第一冊，圖 129
金蟾香	和尚尋歡	丁集	第二冊，圖 51
金蟾香	命案疑傳	甲集	第一冊，圖 59
金蟾香	和氣致祥	庚集	第三冊，圖 31
金蟾香	釐卡積弊	甲集	第一冊，圖 38
金蟾香	冒認親子	甲集	第一冊，圖 66
金蟾香	為羊請命	絲集	第九冊，圖 7
金蟾香	倭太子	射集	第十一冊，圖 289
金蟾香	倭后	射集	第十一冊，圖 280
金蟾香	匪寇婚媾	丙集	第一冊，圖 226
金蟾香	破竹勢成	樂集	第十一冊，圖 209
金蟾香	破案述奇	甲集	第一冊，圖 148
金蟾香	魚身有火	樂集	第十一冊，圖 137
金蟾香	馴象索食	巳集	第六冊，圖 92
金蟾香	厲鬼畏犬	行集	第十三冊，圖 125

金蟾香	潰兵受戮	壬集	第三冊，圖 246
金蟾香	緹縈復見	乙集	第一冊，圖 154
金蟾香	鴨綠江戰勝圖	射集	第十一冊，圖 236
金蟾香	斃於車下	匏集	第九冊，圖 229
金蟾香	薊州奇案	丙集	第一冊，圖 236
金蟾香	孽不可逭	甲集	第一冊，圖 60
金蟾香	鐵丸誌異	數集	第十二冊，圖 265
馬子明	入海撈物	甲集	第一冊，圖 57
馬子明	西樂迎神	辛集	第三冊，圖 184
馬子明	盂蘭志盛	辛集	第三冊，圖 155、156
張志瀛	白鴿餘波	午集	第六冊，圖 145
張志瀛	全人名節	甲集	第一冊，圖 81
張志瀛	形同海盜	樂集	第十一冊，圖 193
張志瀛	法敗詳聞	甲集	第一冊，圖 99
張志瀛	夏姬再世	甲集	第一冊，圖 36
張志瀛	烟花董事	未集	第六冊，圖 236
張志瀛	野老閒談	甲集	第一冊，圖 46
張志瀛	搜神小記	己集	第二冊，圖 240
張志瀛	燒餅離奇	未集	第六冊，圖 306
張志瀛、顧月州	帝城盛景	甲集	第一冊，圖 72、73
符艮心	示人肺腑	壬集	第三冊，圖 271
符艮心	私刑定讞	利集	第十五冊，圖 66
符艮心	倭敗確情	書集	第十二冊，圖 213
符艮心	畫報更正	巳集	第六冊，圖 8
符艮心	偓鶴祝壽	石集	第八冊，圖 317
符艮心	賭婦鬻夫	石集	第八冊，圖 314
符艮心	豐城劍晦	辛集	第三冊，圖 168、169
許壽山、周慕喬	衣食賴汝	丁集	第二冊，圖 43
尊聞閣主人	朝鮮亂略跋	丙集	第一冊，圖 277
無名氏	斯文塗炭	甲集	第一冊，圖 22
無名氏	賽馬誌盛	甲集	第一冊，圖 14